# НИККОЛО МАКИАВЕЛЛИ

## ГОСУДАРЬ



ИЗДАТЕЛЬСТВО АСТ
МОСКВА

УДК 1(091)(450)
ББК 87.3(4Ита)
М15

Серия «Эксклюзивная классика»

Перевод *Г. Муравьевой* (*«Государь»*)

Серийное оформление *Е. Ферез*

Компьютерный дизайн *А. Кирсановой*

**Макиавелли, Никколо.**

М15 Государь. О военном искусстве / Никколо Макиавелли; [пер. с итал.]. — Москва : Издательство АСТ, 2021. — 416 с. — (Эксклюзивная классика).

ISBN 978-5-17-094113-1

Самым известным произведением писателя стал трактат «Государь», первоначально издававшийся в России под названиями «Князь» и «Правитель». Макиавелли создал учение о последовательно светском государстве, свободном от церковной морали. Он полагал, что в борьбе за упрочение государства допустимы любые средства: насилие, обман, предательство. Появившийся впоследствии термин «макиавеллизм» стал обозначать политику, пренебрегающую законами морали. Однако сегодня многие положения автора воспринимаются как сами собой разумеющиеся, найдя свое воплощение в истории XX века.

В книгу включен также блистательный трактат Никколо Макиавелли «О военном искусстве», ошеломивший современников жестким и практичным подходом не только к военной тактике, но и к стратегии.

**УДК 1(091)(450)**
**ББК 87.3(4Ита)**

**ISBN 978-5-17-094113-1**

# ГОСУДАРЬ

*Никколо Макиавелли —*
*его светлости Лоренцо деи Медичи**

Обыкновенно, желая снискать милость правителя, люди посылают ему в дар то, что имеют самого дорогого или чем надеются доставить ему наибольшее удовольствие, а именно: коней, оружие, парчу, драгоценные камни и прочие украшения, достойные величия государей. Я же, вознамерившись засвидетельствовать мою преданность Вашей светлости, не нашел среди того, чем владею, ничего более дорогого и более ценного, нежели познания мои в том, что касается деяний великих людей, приобретенные мною многолетним опытом в делах настоящих и непрестанным изучением дел минувших. Положив много времени и усердия на обдумывание того, что я успел узнать, я заключил свои размышления в небольшом труде, который посылаю в дар Вашей светлости. И хотя я полагаю, что сочинение это недостойно предстать перед вами, однако же верю, что по своей снисходительности вы удостоите принять его, зная, что не в моих

---

силах преподнести вам дар больший, нежели средство в кратчайшее время постигнуть то, что сам я узнавал ценой многих опасностей и тревог. Я не заботился здесь ни о красоте слога, ни о пышности и звучности слов, ни о каких внешних украшениях и затеях, которыми многие любят расцвечивать и уснащать свои сочинения, ибо желал, чтобы мой труд либо остался в безвестности, либо получил признание единственно за необычность и важность предмета. Я желал бы также, чтобы не сочли дерзостью то, что человек низкого и ничтожного звания берется обсуждать и направлять действия государей. Как художнику, когда он рисует пейзаж, надо спуститься в долину, чтобы охватить взглядом холмы и горы, и подняться на гору, чтобы охватить взглядом долину, так и здесь: чтобы постигнуть сущность народа, надо быть государем, а чтобы постигнуть природу государей, надо принадлежать к народу.

Пусть же Ваша светлость примет сей скромный дар с тем чувством, какое движет мною; если вы соизволите внимательно прочитать и обдумать мой труд, вы ощутите, сколь безгранично я желаю Вашей светлости достичь того величия, которое сулит вам судьба и ваши достоинства. И если с той вершины, куда вознесена Ваша светлость, взор ваш когда-либо обратится на ту низменность, где я обретаюсь, вы увидите, сколь незаслуженно терплю я великие и постоянные удары судьбы.

# Глава I

## Скольких видов бывают государства и как они приобретаются

Все государства, все державы, обладавшие или обладающие властью над людьми, были и суть либо республики, либо государства, управляемые единовластно. Последние могут быть либо унаследованными — если род государя правил долгое время, либо новыми. Новым может быть либо государство в целом — таков Милан для Франческо Сфорца; либо его часть, присоединенная к унаследованному государству вследствие завоевания, — таково Неаполитанское королевство для короля Испании. Новые государства разделяются на те, где подданные привыкли повиноваться государям, и те, где они искони жили свободно; государства приобретаются либо своим, либо чужим оружием, либо милостью судьбы, либо доблестью.

## Глава II

### О наследственном единовластии

Я не стану касаться республик, ибо подробно говорю о них в другом месте. Здесь я перейду прямо к единовластному правлению и, держась намеченного выше порядка, разберу, какими способами государи могут управлять государствами и удерживать над ними власть.

Начну с того, что наследному государю, чьи подданные успели сжиться с правящим домом, гораздо легче удержать власть, нежели новому, ибо для этого ему достаточно не преступать обычая предков и впоследствии без поспешности применяться к новым обстоятельствам. При таком образе действий даже посредственный правитель не утратит власти, если только не будет свергнут особо могущественной и грозной силой, но и в этом случае он отвоюет власть при первой же неудаче завоевателя.

У нас в Италии примером тому может служить герцог Феррарский, который удержался у власти после поражения, нанесенного ему венецианцами в 1484 году и папой Юлием в 1510-м, только потому, что род его исстари правил в Ферраре. Ибо у государя, унаследовавшего власть, меньше причин и меньше необходимости притеснять подданных, почему они и платят ему большей любовью, и если он не обнаруживает чрезмерных пороков, вызывающих ненависть, то закономерно пользуется благорасположением граждан. Давнее и преемственное правление заставляет забыть о бывших некогда переворотах и вызвавших их причинах, тогда как всякая перемена прокладывает путь другим переменам.

## Глава III

### О смешанных государствах

Трудно удержать власть новому государю. И даже наследному государю, присоединившему новое владение — так что государство становится как бы смешанным, — трудно удержать над ним власть прежде всего вследствие той же естественной причины, какая вызывает перевороты во всех новых государствах. А именно: люди, веря, что новый правитель окажется лучше, охотно восстают против старого, но вскоре они на опыте убеждаются, что обманулись, ибо новый правитель всегда оказывается хуже старого. Что опять-таки естественно и закономерно, так как завоеватель притесняет новых подданных, налагает на них разного рода повинности и обременяет их постоями войска, как это неизбежно бывает при завоевании. И таким образом наживает врагов в тех, кого притеснил, и теряет дружбу тех, кто способствовал завоеванию, ибо не может вознаградить их в той степени, в какой они ожидали, но не может и применить к ним крутые меры, будучи им обязан — ведь без их помощи он не мог бы войти в страну, как бы ни было сильно его войско. Именно по этим причинам Людовик XII, король Франции, быстро занял Милан и так же быстро его лишился. И герцогу Лодовико потому же удалось в тот раз отбить Милан собственными силами. Ибо народ, который сам растворил перед королем ворота, скоро понял, что обманулся в своих упованиях и расчетах, и отказался терпеть гнет нового государя.

Правда, если мятежная страна завоевана повторно, то государю легче утвердить в ней свою власть, так как мятеж дает ему повод с меньшей оглядкой карать виновных, уличать подозреваемых, принимать защитные меры в наиболее уязвимых местах. Так в первый раз Франция сдала Милан, едва герцог Лодовико пошумел на его границах, но во второй раз Франция удерживала Милан до тех пор, пока на нее не ополчились все итальянские государства и не рассеяли и не изгнали ее войска из пределов Италии, что произошло по причинам, названным выше. Тем не менее Франция оба раза потеряла Милан. Причину первой неудачи короля, общую для всех подобных случаев, я назвал; остается выяснить причину второй и разобраться в том, какие средства были у Людовика — и у всякого на его месте, — чтобы упрочить завоевание верней, чем то сделала Франция.

Начну с того, что завоеванное и унаследованное владения могут принадлежать либо к одной стране и иметь один язык, либо к разным странам и иметь разные языки. В первом случае удержать завоеванное нетрудно, в особенности если новые подданные и раньше не знали свободы. Чтобы упрочить над ними власть, достаточно искоренить род прежнего государя, ибо при общности обычаев и сохранении старых порядков ни от чего другого не может произойти беспокойства. Так, мы знаем, обстояло дело в Бретани, Бургундии, Нормандии и Гаскони, которые давно вошли в состав Франции; правда, языки их несколько различаются, но благодаря сходству обычаев они мирно уживаются друг с другом. В подобных случаях завоевателю следует принять лишь две меры предосторожности: во-первых, проследить за тем, чтобы род прежнего государя был искоренен, во-вторых, сохранить прежние законы и подати — тогда завоеванные земли в кратчайшее время сольются в одно целое с исконным государством завоевателя.

Но если завоеванная страна отличается от унаследованной по языку, обычаям и порядкам, то тут удержать власть поистине трудно, тут требуется и большая удача, и большое искусство. И одно из самых верных и прямых средств для этого — переселиться туда на жительство. Такая мера упрочит и обезопасит завоевание — именно так поступил с Грецией турецкий султан, который, как бы ни старался, не удержал бы Грецию в своей власти, если бы не перенес туда свою столицу. Ибо только живя в стране, можно заметить начинающуюся смуту и своевременно ее пресечь, иначе узнаешь о ней тогда, когда она зайдет так далеко, что поздно будет принимать меры. Обосновавшись в завоеванной стране, государь, кроме того, избавит ее от грабежа чиновников, ибо подданные получат возможность прямо взывать к суду государя — что даст послушным больше поводов любить его, а непослушным бояться. И если бы кто-нибудь из соседей замышлял нападение, то теперь он проявит бóльшую осторожность, так что государь едва ли лишится завоеванной страны, если переселится туда на жительство.

Другое отличное средство — учредить в одном-двух местах колонии, связующие новые земли с государством завоевателя. Кроме этой, есть лишь одна возможность — разместить в стране значительное количество кавалерии и пехоты. Колонии не требуют больших издержек, устройство и содержание их почти ничего не стоят государю, и разоряют они лишь тех жителей, чьи поля и жилища отходят новым поселенцам, то есть горстку людей, которые, обеднев и рассеявшись по стране, никак не смогут повредить государю; все же прочие останутся в стороне и поэтому скоро успокоятся, да, кроме того, побоятся, оказав непослушание, разделить участь разоренных соседей. Так что колонии дешево обходятся государю, верно ему служат и разоряют лишь немногих жителей, которые, оказавшись в бедности и рассеянии, не смогут повредить государю. По каковому поводу уместно заметить, что людей следует либо ласкать, либо изничтожать, ибо за малое зло человек может отомстить, а за большое — не может; из чего следует, что наносимую человеку обиду надо рассчитать так, чтобы не бояться мести. Если же вместо колоний поставить в стране войско, то содержание его обойдется гораздо дороже и поглотит все доходы от нового государства, вследствие чего приобретение обернется убытком; к тому же от этого пострадает гораздо больше людей, так как постои войска обременяют все население, отчего каждый, испытывая тяготы, становится врагом государю, а такие враги могут ему повредить, ибо хотя они и побеждены, но остаются у себя дома. Итак, с какой стороны ни взгляни, содержание подобного гарнизона вредно, тогда как учреждение колоний полезно.

В чужой по обычаям и языку стране завоевателю следует также сделаться главой и защитником более слабых соседей и постараться ослабить сильных, а кроме того, следить за тем, чтобы в страну как-нибудь не проник чужеземный правитель, не уступающий ему силой. Таких всегда призывают недовольные внутри страны по избытку честолюбия или из страха, — так некогда римлян в Грецию призвали этолийцы, да и во все другие страны их тоже призывали местные жители. Порядок же вещей таков, что, когда могущественный государь входит в страну, менее сильные государства сразу примыкают к нему — обычно из зависти к тем, кто превосходит их силой, — так что ему нет надобности склонять их в свою пользу, ибо они сами охотно присоединятся к созданному им государству. Надо только не допускать, чтобы они расширялись и крепли, и тогда, своими силами и при их поддержке, нетрудно будет обуздать более крупных правителей и стать полновластным хозяином в данной стране. Если же государь обо всем этом не позаботится, он скоро лишится завоеванного, но до того претерпит бесчисленное множество трудностей и невзгод.

Римляне, завоевывая страну, соблюдали все названные правила: учреждали колонии, покровительствовали слабым, не давая им, однако, войти в силу; обуздывали сильных и принимали меры к тому, чтобы в страну не проникло влияние могущественных чужеземцев. Ограничусь примером Греции. Римляне привлекли на свою сторону ахейцев и этолийцев; унизили Македонское царство; изгнали оттуда Антиоха. Но невзирая ни на какие заслуги, не позволили ахейцам и этолийцам расширить свои владения, не поддались на лесть Филиппа и не заключили с ним союза, пока не сломили его могущества, и не уступили напору Антиоха, домогавшегося владений в Греции. Римляне поступали так, как надлежит поступать всем мудрым правителям, то есть думали не только о сегодняшнем дне, но и о завтрашнем и старались всеми силами предотвратить возможные беды, что нетрудно сделать, если вовремя принять необходимые меры, но если дожидаться, пока беда грянет, то никакие меры не помогут, ибо недуг станет неизлечимым.

Здесь происходит то же самое, что с чахоткой: врачи говорят, что в начале эту болезнь трудно распознать, но легко излечить; если же она запущена, то ее легко распознать, но излечить трудно. Так же и в делах государства: если своевременно обнаружить зарождающийся недуг, что дано лишь мудрым правителям, то избавиться от него нетрудно, но если он запущен так, что всякому виден, то никакое снадобье уже не поможет.

Римляне, предвидя беду заранее, тотчас принимали меры, а не бездействовали из опасения вызвать войну, ибо знали, что войны нельзя избежать, можно лишь оттянуть ее — к выгоде противника. Поэтому они решились на войну с Филиппом и Антиохом на территории Греции — чтобы потом не пришлось воевать с ними в Италии. В то время еще была возможность избежать войны как с тем, так и с другим, но они этого не пожелали. Римлянам не по душе была поговорка, которая не сходит с уст теперешних мудрецов: полагайтесь на благодетельное время, — они считали благодетельным лишь собственную доблесть и дальновидность. Промедление же может обернуться чем угодно, ибо время приносит с собой как зло, так и добро, как добро, так и зло.

Но вернемся к Франции и посмотрим, выполнила ли она хоть одно из названных мною условий. Я буду говорить не о Карле, а о Людовике — он дольше удерживался в Италии, поэтому его образ действия для нас нагляднее, — и вы убедитесь, что он поступал прямо противоположно тому, как должен поступать государь, чтобы удержать власть над чужой по обычаям и языку страной.

Король Людовик вошел в Италию благодаря венецианцам, которые, желая расширить свои владения, потребовали за помощь половину Ломбардии. Я не виню короля за эту сделку: желая ступить в Италию хоть одной ногой и не имея в ней союзников, в особенности после того, как по милости Карла перед Францией захлопнулись все двери, он вынужден был заключать союзы, не выбирая. И он мог бы рассчитывать на успех, если бы не допустил ошибок впоследствии. Завоевав Ломбардию, он сразу вернул Франции престиж, утраченный ею при Карле: Генуя покорилась, флорентийцы предложили союз; маркиз Мантуанский, герцог Феррарский, дом Бентивольо, графиня Форли, властители Фаэнцы, Пезаро, Римини, Камерино, Пьомбино; Лукка, Пиза, Сиена — все устремились к Людовику с изъявлениями дружбы. Тут-то венецианцам и пришлось убедиться в опрометчивости своего шага: ради двух городов в Ломбардии они отдали под власть короля две трети Италии.

Рассудите теперь, как легко было королю закрепить свое преимущество: для этого надо было лишь следовать названным правилам и обеспечить безопасность союзникам: многочисленные, но слабые, в страхе кто перед Церковью, кто перед венецианцами, они вынуждены были искать его покровительства; он же мог бы через них обезопасить себя от тех, кто еще оставался в силе. И, однако, не успел он войти в Милан, как предпринял обратное: помог папе Александру захватить Романью. И не заметил, что этим самым подрывает свое могущество, отталкивает союзников и тех, кто вверился его покровительству, и к тому же значительно укрепляет светскую власть папства, которое и без того крепко властью духовной. Совершив первую ошибку, он вынужден был дальше идти тем же путем, так что ему пришлось самому явиться в Италию, чтобы обуздать честолюбие Александра и не дать ему завладеть Тосканой. Но Людовику как будто мало было того, что он усилил Церковь и оттолкнул союзников: домогаясь Неаполитанского королевства, он разделил его с королем Испании, то есть призвал в Италию, где сам был властелином, равного по силе соперника, — как видно, затем, чтобы недовольным и честолюбцам было у кого искать прибежища. Изгнав короля, который мог стать его данником, он призвал в королевство государя, который мог изгнать его самого.

Поистине страсть к завоеваниям — дело естественное и обычное; и тех, кто учитывает при этом свои возможности, все одобрят или же никто не осудит; но достойную осуждения ошибку совершает тот, кто не учитывает своих возможностей и стремится к завоеваниям какой угодно ценой. Франции стоило бы попытаться овладеть Неаполем, если бы она могла сделать это своими силами, но она не должна была добиваться его ценою раздела. Если раздел Ломбардии с венецианцами еще можно оправдать тем, что он позволил королю утвердиться в Италии, то этот второй раздел достоин лишь осуждения, ибо не может быть оправдан подобной необходимостью.

Итак, Людовик совершил общим счетом пять ошибок: изгнал мелких правителей, помог усилению сильного государя внутри Италии, призвал в нее чужеземца, равного себе могуществом, не переселился в Италию, не учредил там колоний.

Эти пять ошибок могли бы оказаться не столь уж пагубными при его жизни, если бы он не совершил шестой: не посягнул на венецианские владения. Венеции следовало дать острастку до того, как он помог усилению Церкви и призвал испанцев, но, совершив обе эти ошибки, нельзя было допускать разгрома Венеции. Оставаясь могущественной, она удерживала бы других от захвата Ломбардии — как потому, что сама имела на нее виды, так и потому, что никто не захотел бы вступать в войну с Францией за то, чтобы Ломбардия досталась Венеции, а воевать с Францией и Венецией одновременно ни у кого не хватило бы духу. Если же мне возразят, что Людовик уступил Романью Александру, а Неаполь — испанскому королю, дабы избежать войны, я отвечу прежними доводами, а именно: что нельзя попустительствовать беспорядку ради того, чтобы избежать войны, ибо войны не избежишь, а преимущество в войне утратишь. Если же мне заметят, что король был связан обещанием папе: в обмен на расторжение королевского брака и кардинальскую шапку архиепископу Руанскому помочь захватить Романью, — то я отвечу на это в той главе, где речь пойдет об обещаниях государей и о том, каким образом следует их исполнять.

Итак, король Людовик потерял Ломбардию только потому, что отступил от тех правил, которые соблюдались государями, желавшими удержать завоеванную страну. И в этом нет ничего чудесного, напротив, все весьма обычно и закономерно. Я говорил об этом в Нанте с кардиналом Руанским, когда Валентино — так в просторечии звали Чезаре Борджа, сына папы Александра, — покорял Романью: кардинал заметил мне, что итальянцы мало смыслят в военном деле, я отвечал ему, что французы мало смыслят в политике, иначе они не допустили бы такого усиления Церкви. Как показал опыт, Церковь и Испания благодаря Франции расширили свои владения в Италии, а Франция благодаря им потеряла там все. Отсюда можно извлечь вывод, многократно подтверждавшийся: горе тому, кто умножает чужое могущество, ибо оно добывается умением или силой, а оба эти достоинства не вызывают доверия у того, кому могущество достается.

## Глава IV

### Почему царство Дария, завоеванное Александром, не восстало против преемников Александра после его смерти

Рассмотрев, какого труда стоит удержать власть над завоеванным государством, можно лишь подивиться, почему вся держава Александра Великого — после того, как он в несколько лет покорил Азию и вскоре умер, — против ожидания не только не распалась, но мирно перешла к его преемникам, которые в управлении ею не знали других забот, кроме тех, что навлекали на себя собственным честолюбием. В объяснение этого надо сказать, что все единовластно управляемые государства, сколько их было на памяти людей, разделяются на те, где государь правит в окружении слуг, которые милостью и соизволением его поставлены на высшие должности и помогают ему управлять государством, и те, где государь правит в окружении баронов, властвующих не милостью государя, но в силу древности рода. Бароны эти имеют наследные государства и подданных, каковые признают над собой их власть и питают к ним естественную привязанность. Там, где государь правит посредством слуг, он обладает большей властью, так как по всей стране подданные знают лишь одного властелина; если же повинуются его слугам, то лишь как чиновникам и должностным лицам, не питая к ним никакой особой привязанности.

Примеры разного образа правления являют в наше время турецкий султан и французский король. Турецкая монархия повинуется одному властелину; все прочие в государстве — его слуги; страна поделена на округи — санджаки, куда султан назначает наместников, которых меняет и переставляет, как ему вздумается. Король Франции, напротив, окружен многочисленной родовой знатью, признанной и любимой своими подданными и, сверх того, наделенной привилегиями, на которые король не может безнаказанно посягнуть.

Если мы сравним эти государства, то увидим, что монархию султана трудно завоевать, но по завоевании легко удержать; и напротив, такое государство, как Франция, в известном смысле проще завоевать, но зато удержать куда сложнее. Державой султана нелегко овладеть потому, что завоеватель не может рассчитывать на то, что его призовет какой-либо местный властитель, или на то, что мятеж среди приближенных султана облегчит ему захват власти. Как сказано выше, приближенные султана — его рабы, и так как они всем обязаны его милостям, то подкупить их труднее, но и от подкупленных от них было бы мало толку, ибо по указанной причине они не могут увлечь за собой народ. Следовательно, тот, кто нападает на султана, должен быть готов к тому, что встретит единодушный отпор, и рассчитывать более на свои силы, чем на чужие раздоры. Но если победа над султаном одержана и войско его наголову разбито в открытом бою, завоевателю некого более опасаться, кроме разве кровной родни султана. Если же и эта истреблена, то можно никого не бояться, так как никто другой не может увлечь за собой подданных; и как до победы не следовало надеяться на поддержку народа, так после победы не следует его опасаться.

Иначе обстоит дело в государствах, подобных Франции: туда нетрудно проникнуть, вступив в сговор с кем-нибудь из баронов, среди которых всегда найдутся недовольные и охотники до перемен. По указанным причинам они могут открыть завоевателю доступ в страну и облегчить победу. Но удержать такую страну трудно, ибо опасность угрожает как со стороны тех, кто тебе помог, так и со стороны тех, кого ты покорил силой. И тут уж недостаточно искоренить род государя, ибо всегда останутся бароны, готовые возглавить новую смуту; а так как ни удовлетворить их притязания, ни истребить их самих ты не сможешь, то они при первой же возможности лишат тебя власти.

Если мы теперь обратимся к государству Дария, то увидим, что оно сродни державе султана, почему Александр и должен был сокрушить его одним ударом, наголову разбив войско Дария в открытом бою. Но после такой победы и гибели Дария он, по указанной причине, мог не опасаться за прочность своей власти. И преемники его могли бы править, не зная забот, если бы жили во взаимном согласии: никогда в их государстве не возникало других смут, кроме тех, что сеяли они сами.

Тогда как в государствах, устроенных наподобие Франции, государь не может править столь беззаботно. В Испании, Франции, Греции, где было много мелких властителей, то и дело вспыхивали восстания против римлян. И пока живо помнилось прежнее устройство, власть Рима оставалась непрочной; но по мере того, как оно забывалось, римляне, благодаря своей мощи и продолжительности господства, все прочнее утверждали свою власть в этих странах. Так что позднее, когда римляне воевали между собой, каждый из соперников вовлекал в борьбу те провинции, где был более прочно укоренен. И местные жители, чьи исконные властители были истреблены, не признавали над собой других правителей, кроме римлян. Если мы примем все это во внимание, то сообразим, почему Александр с легкостью удержал азиатскую державу, тогда как Пирру и многим другим стоило огромного труда удержать завоеванные ими страны. Причина тут не в большей или меньшей доблести победителя, а в различном устройстве завоеванных государств.

## Глава V

### Как управлять городами или государствами, которые, до того как были завоеваны, жили по своим законам

Если, как сказано, завоеванное государство с незапамятных времен живет свободно и имеет свои законы, то есть три способа его удержать. Первый — разрушить; второй — переселиться туда на жительство; третий — предоставить гражданам право жить по своим законам, при этом обложив их данью и вверив правление небольшому числу лиц, которые ручались бы за дружественность города государю. Эти доверенные лица будут всячески поддерживать государя, зная, что им поставлены у власти и сильны только его дружбой и мощью. Кроме того, если не хочешь подвергать разрушению город, привыкший жить свободно, то легче всего удержать его при посредстве его же граждан, чем каким-либо другим способом.

Обратимся к примеру Спарты и Рима. Спартанцы удерживали Афины и Фивы, создав там олигархию, однако впоследствии потеряли оба города. Римляне, чтобы удержать Капую, Карфаген и Нуманцию, разрушили их и сохранили их в своей власти. Грецию они попытались удержать почти тем же способом, что спартанцы, то есть установили там олигархию и не отняли свободу и право жить по своим законам, однако же потерпели неудачу и, чтобы не потерять всю Грецию, вынуждены были разрушить в ней многие города.

Ибо в действительности нет способа надежно овладеть городом иначе, как подвергнув его разрушению. Кто захватит город, с давних пор пользующийся свободой, и пощадит его, того город не пощадит. Там всегда отыщется повод для мятежа во имя свободы и старых порядков, которых не заставят забыть ни время, ни благодеяния новой власти. Что ни делай, как ни старайся, но если не разъединить и не рассеять жителей города, они никогда не забудут ни прежней свободы, ни прежних порядков и при первом удобном случае попытаются их возродить, как сделала Пиза через сто лет после того, как подпала под владычество флорентийцев.

Но если город или страна привыкли состоять под властью государя, а род его истреблен, то жители города не так-то легко возьмутся за оружие, ибо, с одной стороны, привыкнув повиноваться, с другой — не имея старого государя, они не сумеют ни договориться об избрании нового, ни жить свободно. Так что у завоевателя будет достаточно времени, чтобы расположить их к себе и тем обеспечить себе безопасность. Тогда как в республиках больше жизни, больше ненависти, больше жажды мести; в них никогда не умирает и не может умереть память о былой свободе. Поэтому самое верное средство удержать их в своей власти — разрушить их или же в них поселиться.

# Глава VI

## О новых государствах, приобретаемых собственным оружием или доблестью

Нет ничего удивительного в том, что, говоря о завоевании власти, о государе и государстве, я буду ссылаться на примеры величайших мужей. Люди обычно идут путями, проложенными другими, и действуют, подражая какому-либо образцу, но так как невозможно ни неуклонно следовать этими путями, ни сравняться в доблести с теми, кого мы избираем за образец, то человеку разумному надлежит избирать пути, проложенные величайшими людьми, и подражать наидостойнейшим, чтобы если не сравняться с ними в доблести, то хотя бы исполниться ее духа. Надо уподобиться опытным стрелкам, которые, если видят, что мишень слишком удалена, берут гораздо выше, но не для того, чтобы стрела ушла вверх, а для того, чтобы, зная силу лука, с помощью высокого прицела попасть в отдаленную цель.

Итак, в новых государствах удержать власть бывает легче или труднее в зависимости от того, сколь велика доблесть нового государя. Может показаться, что если частного человека приводит к власти либо доблесть, либо милость судьбы, то они же в равной мере помогут ему преодолеть многие трудности впоследствии. Однако в действительности кто меньше полагался на милость судьбы, тот дольше удерживался у власти. Еще облегчается дело и благодаря тому, что новый государь, за неимением других владений, вынужден поселиться в завоеванном.

Но, переходя к тем, кто приобрел власть не милостью судьбы, а личной доблестью, как наидостойнейших я назову Моисея, Кира, Тезея и им подобных. И хотя о Моисее нет надобности рассуждать, ибо он был лишь исполнителем воли Всевышнего, однако следует преклониться перед той благодатью, которая сделала его достойным собеседовать с Богом. Но обратимся к Киру и прочим завоевателям и основателям царства: их величию нельзя не дивиться, и, как мы видим, дела их и установления не уступают тем, что были внушены Моисею свыше. Обдумывая жизнь и подвиги этих мужей, мы убеждаемся в том, что судьба послала им только случай, то есть снабдила материалом, которому можно было придать любую форму: не явись такой случай, доблесть их угасла бы, не найдя применения; не обладай они доблестью, тщетно явился бы случай.

Моисей не убедил бы народ Израиля следовать за собой, дабы выйти из неволи, если бы не застал его в Египте в рабстве и угнетении у египтян. Ромул не стал бы царем Рима и основателем государства, если бы не был по рождении брошен на произвол судьбы и если бы Альба не оказалась для него слишком тесной. Кир не достиг бы такого величия, если бы к тому времени персы не были озлоблены господством мидян, а мидяне — расслаблены и изнежены от долгого мира. Тезей не мог бы проявить свою доблесть, если бы не застал афинян живущими обособленно друг от друга. Итак, каждому из этих людей выпал счастливый случай, но только их выдающаяся доблесть позволила им раскрыть смысл случая, благодаря чему отечества их прославились и обрели счастье.

Кто, подобно этим людям, следует путем доблести, тому трудно завоевать власть, но легко ее удержать; трудность же состоит прежде всего в том, что им приходится вводить новые установления и порядки, без чего нельзя основать государство и обеспечить себе безопасность. А надо знать, что нет дела, коего устройство было бы труднее, ведение опаснее, а успех сомнительнее, нежели замена старых порядков новыми. Кто бы ни выступал с подобным начинанием, его ожидает враждебность тех, кому выгодны старые порядки, и холодность тех, кому выгодны новые. Холодность же эта объясняется отчасти страхом перед противником, на чьей стороне — законы; отчасти недоверчивостью людей, которые на самом деле не верят в новое, пока оно не закреплено продолжительным опытом. Когда приверженцы старого видят возможность действовать, они нападают с ожесточением, тогда как сторонники нового обороняются вяло, почему, опираясь на них, подвергаешь себя опасности.

Чтобы основательнее разобраться в этом деле, надо начать с того, самодостаточны ли такие преобразователи или они зависят от поддержки со стороны; иначе говоря, должны ли они для успеха своего начинания упрашивать или могут применить силу. В первом случае они обречены, во втором, то есть если они могут применить силу, им редко грозит неудача. Вот почему все вооруженные пророки побеждали, а все безоружные гибли. Ибо, в добавление к сказанному, надо иметь в виду, что нрав людей непостоянен, и если обратить их в свою веру легко, то удержать в ней трудно. Поэтому надо быть готовым к тому, чтобы, когда вера в народе иссякнет, заставить его поверить силой. Моисей, Кир, Ромул и Тезей, будь они безоружны, не могли бы добиться длительного соблюдения данных ими законов. Как оно и случилось в наши дни с фра Джироламо Савонаролой: введенные им порядки рухнули, как только толпа перестала в них верить, у него же не было средств утвердить в вере тех, кто еще верил ему, и принудить к ней тех, кто уже не верил.

На пути людей, подобных тем, что я здесь перечислил, встает множество трудностей и множество опасностей, для преодоления которых требуется великая доблесть. Но если цель достигнута, если государь заслужил признание подданных и устранил завистников, то он на долгое время обретает могущество, покой, почести и счастье.

К столь высоким примерам я хотел бы присовокупить пример более скромный, однако же сопоставимый, и думаю, что его здесь достаточно. Я говорю о Гиероне Сиракузском: из частного лица он стал царем Сиракуз, хотя судьба не подарила его ничем, кроме благоприятного случая: угнетаемые жители Сиракуз избрали его своим военачальником, он же, благодаря своим заслугам, сделался их государем. Еще до возвышения он отличался такой доблестью, что, по словам древнего автора, «nihil illi deerat ad regnandum praeter regnum»*. Он упразднил старое ополчение и набрал новое, расторг старые союзы и заключил новые. А на таком фундаменте, как собственное войско и собственные союзники, он мог воздвигнуть любое здание. Так что ему великих трудов стоило завоевать власть и малых — ее удержать.

---

* «Для царствования ему недоставало лишь царства» *(лат.)*.

## Глава VII

### О новых государствах, приобретаемых чужим оружием или милостью судьбы

Тогда как тем, кто становится государем милостью судьбы, а не благодаря доблести, легко приобрести власть, но удержать ее трудно. Как бы перелетев весь путь к цели, они сталкиваются с множеством трудностей впоследствии. Я говорю о тех гражданах, которым власть досталась за деньги или была пожалована в знак милости. Такое нередко случалось в Греции в городах Ионии и Геллеспонта, куда Дарий назначал правителей ради своей славы и безопасности; так нередко бывало и в Риме, где частные лица добивались провозглашения себя императорами, подкупая солдат.

В этих случаях государи всецело зависят от воли и фортуны тех, кому обязаны властью, то есть от двух сил крайне непостоянных и прихотливых; удержаться же у власти они не могут и не умеют. Не умеют оттого, что человеку без особых дарований и доблести, прожившему всю жизнь в скромном звании, негде научиться повелевать; не могут оттого, что не имеют союзников и надежной опоры. Эти невесть откуда взявшиеся властители, как все в природе, что нарождается и растет слишком скоро, не успевают пустить ни корней, ни ответвлений, почему и гибнут от первой же непогоды. Только тот, кто обладает истинной доблестью, при внезапном возвышении сумеет не упустить того, что фортуна сама вложила ему в руки, то есть сумеет, став государем, заложить те основания, которые другие закладывали до того, как достигнуть власти.

Обе эти возможности возвыситься — благодаря доблести или милости судьбы — я покажу на двух примерах, равно нам памятных: я имею в виду Франческо Сфорца и Чезаре Борджа. Франческо стал миланским герцогом должным образом, выказав великую доблесть, и без труда удержал власть, доставшуюся ему ценой многих усилий. Чезаре Борджа, простонародьем называемый герцог Валентино, приобрел власть благодаря фортуне, высоко вознесшей его отца; но, лишившись отца, он лишился и власти, несмотря на то что, как человек умный и доблестный, приложил все усилия и все старания, какие были возможны, к тому, чтобы пустить прочные корни в государствах, добытых для него чужим оружием и чужой фортуной. Ибо, как я уже говорил, если основания не заложены заранее, то при великой доблести это можно сделать и впоследствии, хотя бы ценой многих усилий зодчего и с опасностью для всего здания.

Рассмотрев образ действий герцога, нетрудно убедиться в том, что он подвел прочное основание под будущее могущество, и я считаю не лишним это обсудить, ибо не мыслю лучшего наставления новому государю. И если все же распорядительность герцога не спасла его от крушения, то в этом повинен не он, а поистине необычайное коварство фортуны.

Александр VI желал возвысить герцога, своего сына, но предвидел тому немало препятствий и в настоящем, и в будущем. Прежде всего он знал, что располагает лишь теми владениями, которые подвластны Церкви, но всякой попытке отдать одно из них герцогу воспротивились бы как герцог Миланский, так и венецианцы, которые уже взяли под свое покровительство Фаэнцу и Римини. Кроме того, войска в Италии, особенно те, к чьим услугам можно было прибегнуть, сосредоточились в руках людей, опасавшихся усиления папы, то есть Орсини, Колонна и их приспешников. Таким образом, прежде всего надлежало расстроить сложившийся порядок и посеять смуту среди государств, дабы беспрепятственно овладеть некоторыми из них. Сделать это оказалось легко благодаря тому, что венецианцы, в собственных интересах, призвали в Италию французов, чему папа не только не помешал, но даже содействовал, расторгнув прежний брак короля Людовика.

Итак, король вступил в Италию с помощью венецианцев и с согласия Александра и, едва достигнув Милана, тотчас выслал папе отряд, с помощью которого тот захватил Романью, что сошло ему с рук только потому, что за ним стоял король. Таким образом Романья оказалась под властью герцога, а партии Колонна было нанесено поражение, но пока что герцог не мог следовать дальше, ибо оставалось два препятствия: во-первых, войско, казавшееся ему ненадежным, во-вторых, намерения Франции. Иначе говоря, он опасался, что войско Орсини, которое он взял на службу, выбьет у него почву из-под ног, то есть либо покинет его, либо, того хуже, отнимет завоеванное; и что точно так же поступит король. В солдатах Орсини он усомнился после того, как, взяв Фаэнцу, двинул их на Болонью и заметил, что они вяло наступают; что же касается короля, то он понял его намерения, когда после взятия Урбино двинулся к Тоскане, и тот вынудил его отступить. Поэтому герцог решил более не рассчитывать ни на чужое оружие, ни на чье-либо покровительство.

Первым делом он ослабил партии Орсини и Колонна в Риме: всех нобилей, державших их сторону, переманил к себе на службу, определив им высокие жалованья, и, сообразно достоинствам, раздал места в войске и управлении, так что в несколько месяцев они отстали от своих партий и обратились в приверженцев герцога. После этого он стал выжидать возможности разделаться с

Главарями партии Орсини, еще раньше покончив с Колонна. Случай представился хороший, а воспользовался он им и того лучше. Орсини, спохватившиеся, что усиление Церкви грозит им гибелью, собрались на совет в Маджоне, близ Перуджи. Этот совет имел множество грозных последствий для герцога — прежде всего бунт в Урбино и возмущение в Романье, с которыми он, однако, справился благодаря помощи французов.

Восстановив прежнее влияние, герцог решил не доверять более ни Франции, ни другой внешней силе, чтобы впредь не подвергать себя опасности, и прибег к обману. Он так отвел глаза Орсини, что те сначала примирились с ним через посредство синьора Паоло — которого герцог принял со всевозможными изъявлениями учтивости и одарил одеждой, лошадьми и деньгами, — а потом в Синигалии сами простодушно отдались ему в руки. Так, разделавшись с

Главарями партий и переманив к себе их приверженцев, герцог заложил весьма прочное основание своего могущества: под его властью находилась вся Романья с герцогством Урбино, и, что особенно важно, он был уверен в приязни к нему народа, испытавшего благодетельность его правления.

Эта часть действий герцога достойна внимания и подражания, почему я желал бы остановиться на ней особо. До завоевания Романья находилась под властью ничтожных правителей, которые не столько пеклись о своих подданных, сколько обирали их и направляли не к согласию, а к раздорам, так что весь край изнемогал от грабежей, усобиц и беззаконий. Завоевав Романью, герцог решил отдать ее в надежные руки, дабы умиротворить и подчинить верховной власти, и с тем вручил всю полноту власти мессеру Рамиро де Орко, человеку нрава резкого и крутого. Тот в короткое время умиротворил Романью, пресек распри и навел трепет на всю округу. Тогда герцог рассудил, что чрезмерное сосредоточение власти больше не нужно, ибо может озлобить подданных, и учредил, под председательством почтенного лица, гражданский суд, в котором каждый город был представлен защитником. Но, зная, что минувшие строгости все-таки настроили против него народ, он решил обелить себя и расположить к себе подданных, показав им, что если и были жестокости, то в них повинен не он, а его суровый наместник. И вот однажды утром на площади в Чезене по его приказу положили разрубленное пополам тело мессера Рамиро де Орко рядом с колодой и окровавленным мечом. Свирепость этого зрелища одновременно удовлетворила и ошеломила народ.

Но вернемся к тому, от чего мы отклонились. Итак, герцог обрел собственных солдат и разгромил добрую часть тех войск, которые в силу соседства представляли для него угрозу, чем утвердил свое могущество и отчасти обеспечил себе безопасность; теперь на его пути стоял только король Франции: с опозданием заметив свою оплошность, король не потерпел бы дальнейших завоеваний. Поэтому герцог стал высматривать новых союзников и уклончиво вести себя по отношению к Франции — как раз тогда, когда французы предприняли поход на Неаполь против испанцев, осаждавших Гаэту. Он задумывал развязаться с Францией, и ему бы это весьма скоро удалось, если бы дольше прожил папа Александр.

Таковы были действия герцога, касавшиеся настоящего. Что же до будущего, то главную угрозу для него представлял возможный преемник Александра, который мог бы не только проявить недружественность, но и отнять все то, что герцогу дал Александр. Во избежание этого он задумал четыре меры предосторожности: во-первых, истребить разоренных им правителей вместе с семействами, чтобы не дать новому папе повода выступить в их защиту; во-вторых, расположить к себе римских нобилей, чтобы с их помощью держать в узде будущего преемника Александра; в-третьих, иметь в Коллегии кардиналов как можно больше своих людей; в-четвертых, успеть до смерти папы Александра расширить свои владения настолько, чтобы самостоятельно выдержать первый натиск извне. Когда Александр умер, у герцога было исполнено три части замысла, а четвертая была близка к исполнению. Из разоренных им правителей он умертвил всех, до кого мог добраться, и лишь немногим удалось спастись; римских нобилей он склонил в свою пользу; в Коллегии заручился поддержкой большей части кардиналов. Что же до расширения владений, то, задумав стать властителем Тосканы, он успел захватить Перуджу и Пьомбино и взять под свое покровительство Пизу. К этому времени он мог уже не опасаться Франции — после того как испанцы окончательно вытеснили французов из Неаполитанского королевства, тем и другим приходилось покупать дружбу герцога, так что еще шаг — и он завладел бы Пизой. После чего тут же сдались бы Сиена и Лукка, отчасти из страха, отчасти назло флорентийцам; и сами флорентийцы оказались бы в безвыходном положении. И все это могло бы произойти еще до конца того года, в который умер папа Александр, и если бы произошло, то герцог обрел бы такое могущество и влияние, что не нуждался бы ни в чьем покровительстве и не зависел бы ни от чужого оружия, ни от чужой фортуны, но всецело от собственной доблести и силы. Однако герцог впервые обнажил меч всего за пять лет до смерти отца. И успел упрочить власть лишь над одним государством — Романьей, оставшись на полпути к обладанию другими, зажатый между двумя грозными неприятельскими армиями и смертельно больной.

Но столько было в герцоге яростной отваги и доблести, так хорошо умел он привлекать и устранять людей, так прочны были основания его власти, заложенные им в столь краткое время, что он превозмог бы любые трудности — если бы его не теснили с двух сторон враждебные армии или не донимала болезнь. Что власть его покоилась на прочном фундаменте, в этом мы убедились: Романья дожидалась его больше месяца; в Риме, находясь при смерти, он, однако, пребывал в безопасности: Бальони, Орсини и Вителли, явившиеся туда, так никого и не увлекли за собой; ему удалось добиться того, чтобы папой избрали если не именно того, кого он желал, то по крайней мере не того, кого он не желал. Не окажись герцог при смерти тогда же, когда умер папа Александр, он с легкостью одолел бы любое препятствие. В дни избрания Юлия II он говорил мне, что все предусмотрел на случай смерти отца, для всякого положения нашел выход, одного лишь не угадал — что в это время и сам окажется близок к смерти.

Обозревая действия герцога, я не нахожу, в чем можно было бы его упрекнуть; более того, мне представляется, что он может послужить образцом всем тем, кому доставляет власть милость судьбы или чужое оружие. Ибо, имея великий замысел и высокую цель, он не мог действовать иначе: лишь преждевременная смерть Александра и собственная его болезнь помешали ему осуществить намерение. Таким образом, тем, кому необходимо в новом государстве обезопасить себя от врагов, приобрести друзей, побеждать силой или хитростью, внушать страх и любовь народу, а солдатам — послушание и уважение, иметь преданное и надежное войско, устранять людей, которые могут или должны повредить; обновлять старые порядки, избавляться от ненадежного войска и создавать свое, являть суровость и милость, великодушие и щедрость и, наконец, вести дружбу с правителями и королями, так чтобы они либо с учтивостью оказывали услуги, либо воздерживались от нападений, — всем им не найти для себя примера более наглядного, нежели деяния герцога.

В одном лишь можно его обвинить — в избрании Юлия главой Церкви. Тут он ошибся в расчете, ибо если он не мог провести угодного ему человека, он мог, как уже говорилось, отвести неугодного; а раз так, то ни в коем случае не следовало допускать к папской власти тех кардиналов, которые были им обижены в прошлом или, в случае избрания, могли бы бояться его в будущем. Ибо люди мстят либо из страха, либо из ненависти. Среди обиженных им были Сан Пьетро ин Винкула, Колонна, Сан Джорджо, Асканио; все остальные, взойдя на престол, имели бы причины его бояться. Исключение составляли испанцы и кардинал Руанский, те — в силу родственных уз и обязательств, этот — благодаря могуществу стоявшего за ним Французского королевства. Поэтому в первую очередь надо было позаботиться об избрании кого-нибудь из испанцев, а в случае невозможности — кардинала Руанского, но уж никак не Сан Пьетро ин Винкула. Заблуждается тот, кто думает, что новые благодеяния могут заставить великих мира сего позабыть о старых обидах. Так что герцог совершил оплошность, которая в конце концов и привела его к гибели.

## Глава VIII

### О тех, кто приобретает власть злодеяниями

Но есть еще два способа сделаться государем — не сводимые ни к милости судьбы, ни к доблести; и опускать их, как я полагаю, не стоит, хотя об одном из них уместнее рассуждать там, где речь идет о республиках. Я разумею случаи, когда частный человек достигает верховной власти путем преступлений либо в силу благоволения к нему сограждан. Говоря о первом способе, я сошлюсь на два случая — один из древности, другой из современной жизни — и тем ограничусь, ибо полагаю, что и этих двух достаточно для тех, кто ищет примера.

Сицилиец Агафокл стал царем Сиракуз, хотя вышел не только из простого, но из низкого и презренного звания. Он родился в семье горшечника и вел жизнь бесчестную, но смолоду отличался такой силой духа и телесной доблестью, что, вступив в войско, постепенно выслужился до претора Сиракуз. Утвердясь в этой должности, он задумал сделаться властителем Сиракуз и таким образом присвоить себе то, что было ему вверено по доброй воле. Посвятив в этот замысел Гамилькара Карфагенского, находившегося в то время в Сицилии, он созвал однажды утром народ и сенат Сиракуз, якобы для решения дел, касающихся республики; и когда все собрались, то солдаты его по условленному знаку перебили всех сенаторов и богатейших людей из народа. После такой расправы Агафокл стал властвовать, не встречая ни малейшего сопротивления со стороны граждан. И хотя он был дважды разбит карфагенянами и даже осажден их войском, он не только не сдал город, но, оставив часть людей защищать его, с другой — вторгся в Африку; в короткое время освободил Сиракузы от осады и довел карфагенян до крайности, так что они вынуждены были заключить с ним договор, по которому ограничивались владениями в Африке и уступали Агафоклу Сицилию.

Вдумавшись, мы не найдем в жизни и делах Агафокла ничего или почти ничего, что бы досталось ему милостью судьбы, ибо, как уже говорилось, он достиг власти не чьим-либо покровительством, но службой в войске, сопряженной с множеством опасностей и невзгод, и удержал власть смелыми действиями, проявив решительность и отвагу. Однако же нельзя назвать и доблестью убийство сограждан, предательство, вероломство, жестокость и нечестивость: всем этим можно стяжать власть, но не славу. Так что, если судить о нем по той доблести, с какой он шел навстречу опасности, по той силе духа, с какой он переносил невзгоды, то едва ли он уступит любому прославленному военачальнику, но, памятуя его жестокость и бесчеловечность и все совершенные им преступления, мы не можем приравнять его к величайшим людям. Следовательно, нельзя приписать ни милости судьбы, ни доблести то, что было добыто без того и другого.

Уже в наше время, при папе Александре, произошел другой случай. Оливеротто из Фермо, в младенчестве осиротевший, вырос в доме дяди с материнской стороны по имени Джованни Фольяни; еще в юных летах он вступил в военную службу под начало Паоло Вителли, с тем чтобы, освоившись с военной наукой, занять почетное место в войске. По смерти Паоло он перешел под начало брата его Вителлоццо и весьма скоро, как человек сообразительный, сильный и храбрый, стал первым лицом в войске. Однако, полагая унизительным подчиняться другим, он задумал овладеть Фермо — с благословения Вителли и при пособничестве нескольких сограждан, которым рабство отечества было милее его свободы. В письме к Джованни Фольяни он объявил, что желал бы после многолетнего отсутствия навестить дядю и родные места, а заодно определить размеры наследства; что в трудах своих он не помышляет ни о чем, кроме славы, и, желая доказать согражданам, что не впустую растратил время, испрашивает позволения въехать с почетом — со свитой из ста всадников, его друзей и слуг, пусть, мол, жители Фермо тоже не откажут ему в почетном приеме, что было бы лестно не только ему, но и дяде его, заменившему ему отца. Джованни Фольяни исполнил все, как просил племянник, и позаботился о том, чтобы горожане встретили его с почестями. Тот, поселившись в собственном доме, выждал несколько дней, пока закончатся приготовления к задуманному злодейству, и устроил торжественный пир, на который пригласил Джованни Фольяни и всех именитых людей Фермо. После того как покончили с угощениями и с принятыми в таких случаях увеселениями, Оливеротто с умыслом повел опасные речи о предприятиях и величии папы Александра и сына его Чезаре. Но когда Джованни и другие стали ему отвечать, он вдруг поднялся и, заявив, что подобные разговоры лучше продолжить в укромном месте, удалился внутрь покоев, куда за ним последовал дядя и другие именитые гости. Не успели они, однако, сесть, как из засады выскочили солдаты и перебили всех, кто там находился. После этой резни Оливеротто верхом промчался через город и осадил во дворце высший магистрат; тот из страха повиновался и учредил новое правление, а Оливеротто провозгласил властителем города.

Истребив тех, кто по недовольству мог ему повредить, Оливеротто укрепил свою власть новым военным и гражданским устройством и с той поры не только пребывал в безопасности внутри Фермо, но и стал грозой всех соседей. Выбить его из города было бы так же трудно, как Агафокла, если бы его не перехитрил Чезаре Борджа, который в Синигалии, как уже рассказывалось, заманил в ловушку

Главарей Орсини и Вителли; Оливеротто приехал туда вместе с Вителлоццо, своим наставником в доблести и в злодействах, и там вместе с ним был удушен, что произошло через год после описанного отцеубийства.

Кого-то могло бы озадачить, почему Агафоклу и ему подобным удавалось, проложив себе путь жестокостью и предательством, долго и благополучно жить в своем отечестве, защищать себя от внешних врагов и не стать жертвой заговора со стороны сограждан, тогда как многим другим не удавалось сохранить власть жестокостью даже в мирное, а не то что в смутное военное время. Думаю, дело в том, что жестокость жестокости рознь. Жестокость хороша в тех случаях — если позволительно дурное называть хорошим, — когда ее проявляют сразу и по соображениям безопасности, не упорствуют в ней и по возможности обращают на благо подданных; и плоха в тех случаях, когда поначалу расправы совершаются редко, но со временем учащаются, а не становятся реже. Действуя первым способом, можно, подобно Агафоклу, с Божьей и людской помощью удержать власть; действуя вторым — невозможно.

Отсюда следует, что тот, кто овладевает государством, должен предусмотреть все обиды, чтобы покончить с ними разом, а не возобновлять изо дня в день; тогда люди понемногу успокоятся, и государь сможет, делая им добро, постепенно завоевать их расположение. Кто поступит иначе, из робости или по дурному умыслу, тот никогда уже не вложит меч в ножны и никогда не сможет опереться на своих подданных, не знающих покоя от новых и непрестанных обид. Так что обиды нужно наносить разом: чем меньше их распробуют, тем меньше от них вреда; благодеяния же полезно оказывать мало-помалу, чтобы их распробовали как можно лучше. Самое же главное для государя — вести себя с подданными так, чтобы никакое событие — ни дурное, ни хорошее — не заставляло его изменить своего обращения с ними, так как, случись тяжелое время, зло делать поздно, а добро бесполезно, ибо его сочтут вынужденным и не воздадут за него благодарностью.

## Глава IX

### О гражданском единовластии

Перейду теперь к тем случаям, когда человек делается государем своего отечества не путем злодеяний и беззаконий, но в силу благоволения сограждан, для чего требуется не собственно доблесть или удача, но скорее удачливая хитрость. Надобно сказать, что такого рода единовластие — его можно назвать гражданским — учреждается по требованию либо знати, либо народа. Ибо нет города, где не обособились бы два этих начала: знать желает подчинять и угнетать народ, народ не желает находиться в подчинении и угнетении; столкновение же этих начал разрешается трояко: либо единовластием, либо безначалием, либо свободой.

Единовластие учреждается либо знатью, либо народом, в зависимости от того, кому первому представится удобный случай. Знать, видя, что она не может противостоять народу, возвышает кого-нибудь из своих и провозглашает его государем, чтобы за его спиной утолить свои вожделения. Так же и народ, видя, что не может сопротивляться знати, возвышает кого-либо одного, чтобы в его власти обрести для себя защиту. Тому, кто приходит к власти с помощью знати, труднее удержать власть, чем тому, кого привел к власти народ, так как если государь окружен знатью, которая почитает себя ему равной, он не может ни приказывать, ни иметь независимый образ действий. Тогда как тот, кого привел к власти народ, правит один и вокруг него нет никого или почти никого, кто не желал бы ему повиноваться. Кроме того, нельзя честно, не ущемляя других, удовлетворить притязания знати, но можно — требования народа, так как у народа более честная цель, чем у знати: знать желает угнетать народ, а народ не желает быть угнетенным. Сверх того, с враждебным народом ничего нельзя поделать, ибо он многочислен, а со знатью можно, ибо она малочисленна. Народ, на худой конец, отвернется от государя, тогда как от враждебной знати можно ждать не только того, что она отвернется от государя, но даже пойдет против него, ибо она дальновидней, хитрее, загодя ищет путей к спасению и заискивает перед тем, кто сильнее. И еще добавлю, что государь не волен выбирать народ, но волен выбирать знать, ибо его право карать и миловать, приближать или подвергать опале.

Эту последнюю часть разъясню подробней. С людьми знатными надлежит поступать так, как поступают они. С их же стороны возможны два образа действий: либо они показывают, что готовы разделить судьбу государя, либо нет.

Первых, если они не корыстны, надо почитать и ласкать, что до вторых, то здесь следует различать два рода побуждений. Если эти люди ведут себя таким образом по малодушию и природному отсутствию решимости, ими следует воспользоваться, в особенности теми, кто сведущ в каком-либо деле. Если же они ведут себя так умышленно, из честолюбия, то это означает, что они думают о себе больше, нежели о государе. И тогда их надо остерегаться и бояться не меньше, чем явных противников, ибо в трудное время они всегда помогут погубить государя.

Так что если государь пришел к власти с помощью народа, он должен стараться удержать его дружбу, что совсем не трудно, ибо народ требует только, чтобы его не угнетали. Но если государя привела к власти знать наперекор народу, то первый его долг — заручиться дружбой народа, что опять-таки нетрудно сделать, если взять народ под свою защиту. Люди же таковы, что, видя добро со стороны тех, от кого ждали зла, особенно привязываются к благодетелям, поэтому народ еще больше расположится к государю, чем если бы сам привел его к власти. Заручиться же поддержкой народа можно разными способами, которых я обсуждать не стану, так как они меняются от случая к случаю и не могут быть подведены под какое-либо определенное правило.

Скажу лишь в заключение, что государю надлежит быть в дружбе с народом, иначе в трудное время он будет свергнут. Набид, правитель Спарты, выдержал осаду со стороны всей Греции и победоносного римского войска и отстоял власть и отечество; между тем с приближением опасности ему пришлось устранить всего нескольких лиц, тогда как если бы он враждовал со всем народом, он не мог бы ограничиться столь малым. И пусть мне не возражают на это расхожей поговоркой, что, мол, на народ надеяться — что на песке строить. Поговорка верна, когда речь идет о простом гражданине, который, опираясь на народ, тешит себя надеждой, что народ его вызволит, если он попадет в руки врагов или магистрата. Тут и в самом деле можно обмануться, как обманулись Гракхи в Риме или мессер Джорджо Скали во Флоренции. Но если в народе ищет опоры государь, который не просит, а приказывает, к тому же бесстрашен, не падает духом в несчастье, не упускает нужных приготовлений для обороны и умеет распоряжениями своими и мужеством вселить бодрость в тех, кто его окружает, он никогда не обманется в народе и убедится в прочности подобной опоры.

Обычно в таких случаях власть государя оказывается под угрозой при переходе от гражданского строя к абсолютному — так как государи правят либо посредством магистрата, либо единолично. В первом случае положение государя слабее и уязвимее, ибо он всецело зависит от воли граждан, из которых состоит магистрат, они же могут лишить его власти в любое, а тем более в трудное, время, то есть могут либо выступить против него, либо уклониться от выполнения его распоряжений. И тут, перед лицом опасности, поздно присваивать себе абсолютную власть, так как граждане и подданные, привыкнув исполнять распоряжения магистрата, не станут в трудных обстоятельствах подчиняться приказаниям государя. Оттого-то в тяжелое время у государя всегда будет недостаток в надежных людях, ибо нельзя верить тому, что видишь в спокойное время, когда граждане нуждаются в государстве: тут каждый спешит с посулами, каждый, благо смерть далеко, изъявляет готовность пожертвовать жизнью за государя, но когда государство в трудное время испытывает нужду в своих гражданах, их объявляется немного. И подобная проверка тем опасней, что она бывает всего однажды. Поэтому мудрому государю надлежит принять меры к тому, чтобы граждане всегда и при любых обстоятельствах имели потребность в государе и в государстве, — только тогда он сможет положиться на их верность.

## Глава X

### Как следует измерять силы всех государств

Изучая свойства государств, следует принять в соображение и такую сторону дела: может ли государь в случае надобности отстоять себя собственными силами или он нуждается в защите со стороны. Поясню, что способными отстоять себя я называю тех государей, которые, имея в достатке людей или денег, могут собрать требуемых размеров войско и выдержать сражение с любым неприятелем; нуждающимися в помощи я называю тех, кто не может выйти против неприятеля в поле и вынужден обороняться под прикрытием городских стен. Что делать в первом случае — о том речь впереди, хотя кое-что уже сказано выше. Что же до второго случая, то тут ничего не скажешь, кроме того, что государю надлежит укреплять и снаряжать всем необходимым город, не принимая в расчет прилегающую округу. Если государь хорошо укрепит город и будет обращаться с подданными так, как описано выше и будет добавлено ниже, то соседи остерегутся на него нападать. Ибо люди — враги всяких затруднительных предприятий, а кому же покажется легким нападение на государя, чей город хорошо укреплен, а народ не озлоблен.

Города Германии, одни из самых свободных, имеют небольшие округи, повинуются императору, когда сами того желают, и не боятся ни его, ни кого-либо другого из сильных соседей, так как достаточно укреплены для того, чтобы захват их всякому показался трудным и изнурительным делом. Они обведены добротными стенами и рвами, имеют артиллерии сколько нужно и на общественных складах держат годовой запас продовольствия, питья и топлива; кроме того, чтобы прокормить простой народ, не истощая казны, они заготовляют на год работы в тех отраслях, которыми живет город, и в тех ремеслах, которыми кормится простонародье. Военное искусство у них в чести, и они поощряют его разными мерами.

Таким образом, государь, чей город хорошо укреплен, а народ не озлоблен, не может подвергнуться нападению. Но если это и случится, неприятель принужден будет с позором ретироваться, ибо все в мире меняется с такой быстротой, что едва ли кто-нибудь сможет год продержать войско в праздности, осаждая город. Мне возразят, что если народ увидит, как за городом горят его поля и жилища, он не выдержит долгой осады, ибо собственные заботы возьмут верх над верностью государю. На это я отвечу, что государь сильный и смелый одолеет все трудности, то внушая подданным надежду на скорое окончание бедствий, то напоминая им о том, что враг беспощаден, то осаживая излишне строптивых. Кроме того, неприятель обычно сжигает и опустошает поля при подходе к городу, когда люди еще разгорячены и полны решимости не сдаваться; когда же через несколько дней пыл поостынет, то урон уже будет нанесен и зло содеяно. А тогда людям ничего не останется, как держаться своего государя, и сами они будут ожидать от него благодарности за то, что, защищая его, позволили сжечь свои дома и разграбить имущество. Люди же по натуре своей таковы, что не меньше привязываются к тем, кому сделали добро сами, чем к тем, кто сделал добро им. Так, по рассмотрении всех обстоятельств, скажу, что разумный государь без труда найдет способы укрепить дух горожан во все время осады, при условии, что у него хватит чем прокормить и оборонить город.

## Глава XI

### О церковных государствах

Нам остается рассмотреть церковные государства, о которых можно сказать, что овладеть ими трудно, ибо для этого требуется доблесть или милость судьбы, а удержать легко, ибо для этого не требуется ни того, ни другого. Государства эти опираются на освященные религией устои, столь мощные, что они поддерживают государей у власти, независимо от того, как те живут и поступают. Только там государи имеют власть, но ее не отстаивают, имеют подданных, но ими не управляют; и, однако же, на власть их никто не покушается, а подданные их не тяготятся своим положением и не хотят, да и не могут от них отпасть. Так что лишь эти государи неизменно пребывают в благополучии и счастье.

Но так как государства эти направляемы причинами высшего порядка, до которых ум человеческий не досягает, то говорить о них я не буду; лишь самонадеянный и дерзкий человек мог бы взяться рассуждать о том, что возвеличено и хранимо Богом. Однако же меня могут спросить, каким образом Церковь достигла такого могущества, что ее боится король Франции, что ей удалось изгнать его из Италии и разгромить венецианцев, тогда как раньше с ее светской властью не считались даже мелкие владетели и бароны, не говоря уж о крупных государствах Италии. Если меня спросят об этом, то, хотя все эти события хорошо известны, я сочту нелишним напомнить, как было дело.

Перед тем как Карл, французский король, вторгся в Италию, господство над ней было поделено между папой, венецианцами, королем Неаполитанским, герцогом Миланским и флорентийцами. У этих властителей было две главных заботы: во-первых, не допустить вторжения в Италию чужеземцев, во-вторых, удержать друг друга в прежних границах. Наибольшие подозрения внушали венецианцы и папа. Против венецианцев прочие образовали союз, как это было при защите Феррары; против папы использовались римские бароны. Разделенные на две партии — Колонна и Орсини, бароны постоянно затевали свары и, потрясая оружием на виду у главы Церкви, способствовали слабости и неустойчивости папства. Хотя кое-кто из пап обладал мужеством, как, например, Сикст, никому из них при всей опытности и благоприятных обстоятельствах не удавалось избавиться от этой напасти. Виной тому — краткость их правления, ибо за те десять лет, что в среднем проходили от избрания папы до его смерти, ему насилу удавалось разгромить лишь одну из враждующих партий. И если папа успевал, скажем, почти разгромить приверженцев Колонна, то преемник его, будучи сам врагом Орсини, давал возродиться партии Колонна и уже не имел времени разгромить Орсини. По этой самой причине в Италии невысоко ставили светскую власть папы.

Но когда на папский престол взошел Александр VI, он куда более всех своих предшественников сумел показать, чего может добиться

Глава Церкви, действуя деньгами и силой. Воспользовавшись приходом французов, он совершил посредством герцога Валентино все то, о чем я рассказывал выше — там, где речь шла о герцоге. Правда, труды его были направлены на возвеличение не Церкви, а герцога, однако же они обернулись величием Церкви, которая унаследовала плоды его трудов после смерти Александра и устранения герцога. Папа Юлий застал по восшествии могучую Церковь: она владела Романьей, смирила римских баронов, чьи партии распались под ударами Александра, и, сверх того, открыла новый источник пополнения казны, которым не пользовался никто до Александра.

Все это Юлий не только продолжил, но и придал делу больший размах. Он задумал присоединить Болонью, сокрушить Венецию и прогнать французов и осуществил этот замысел, к тем большей своей славе, что радел о величии Церкви, а не частных лиц. Кроме того, он удержал партии Орсини и Колонна в тех пределах, в каких застал их; и хотя кое-кто из

Главарей готов был посеять смуту, но их удерживало, во-первых, могущество Церкви, а во-вторых — отсутствие в их рядах кардиналов, всегда бывавших зачинщиками раздоров. Никогда между этими партиями не будет мира, если у них будут свои кардиналы: разжигая в Риме и вне его вражду партий, кардиналы втягивают в нее баронов, и так из властолюбия прелатов рождаются распри и усобицы среди баронов.

Его святейшество папа Лев воспринял, таким образом, могучую Церковь; и если его предшественники возвеличили папство силой оружия, то нынешний

Глава Церкви внушает нам надежду на то, что возвеличит и прославит его еще больше своей добротой, доблестью и многообразными талантами.

## Глава XII

### О том, сколько бывает видов войск, и о наемных солдатах

Выше мы подробно обсудили разновидности государств, названные мною в начале; отчасти рассмотрели причины благоденствия и крушения государей; выяснили, какими способами действовали те, кто желал завоевать и удержать власть. Теперь рассмотрим, какими средствами нападения и защиты располагает любое из государств, перечисленных выше. Ранее уже говорилось о том, что власть государя должна покоиться на крепкой основе, иначе она рухнет. Основой же власти во всех государствах — как унаследованных, так смешанных и новых — служат хорошие законы и хорошее войско. Но хороших законов не бывает там, где нет хорошего войска, и наоборот, где есть хорошее войско, там хороши и законы, поэтому, минуя законы, я перехожу прямо к войску.

Начну с того, что войско, которым государь защищает свою страну, бывает либо собственным, либо союзническим, либо наемным, либо смешанным. Наемные и союзнические войска бесполезны и опасны; никогда не будет ни прочной, ни долговечной та власть, которая опирается на наемное войско, ибо наемники честолюбивы, распущенны, склонны к раздорам, задиристы с друзьями и трусливы с врагом, вероломны и нечестивы; поражение их отсрочено лишь настолько, насколько отсрочен решительный приступ; в мирное же время они разорят тебя не хуже, чем в военное — неприятель. Объясняется это тем, что не страсть и не какое-либо другое побуждение удерживает их в бою, а только скудное жалованье, что, конечно, недостаточно для того, чтобы им захотелось пожертвовать за тебя жизнью. Им весьма по душе служить тебе в мирное время, но стоит начаться войне, как они показывают тыл и бегут.

Надо ли доказывать то, что и так ясно: чем иным вызвано крушение Италии, как не тем, что она долгие годы довольствовалась наемным оружием? Кое для кого наемники действовали с успехом и не раз красовались отвагой друг перед другом, но когда вторгся чужеземный враг, мы увидели, чего они стоят на деле. Так что Карлу, королю Франции, и впрямь удалось захватить Италию с помощью куска мела. А кто говорил, что мы терпим за грехи наши, сказал правду, только это не те грехи, какие он думал, а те, которые я перечислил. И так как это были грехи государей, то и расплачиваться пришлось им же.

Я хотел бы объяснить подробнее, в чем беда наемного войска. Кондотьеры по-разному владеют своим ремеслом: одни превосходно, другие — посредственно. Первым нельзя довериться потому, что они будут сами домогаться власти и ради нее свергнут либо тебя, их хозяина, либо другого, но не справившись о твоих намерениях. Вторым нельзя довериться потому, что они проиграют сражение. Мне скажут, что того же можно ждать от всякого, у кого в руках оружие, наемник он или нет. На это я отвечу: войско состоит в ведении либо государя, либо республики; в первом случае государь должен лично возглавить войско, приняв на себя обязанности военачальника; во втором случае республика должна поставить во главе войска одного из граждан; и если он окажется плох — сместить его, в противном случае — ограничить законами, дабы не преступал меры. Мы знаем по опыту, что только государи-полководцы и вооруженные республики добивались величайших успехов, тогда как наемники приносили один вред.

Рим и Спарта много веков простояли вооруженные и свободные. Швейцарцы лучше всех вооружены и более всех свободны. В древности наемников призывал Карфаген, каковой чуть не был ими захвачен после окончания первой войны с Римом, хотя карфагеняне поставили во главе войска своих же граждан. После смерти Эпаминонда фиванцы пригласили Филиппа Македонского возглавить их войско, и тот, вернувшись победителем, отнял у Фив свободу. Миланцы по смерти герцога Филиппа призвали на службу Франческо Сфорца, и тот, разбив венецианцев при Караваджо, соединился с неприятелем против миланцев, своих хозяев. Сфорца, его отец, состоя на службе у Джованны, королевы Неаполитанской, внезапно оставил ее безоружной, так что, спасая королевство, она бросилась искать заступничества у короля Арагонского.

Мне скажут, что венецианцы и флорентийцы не раз утверждали свое владычество, пользуясь наемным войском, и, однако, кондотьеры их не стали государями и честно защищали хозяев. На это я отвечу, что флорентийцам попросту везло: из тех доблестных кондотьеров, которых стоило бы опасаться, одним не пришлось одержать победу, другие имели соперников, третьи домогались власти, но в другом месте. Как мы можем судить о верности Джованни Аукута, если за ним не числится ни одной победы, но всякий согласится, что, вернись он с победой, флорентийцы оказались бы в полной его власти. Сфорца и Браччо как соперники не спускали друг с друга глаз, поэтому Франческо перенес свои домогательства в Ломбардию, а Браччо — в папские владения и в Неаполитанское королевство. А как обстояло дело недавно? Флорентийцы пригласили на службу Паоло Вителли, человека умнейшего и пользовавшегося огромным влиянием еще в частной жизни. Если бы он взял Пизу, разве не очевидно, что флорентийцам бы от него не отделаться? Ибо, перейди он на службу к неприятелю, им пришлось бы сдаться; останься он у них, им пришлось бы ему подчиниться.

Что же касается венецианцев, то блестящие и прочные победы они одерживали лишь до тех пор, пока воевали своими силами, то есть до того, как приступили к завоеваниям на материке. Аристократия и вооруженное простонародье Венеции не раз являли образцы воинской доблести, воюя на море, но стоило им перейти на сушу, как они переняли военный обычай всей Италии. Когда их завоевания на суше были невелики и держава их стояла твердо, у них не было поводов опасаться своих кондотьеров, но когда владения их разрослись — а было это при Карманьоле, — то они осознали свою оплошность. Карманьола был известен им как доблестный полководец — под его началом они разбили миланского герцога, — но, видя, что он тянет время, а не воюет, они рассудили, что победы он не одержит, ибо к ней не стремится, уволить же они сами его не посмеют, ибо побоятся утратить то, что завоевали: вынужденные обезопасить себя каким-либо способом, они его умертвили. Позднее они нанимали Бартоломео да Бергамо, Роберто да Сан Северино, графа ди Питильяно и им подобных, которые внушали опасение не тем, что выиграют, а тем, что проиграют сражение. Как оно и случилось при Вайла́, где венецианцы за один день потеряли все то, что с таким трудом собирали восемь столетий. Ибо наемники славятся тем, что медлительно и вяло наступают, зато с замечательной быстротой отступают. И раз уж я обратился за примером к Италии, где долгие годы хозяйничают наемные войска, то для пользы дела хотел бы вернуться вспять, чтобы выяснить, откуда они пошли и каким образом набрали такую силу.

Надо знать, что в недавнее время, когда империя ослабла, а светская власть папы окрепла, Италия распалась на несколько государств. Многие крупные города восстали против угнетавших их нобилей, которым покровительствовал император, тогда как городам покровительствовала Церковь в интересах своей светской власти; во многих других городах их собственные граждане возвысились до положения государей. Так, Италия почти целиком оказалась под властью папы и нескольких республик. Однако вставшие у власти прелаты и граждане не привыкли иметь дело с оружием, поэтому они стали приглашать на службу наемников. Альбериго да Конио, уроженец Романьи, первым создал славу наемному оружию. Его выученики Браччо и Сфорца в свое время держали в руках всю Италию. За ними пошли все те, под чьим началом наемные войска состоят по сей день. Доблесть их привела к тому, что Италию из конца в конец прошел Карл, разорил Людовик, попрал Фердинанд и предали поруганию швейцарцы.

Начали они с того, что, возвышая себя, повсеместно унизили пехоту. Это нужно было им затем, что, живя ремеслом и не имея владений, они не могли бы прокормить большого пешего войска, а малое не создало бы им славы. Тогда как, ограничившись кавалерией, они при небольшой численности обеспечили себе и сытость, и почет. Дошло до того, что в двадцатитысячном войске не насчитывалось и двух тысяч пехоты. В дальнейшем они проявили необычайную изворотливость для того, чтобы избавить себя и солдат от опасностей и тягот военной жизни: в стычках они не убивают друг друга, а берут в плен и не требуют выкупа, при осаде ночью не идут на приступ; обороняя город, не делают вылазок к палаткам; не окружают лагерь частоколом и рвом, не ведут кампаний в зимнее время. И все это дозволяется их военным уставом и придумано ими нарочно для того, чтобы, как сказано, избежать опасностей и тягот военной жизни: так они довели Италию до позора и рабства.

## Глава XIII

### О войсках союзнических, смешанных и собственных

Союзнические войска — еще одна разновидность бесполезных войск — это войска сильного государя, которые призываются для помощи и защиты. Такими войсками воспользовался недавно папа Юлий: в военных действиях против Феррары он увидел, чего стоят его наемники, и сговорился с Фердинандом, королем Испанским, что тот окажет ему помощь кавалерией и пехотой. Сами по себе такие войска могут отлично и с пользой послужить своему государю, но для того, кто их призывает на помощь, они почти всегда опасны, ибо поражение их грозит государю гибелью, а победа — зависимостью.

Несмотря на то что исторические сочинения содержат множество подобных примеров, я хотел бы сослаться на тот же пример папы Юлия. С его стороны это был крайне опрометчивый шаг — довериться чужеземному государю ради того, чтобы захватить Феррару. И он был бы наказан за свою опрометчивость, если бы, на его счастье, судьба не рассудила иначе: союзническое войско его было разбито при Равенне, но благодаря тому, что внезапно появились швейцарцы и неожиданно для всех прогнали победителей, папа не попал в зависимость ни к неприятелю, ибо тот бежал, ни к союзникам, ибо победа была добыта не их оружием. Флорентийцы, не имея войска, двинули против Пизы десять тысяч французов — что едва не обернулось для них худшим бедствием, чем все, какие случались с ними в прошлом. Император Константинополя, воюя с соседями, призвал в Грецию десять тысяч турок, каковые по окончании войны не пожелали уйти, с чего и началось порабощение Греции неверными.

Итак, пусть союзническое войско призывает тот, кто не дорожит победой, ибо оно куда опасней наемного. Союзническое войско — это верная погибель тому, кто его призывает: оно действует как один человек и безраздельно повинуется своему государю; наемному же войску после победы нужно и больше времени, и более удобные обстоятельства, чтобы тебе навредить; в нем меньше единства, оно собрано и оплачиваемо тобой, и тот, кого ты поставил во главе его, не может сразу войти в такую силу, чтобы стать для тебя опасным соперником. Короче говоря, в наемном войске опаснее нерадивость, в союзническом войске — доблесть.

Поэтому мудрые государи всегда предпочитали иметь дело с собственным войском. Лучше, полагали они, проиграть со своими, чем выиграть с чужими, ибо не истинна та победа, которая добыта чужим оружием. Без колебаний сошлюсь опять на пример Чезаре Борджа. Поначалу, когда герцог только вступил в Романью, у него была французская конница, с помощью которой он захватил Имолу и Форли. Позже он понял ненадежность союзнического войска и, сочтя, что наемники менее для него опасны, воспользовался услугами Орсини и Вителли. Но, увидев, что те в деле нестойки и могут ему изменить, он избавился от них и набрал собственное войско. Какова разница между всеми этими видами войск, нетрудно понять, если посмотреть, как изменялось отношение к герцогу, когда у него были только французы, потом — наемное войско Орсини и Вителли и, наконец — собственное войско. Мы заметим, что, хотя уважение к герцогу постоянно росло, в полной мере с ним стали считаться только после того, как все увидели, что он располагает собственными солдатами.

Я намеревался не отступать от тех событий, которые происходили в Италии в недавнее время, но сошлюсь еще на пример Гиерона Сиракузского, так как упоминал о нем выше. Став, как сказано, волею сограждан военачальником Сиракуз, он скоро понял, что от наемного войска мало толку, ибо тогдашние кондотьеры были сродни теперешним. И так как он заключил, что их нельзя ни прогнать, ни оставить, то приказал их изрубить и с тех пор опирался только на свое, а не на чужое войско. Приходит на память и рассказ из Ветхого Завета, весьма тут уместный. Когда Давид вызвал на бой Голиафа, единоборца из стана филистимлян, то Саул, дабы поддержать дух в Давиде, облачил его в свои доспехи, но тот отверг их, сказав, что ему не по себе в чужом вооружении и что лучше он пойдет на врага с собственной пращой и ножом. Так всегда и бывает, что чужие доспехи либо широки, либо тесны, либо слишком громоздки.

Карл VII, отец короля Людовика XI, благодаря фортуне и доблести освободив Францию от англичан, понял, как необходимо быть вооруженным своим оружием, и приказал образовать постоянную конницу и пехоту. Позже король Людовик, его сын, распустил пехоту и стал брать на службу швейцарцев; эту ошибку еще усугубили его преемники, и теперь она дорого обходится Французскому королевству. Ибо, предпочтя швейцарцев, Франция подорвала дух своего войска: после упразднения пехоты кавалерия, приданная наемному войску, уже не надеется выиграть сражение своими силами. Так и получается, что воевать против швейцарцев французы не могут, а без швейцарцев против других — не смеют. Войско Франции, стало быть, смешанное: частью собственное, частью наемное — и в таком виде намного превосходит целиком союзническое или целиком наемное войско, но намного уступает войску, целиком составленному из своих солдат. Ограничусь уже известным примером: Франция была бы непобедима, если бы усовершенствовала или хотя бы сохранила устройство войска, введенное Карлом. Но неразумие людей таково, что они часто не замечают яда внутри того, что хорошо с виду, как я уже говорил выше по поводу чахоточной лихорадки.

Поэтому государь, который проглядел зарождающийся недуг, не обладает истинной мудростью, — но вовремя распознать его дано немногим. И если мы задумаемся об упадке Римской империи, то увидим, что он начался с того, что римляне стали брать на службу наемников — готов. От этого и пошло истощение сил империи, причем сколько силы отнималось у римлян, столько прибавлялось готам. В заключение же повторяю, что без собственного войска государство непрочно — более того, оно всецело зависит от прихотей фортуны, ибо доблесть не служит ему верной защитой в трудное время. По мнению и приговору мудрых людей: «Quod nihil sit tam infirmum aut instabile, quam fama potentiae non sua vi nixa»*. Собственные войска суть те, которые составляются из подданных, граждан или преданных тебе людей, всякие же другие относятся либо к союз-

---

* «Нет ничего более шаткого и преходящего, чем обаяние не опирающегося на собственную силу могущества» *(лат.)*.

ническим, либо к наемным. А какое им дать устройство, нетрудно заключить, если обдумать действия четырех названных мною лиц и рассмотреть, как устраивали и вооружали свои армии Филипп, отец Александра Македонского, и многие другие республики и государи, чьему примеру я всецело вверяюсь.

## Глава XIV

### Как государь должен поступать касательно военного дела

Таким образом, государь не должен иметь ни других помыслов, ни других забот, ни другого дела, кроме войны, военных установлений и военной науки, ибо война есть единственная обязанность, которую правитель не может возложить на другого. Военное искусство наделено такой силой, что позволяет не только удержать власть тому, кто рожден государем, но и достичь власти тому, кто родился простым смертным. И наоборот, когда государи помышляли больше об удовольствиях, чем о военных упражнениях, они теряли и ту власть, что имели. Небрежение этим искусством является главной причиной утраты власти, как владение им является главной причиной обретения власти.

Франческо Сфорца, умея воевать, из частного лица стал миланским герцогом, дети его, уклоняясь от тягот войны, из герцогов стали частными лицами. Тот, кто не владеет военным ремеслом, навлекает на себя много бед, и в частности презрение окружающих, а этого надо всемерно остерегаться, как о том будет сказано ниже. Ибо вооруженный несопоставим с безоружным и никогда вооруженный не подчинится безоружному по доброй воле, а безоружный никогда не почувствует себя в безопасности среди вооруженных слуг. Как могут двое поладить, если один подозревает другого, а тот, в свою очередь, его презирает. Так и государь, несведущий в военном деле, терпит много бед, и одна из них та, что он не пользуется уважением войска и, в свою очередь, не может на него положиться.

Поэтому государь должен даже в мыслях не оставлять военных упражнений и в мирное время предаваться им еще больше, чем в военное. Заключаются же они, во-первых, в делах, во-вторых — в размышлениях. Что касается дел, то государю следует не только следить за порядком и учениями в войске, но и самому почаще выезжать на охоту, чтобы закалить тело и одновременно изучить местность, а именно: где и какие есть возвышенности, куда выходят долины, насколько простираются равнины, каковы особенности рек и болот. Такое изучение вдвойне полезно. Прежде всего благодаря ему лучше узнаешь собственную страну и можешь вернее определить способы ее защиты; кроме того, зная в подробностях устройство одной местности, легко понимаешь особенности другой, попадая туда впервые, ибо склоны, долины, равнины, болота и реки, предположим, в Тоскане имеют определенное сходство с тем, что мы видим в других краях, отчего тот, кто изучил одну местность, быстро осваивается и во всех прочих. Если государь не выработал в себе этих навыков, то он лишен первого качества военачальника, ибо именно они позволяют сохранять преимущество, определяя местоположение неприятеля, располагаясь лагерем, идя на сближение с противником, вступая в бой и осаждая крепости.

Филопемену, главе Ахейского союза, античные авторы расточают множество похвал, и в частности за то, что он и в мирное время ни о чем не помышлял, кроме военного дела. Когда он прогуливался с друзьями за городом, то часто останавливался и спрашивал: если неприятель займет тот холм, а наше войско будет стоять здесь, на чьей стороне будет преимущество? как наступать в этих условиях, сохраняя боевые порядки? как отступать, если нас вынудят к отступлению? как преследовать противника, если тот обратится в бегство? И так, продвигаясь вперед, предлагал все новые и новые обстоятельства из тех, какие случаются на войне; и после того, как выслушивал мнения друзей, высказывал свое и приводил доводы в его пользу. Так постоянными размышлениями он добился того, что во время войны никакая случайность не могла бы застигнуть его врасплох.

Что же до умственных упражнений, то государь должен читать исторические труды, при этом особо изучать действия выдающихся полководцев, разбирать, какими способами они вели войну, что определяло их победы и что — поражения, с тем чтобы одерживать первые и избегать последних. Самое же главное — уподобившись многим великим людям прошлого, принять за образец кого-либо из прославленных и чтимых людей древности и постоянно держать в памяти его подвиги и деяния. Так, по рассказам, Александр Великий подражал Ахиллу, Цезарь — Александру, Сципион — Киру. Всякий, кто прочтет жизнеописание Кира, составленное Ксенофонтом, согласится, что, уподобляясь Киру, Сципион весьма способствовал своей славе и что в целомудрии, обходительности, человечности и щедрости Сципион следовал Киру, как тот описан нам Ксенофонтом. Мудрый государь должен соблюдать все описанные правила, никогда не предаваться в мирное время праздности, ибо все его труды окупятся, когда настанут тяжелые времена, и тогда, если судьба захочет его сокрушить, он сумеет выстоять под ее напором.

# Глава XV

## О том, за что людей, в особенности государей, восхваляют или порицают

Теперь остается рассмотреть, как государь должен вести себя по отношению к подданным и союзникам. Зная, что об этом писали многие, я опасаюсь, как бы меня не сочли самонадеянным за то, что, избрав тот же предмет, в толковании его я более всего расхожусь с другими. Но, имея намерение написать нечто полезное для людей понимающих, я предпочел следовать правде не воображаемой, а действительной — в отличие от тех многих, кто изобразил республики и государства, каких в действительности никто не знавал и не видывал. Ибо расстояние между тем, как люди живут и как должны бы жить, столь велико, что тот, кто отвергает действительное ради должного, действует скорее во вред себе, нежели на благо, так как, желая исповедовать добро во всех случаях жизни, он неминуемо погибнет, сталкиваясь с множеством людей, чуждых добру. Из чего следует, что государь, если он хочет сохранить власть, должен приобрести умение отступать от добра и пользоваться этим умением смотря по надобности.

Если же говорить не о вымышленных, а об истинных свойствах государей, то надо сказать, что во всех людях, а особенно в государях, стоящих выше прочих людей, замечают те или иные качества, заслуживающие похвалы или порицания. А именно: говорят, что один щедр, другой скуп — если взять тосканское слово, ибо жадный на нашем наречии это еще и тот, кто хочет отнять чужое, а скупым мы называем того, кто слишком держится за свое, — один расточителен, другой алчен; один жесток, другой сострадателен; один честен, другой вероломен; один изнежен и малодушен, другой тверд духом и смел; этот снисходителен, тот надменен; этот распутен, тот целомудрен; этот лукав, тот прямодушен; этот упрям, тот покладист; этот легкомыслен, тот степенен; этот набожен, тот нечестив и так далее. Что может быть похвальнее для государя, нежели соединять в себе все лучшие из перечисленных качеств? Но раз в силу своей природы человек не может ни иметь одни добродетели, ни неуклонно им следовать, то благоразумному государю следует избегать тех пороков, которые могут лишить его государства, от остальных же — воздерживаться по мере сил, но не более. И даже пусть государи не боятся навлечь на себя обвинения в тех пороках, без которых трудно удержаться у власти, ибо, вдумавшись, мы найдем немало такого, что на первый взгляд кажется добродетелью, а в действительности пагубно для государя, и наоборот: выглядит как порок, а на деле доставляет государю благополучие и безопасность.

# Глава XVI

## О щедрости и бережливости

Начну с первого из упомянутых качеств и скажу, что хорошо иметь славу щедрого государя. Тем не менее тот, кто проявляет щедрость, чтобы слыть щедрым, вредит самому себе. Ибо если проявлять ее разумно и должным образом, о ней не узнают, а тебя все равно обвинят в скупости, поэтому, чтобы распространить среди людей славу о своей щедрости, ты должен будешь изощряться в великолепных затеях, но, поступая таким образом, ты истощишь казну, после чего, не желая расставаться со славой щедрого правителя, вынужден будешь сверх меры обременить народ податями и прибегнуть к неблаговидным способам изыскания денег. Всем этим ты постепенно возбудишь ненависть подданных, а со временем, когда обеднеешь, — то и презрение. И после того как многих разоришь своей щедростью и немногих облагодетельствуешь, первое же затруднение обернется для тебя бедствием, первая же опасность — крушением. Но если ты вовремя одумаешься и захочешь поправить дело, тебя тотчас же обвинят в скупости.

Итак, раз государь не может без ущерба для себя проявлять щедрость так, чтобы ее признали, то не будет ли для него благоразумнее примириться со славой скупого правителя? Ибо со временем, когда люди увидят, что благодаря бережливости он удовлетворяется своими доходами и ведет военные кампании, не обременяя народ дополнительными налогами, за ним утвердится слава щедрого правителя. И он действительно окажется щедрым по отношению ко всем тем, у кого ничего не отнял, а таких большая часть, и скупым по отношению ко всем тем, кого мог бы обогатить, а таких единицы. В наши дни лишь те совершили великие дела, кто прослыл скупым, остальные сошли неприметно. Папа Юлий желал слыть щедрым лишь до тех пор, пока не достиг папской власти, после чего, готовясь к войне, думать забыл о щедрости. Нынешний король Франции провел несколько войн без введения чрезвычайных налогов только потому, что, предвидя дополнительные расходы, проявлял упорную бережливость. Нынешний король Испании не предпринял бы и не выиграл стольких кампаний, если бы дорожил славой щедрого государя.

Итак, ради того чтобы не обирать подданных, иметь средства для обороны, не обеднеть, не вызвать презрения и не стать поневоле алчным, государь должен пренебречь славой скупого правителя, ибо скупость — это один из тех пороков, которые позволяют ему править.

Если мне скажут, что Цезарь проложил себе путь щедростью и что многие другие, благодаря тому, что были и слыли щедрыми, достигали самых высоких степеней, я отвечу: либо ты достиг власти, либо ты еще на пути к ней. В первом случае щедрость вредна, во втором — необходима. Цезарь был на пути к абсолютной власти над Римом, поэтому щедрость не могла ему повредить, но владычеству его пришел бы конец, если бы он, достигнув власти, прожил дольше и не умерил расходов. А если мне возразят, что многие уже были государями и совершали во главе войска великие дела, однако же слыли щедрейшими, я отвечу, что тратить можно либо свое, либо чужое. В первом случае полезна бережливость, во втором — как можно большая щедрость.

Если ты ведешь войско, которое кормится добычей, грабежом, поборами и чужим добром, тебе необходимо быть щедрым, иначе за тобой не пойдут солдаты. И всегда имущество, которое не принадлежит тебе или твоим подданным, можешь раздаривать щедрой рукой, как это делали Кир, Цезарь и Александр, ибо, расточая чужое, ты прибавляешь себе славы, тогда как расточая свое — ты только себе вредишь. Ничто другое не истощает себя так, как щедрость: выказывая ее, одновременно теряешь самую возможность ее выказывать и либо впадаешь в бедность, возбуждающую презрение, либо, желая избежать бедности, разоряешь других, чем навлекаешь на себя ненависть. Между тем презрение и ненависть подданных — это то самое, чего государь должен более всего опасаться, щедрость же ведет к тому и другому. Поэтому больше мудрости в том, чтобы, слывя скупым, стяжать худую славу без ненависти, чем в том, чтобы, желая прослыть щедрым и оттого поневоле разоряя других, стяжать худую славу и ненависть разом.

## Глава XVII

### О жестокости и милосердии и о том, что лучше: внушать любовь или страх

Переходя к другим из упомянутых выше свойств, скажу, что каждый государь желал бы прослыть милосердным, а не жестоким, однако следует остерегаться злоупотребить милосердием. Чезаре Борджа многие называли жестоким, но жестокостью этой он навел порядок в Романье, объединил ее, умиротворил и привел к повиновению. И, если вдуматься, проявил тем самым больше милосердия, чем флорентийский народ, который, боясь обвинений в жестокости, позволил разрушить Пистойю. Поэтому государь, если он желает удержать в повиновении подданных, не должен считаться с обвинениями в жестокости. Учинив несколько расправ, он проявит больше милосердия, чем те, кто по избытку его потворствуют беспорядку. Ибо от беспорядка, который порождает грабежи и убийства, страдает все население, тогда как от кар, налагаемых государем, страдают лишь отдельные лица. Новый государь еще меньше, чем всякий другой, может избежать упрека в жестокости, ибо новой власти угрожает множество опасностей. Вергилий говорит устами Дидоны:

Res dura, et regni novitas me talia cogunt
Moliri, et late fines custode tueri*.

Однако новый государь не должен быть легковерен, мнителен и скор на расправу, во всех своих действиях он должен быть сдержан, осмотрителен и милостив, так чтобы излишняя доверчивость не обернулась неосторожностью, а излишняя недоверчивость не озлобила подданных.

По этому поводу может возникнуть спор, что лучше: чтобы государя любили или чтобы его боялись.

Говорят, что лучше всего, когда боятся и любят одновременно; однако любовь плохо уживается со страхом, поэтому если уж приходится выбирать, то надежнее выбрать страх. Ибо о людях в целом можно сказать, что они неблагодарны и непостоянны, склонны к лицемерию и обману, что их отпугивает опасность и влечет нажива: пока ты делаешь им добро, они твои всей душой, обещают ничего для тебя не щадить: ни крови, ни жизни, ни детей, ни имущества, но когда у тебя явится в них нужда, они тотчас от тебя отвернутся. И худо придется тому государю, который, доверясь их посулам, не примет никаких мер на случай опасности.

---

* «Молодо царство у нас, велика опасность; лишь это
Бдительно так рубежи охранять меня заставляет» *(лат.)*.

Ибо дружбу, которая дается за деньги, а не приобретается величием и благородством души, можно купить, но нельзя удержать, чтобы воспользоваться ею в трудное время. Кроме того, люди меньше остерегаются обидеть того, кто внушает им любовь, нежели того, кто внушает им страх, ибо любовь поддерживается благодарностью, которой люди, будучи дурны, могут пренебречь ради своей выгоды, тогда как страх поддерживается угрозой наказания, которой пренебречь невозможно.

Однако государь должен внушать страх таким образом, чтобы если не приобрести любви, то хотя бы избежать ненависти, ибо вполне возможно внушать страх без ненависти. Чтобы избежать ненависти, государю необходимо воздерживаться от посягательств на имущество граждан и подданных и на их женщин. Даже когда государь считает нужным лишить кого-либо жизни, он может сделать это, если налицо подходящее обоснование и очевидная причина, но он должен остерегаться посягать на чужое добро, ибо люди скорее простят смерть отца, чем потерю имущества. Тем более что причин для изъятия имущества всегда достаточно, и если начать жить хищничеством, то всегда найдется повод присвоить чужое, тогда как оснований для лишения кого-либо жизни гораздо меньше и повод для этого приискать труднее.

Но когда государь ведет многотысячное войско, он тем более должен пренебречь тем, что может прослыть жестоким, ибо, не прослыв жестоким, нельзя поддержать единства и боеспособности войска. Среди удивительных деяний Ганнибала упоминают и следующее: отправившись воевать в чужие земли, он удержал от мятежа и распрей огромное и разноплеменное войско как в дни побед, так и в дни поражений. Что можно объяснить только его нечеловеческой жестокостью, которая вкупе с доблестью и талантами внушала войску благоговение и ужас; не будь в нем жестокости, другие его качества не возымели бы такого действия. Между тем авторы исторических трудов, с одной стороны, превозносят сам подвиг, с другой — необдуманно порицают главную его причину.

Насколько верно утверждение, что полководцу мало обладать доблестью и талантом, показывает пример Сципиона — человека необычайного не только среди его современников, но и среди всех людей. Его войска взбунтовались в Испании вследствие того, что по своему чрезмерному мягкосердечию он предоставил солдатам большую свободу, чем это дозволяется воинской дисциплиной. Что и вменил ему в вину Фабий Максим, назвавший его перед Сенатом развратителем римского воинства. По тому же недостатку твердости Сципион не вступился за локров, узнав, что их разоряет один из его легатов, и не покарал легата за дерзость. Недаром кто-то в Сенате, желая его оправдать, сказал, что он относится к той породе людей, которым легче избегать ошибок самим, чем наказывать за ошибки других. Со временем от этой черты Сципиона пострадало бы и его доброе имя, и слава — если бы он распоряжался единолично; но он состоял под властью Сената, и потому это свойство его характера не только не имело вредных последствий, но и послужило к вящей его славе.

Итак, возвращаясь к спору о том, что лучше: чтобы государя любили или чтобы его боялись, скажу, что любят государей по собственному усмотрению, а боятся — по усмотрению государей, поэтому мудрому правителю лучше рассчитывать на то, что зависит от него, а не от кого-то другого; важно лишь ни в коем случае не навлекать на себя ненависти подданных, как о том сказано выше.

## Глава XVIII

### О том, как государи должны держать слово

Излишне говорить, сколь похвальна в государе верность данному слову, прямодушие и неуклонная честность. Однако мы знаем по опыту, что в наше время великие дела удавались лишь тем, кто не старался сдержать данное слово и умел кого нужно обвести вокруг пальца; такие государи в конечном счете преуспели куда больше, чем те, кто ставил на честность.

Надо знать, что с врагом можно бороться двумя способами: во-первых, законами, во-вторых, силой. Первый способ присущ человеку, второй — зверю; но так как первое часто недостаточно, то приходится прибегать и ко второму. Отсюда следует, что государь должен усвоить то, что заключено в природе и человека, и зверя. Не это ли иносказательно внушают нам античные авторы, повествуя о том, как Ахилла и прочих героев древности отдавали на воспитание кентавру Хирону, дабы они приобщились к его мудрости? Какой иной смысл имеет выбор в наставники получеловека-полузверя, как не тот, что государь должен совместить в себе обе эти природы, ибо одна без другой не имеет достаточной силы?

Итак, из всех зверей пусть государь уподобится двум: льву и лисе. Лев боится капканов, а лиса — волков, следовательно, надо быть подобным лисе, чтобы уметь обойти капканы, и льву, чтобы отпугнуть волков. Тот, кто всегда подобен льву, может не заметить капкана. Из чего следует, что разумный правитель не может и не должен оставаться верным своему обещанию, если это вредит его интересам и если отпали причины, побудившие его дать обещание. Такой совет был бы недостойным, если бы люди честно держали слово, но люди, будучи дурны, слова не держат, поэтому и ты должен поступать с ними так же. А благовидный предлог нарушить обещание всегда найдется. Примеров тому множество: сколько мирных договоров, сколько соглашений не вступило в силу или пошло прахом из-за того, что государи нарушали свое слово, и всегда в выигрыше оказывался тот, кто имел лисью натуру. Однако натуру эту надо еще уметь прикрыть, надо быть изрядным обманщиком и лицемером, люди же так простодушны и так поглощены ближайшими нуждами, что обманывающий всегда найдет того, кто даст себя одурачить.

Из близких по времени примеров не могу умолчать об одном. Александр VI всю жизнь изощрялся в обманах, но каждый раз находились люди, готовые ему верить. Во всем свете не было человека, который бы так клятвенно уверял, так убедительно обещал и так мало заботился об исполнении своих обещаний. Тем не менее обманы всегда удавались ему, как он желал, ибо он знал толк в этом деле. Отсюда следует, что государю нет необходимости обладать всеми названными добродетелями, но есть прямая необходимость выглядеть обладающим ими. Дерзну прибавить, что обладать этими добродетелями и неуклонно им следовать вредно, тогда как выглядеть обладающим ими — полезно. Иначе говоря, надо являться в глазах людей сострадательным, верным слову, милостивым, искренним, благочестивым — и быть таковым в самом деле, но внутренне надо сохранять готовность проявить и противоположные качества, если это окажется необходимо. Следует понимать, что государь, особенно новый, не может исполнять все то, за что людей почитают хорошими, так как ради сохранения государства он часто бывает вынужден идти против своего слова, против милосердия, доброты и благочестия. Поэтому в душе он всегда должен быть готов к тому, чтобы переменить направление, если события примут другой оборот или в другую сторону задует ветер фортуны, то есть, как было сказано, по возможности не удаляться от добра, но при надобности не чураться и зла.

Итак, государь должен бдительно следить за тем, чтобы с языка его не сорвалось слова, не исполненного пяти названных добродетелей. Пусть тем, кто видит его и слышит, он предстанет как само милосердие, верность, прямодушие, человечность и благочестие, особенно благочестие. Ибо люди большей частью судят по виду, так как увидеть дано всем, а потрогать руками — немногим. Каждый знает, каков ты с виду, немногим известно, каков ты на самом деле, и эти последние не посмеют оспорить мнение большинства, за спиной которого стоит государство. О действиях всех людей, а особенно государей, с которых в суде не спросишь, заключают по результату, поэтому пусть государи стараются сохранить власть и одержать победу. Какие бы средства для этого ни употребить, их всегда сочтут достойными и одобрят, ибо чернь прельщается видимостью и успехом, в мире же нет ничего, кроме черни, и меньшинству в нем не остается места, когда за большинством стоит государство. Один из нынешних государей, которого воздержусь называть, только и делает, что проповедует мир и верность, на деле же тому и другому злейший враг; но если бы он последовал тому, что проповедует, то давно лишился бы либо могущества, либо государства.

## Глава XIX

### О том, каким образом избегать ненависти и презрения

Наиважнейшие из упомянутых качеств мы рассмотрели; что же касается прочих, то о них я скажу кратко, предварив рассуждение одним общим правилом. Государь, как отчасти сказано выше, должен следить за тем, чтобы не совершить ничего, что могло бы вызвать ненависть или презрение подданных. Если в этом он преуспеет, то свое дело он сделал, и прочие его пороки не представят для него никакой опасности. Ненависть государи возбуждают хищничеством и посягательством на добро и женщин своих подданных. Ибо большая часть людей довольна жизнью, пока не задеты их честь или имущество; так что недовольным может оказаться лишь небольшое число честолюбцев, на которых нетрудно найти управу. Презрение государи возбуждают непостоянством, легкомыслием, изнеженностью, малодушием и нерешительностью. Этих качеств надо остерегаться как огня, стараясь, напротив, в каждом действии являть великодушие, бесстрашие, основательность и твердость. Решения государя касательно частных дел подданных должны быть бесповоротными, и мнение о нем должно быть таково, чтобы никому не могло прийти в голову, что можно обмануть или перехитрить государя. К правителю, внушившему о себе такое понятие, будут относиться с почтением; а если известно, что государь имеет выдающиеся достоинства и почитаем своими подданными, врагам труднее будет напасть на него или составить против него заговор. Ибо государя подстерегают две опасности — одна изнутри, со стороны подданных, другая извне — со стороны сильных соседей. С внешней опасностью можно справиться при помощи хорошего войска и хороших союзников; причем тот, кто имеет хорошее войско, найдет и хороших союзников. А если опасность извне будет устранена, то и внутри сохранится мир, при условии, что его не нарушат тайные заговоры. Но и в случае нападения извне государь не должен терять присутствия духа, ибо, если образ его действий был таков, как я говорю, он устоит перед любым неприятелем, как устоял Набид Спартанский, о чем сказано выше.

Что же касается подданных, то когда снаружи мир, то единственное, чего следует опасаться, — это тайные заговоры. Главное средство против них — не навлекать на себя ненависти и презрения подданных и быть угодным народу, чего добиться необходимо, как о том подробно сказано выше. Из всех способов предотвратить заговор самый верный — не быть ненавистным народу. Ведь заговорщик всегда рассчитывает на то, что убийством государя угодит народу; если же он знает, что возмутит народ, у него не хватит духа пойти на такое дело, ибо трудностям, с которыми сопряжен всякий заговор, нет числа. Как показывает опыт, заговоры возникали часто, но удавались редко. Объясняется же это тем, что заговорщик не может действовать в одиночку и не может сговориться ни с кем, кроме тех, кого полагает недовольными властью. Но, открывшись недовольному, ты тотчас даешь ему возможность стать одним из довольных, так как, выдав тебя, он может обеспечить себе всяческие блага. Таким образом, когда с одной стороны выгода явная, а с другой — сомнительная, и к тому же множество опасностей, то не выдаст тебя только такой сообщник, который является преданнейшим твоим другом или злейшим врагом государя.

Короче говоря, на стороне заговорщика — страх, подозрение, боязнь расплаты; на стороне государя — величие власти, законы, друзья и вся мощь государства; так что если к этому присоединяется народное благоволение, то едва ли кто-нибудь осмелится составить заговор. Ибо заговорщику есть чего опасаться и прежде совершения злого дела, но в этом случае, когда против него народ, ему есть чего опасаться и после, ибо ему не у кого будет искать убежища.

По этому поводу я мог бы привести немало примеров, но ограничусь одним, который еще памятен нашим отцам. Мессер Аннибале Бентивольо, правитель Болоньи, дед нынешнего мессера Аннибале, был убит заговорщиками Каннески, и после него не осталось других наследников, кроме мессера Джованни, который был еще в колыбели. Тотчас после убийства разгневанный народ перебил всех Каннески, ибо дом Бентивольо пользовался в то время народной любовью. И так она была сильна, что когда в Болонье не осталось никого из Бентивольо, кто мог бы управлять государством, горожане, прослышав о некоем человеке крови Бентивольо, считавшемся ранее сыном кузнеца, явились к нему во Флоренцию и вверили ему власть, так что он управлял городом до тех самых пор, пока мессер Джованни не вошел в подобающий правителю возраст.

В заключение повторю, что государь может не опасаться заговоров, если пользуется благоволением народа, и, наоборот, должен бояться всех и каждого, если народ питает к нему вражду и ненависть. Благоустроенные государства и мудрые государи принимали все меры к тому, чтобы не ожесточать знать и быть угодными народу, ибо это принадлежит к числу важнейших забот тех, кто правит.

В наши дни хорошо устроенным и хорошо управляемым государством является Франция. В ней имеется множество полезных учреждений, обеспечивающих свободу и безопасность короля, из которых первейшее — парламент с его полномочиями. Устроитель этой монархии, зная властолюбие и наглость знати, считал, что ее необходимо держать в узде; с другой стороны, зная ненависть народа к знати, основанную на страхе, желал оградить знать. Однако он не стал вменять это в обязанность королю, чтобы знать не могла обвинить его в потворстве народу, а народ — в покровительстве знати, и создал третейское учреждение, которое, не вмешивая короля, обуздывает сильных и поощряет слабых. Трудно вообразить лучший и более разумный порядок, как и более верный залог безопасности короля и королевства. Отсюда можно извлечь еще одно полезное правило, а именно: что дела, неугодные подданным, государи должны возлагать на других, а угодные — исполнять сами. В заключение же повторю, что государю надлежит выказывать почтение к знати, но не вызывать ненависти в народе.

Многие, пожалуй, скажут, что пример жизни и смерти некоторых римских императоров противоречит высказанному здесь мнению. Я имею в виду тех императоров, которые, прожив достойную жизнь и явив доблесть духа, либо лишились власти, либо были убиты вследствие заговора. Желая оспорить подобные возражения, я разберу качества нескольких императоров и докажу, что их привели к крушению как раз те причины, на которые я указал выше. Заодно я хотел бы выделить и все то наиболее поучительное, что содержится в жизнеописании императоров — преемников Марка-философа, вплоть до Максимина, то есть Марка, сына его Коммода, Пертинакса, Юлиана, Севера, сына его Антонина Каракаллы, Макрина, Гелиогабала, Александра и Максимина.

Прежде всего надо сказать, что если обыкновенно государям приходится сдерживать честолюбие знати и необузданность народа, то римским императорам приходилось сдерживать еще жестокость и алчность войска. Многих эта тягостная необходимость привела к гибели, ибо трудно было угодить одновременно и народу, и войску. Народ желал мира и спокойствия, поэтому предпочитал кротких государей, тогда как солдаты предпочитали государей воинственных, неистовых, жестоких и хищных — но только при условии, что эти качества будут проявляться по отношению к народу, так, чтобы самим получать двойное жалованье и утолять свою жестокость и алчность.

Все это неизбежно приводило к гибели тех императоров, которым не было дано — врожденными свойствами или старанием — внушить к себе такое почтение, чтобы удержать в повиновении и народ, и войско. Большая часть императоров — в особенности те, кто возвысился до императорской власти, а не получил ее по наследству, — оказавшись меж двух огней, предпочли угождать войску, не считаясь с народом. Но другого выхода у них и не было, ибо если государь не может избежать ненависти кого-либо из подданных, то он должен сначала попытаться не вызвать всеобщей ненависти. Если же это окажется невозможным, он должен приложить все старания к тому, чтобы не вызвать ненависти у тех, кто сильнее. Вот почему новые государи, особенно нуждаясь в поддержке, охотнее принимали сторону солдат, нежели народа. Но и в этом случае терпели неудачу, если не умели внушить к себе надлежащего почтения.

По указанной причине из трех императоров — Марка, Пертинакса и Александра, склонных к умеренности, любящих справедливость, врагов жестокости, мягких и милосердных, двоих постигла печальная участь. Только Марк жил и умер в величайшем почете, ибо наследовал императорскую власть iure hereditario* и не нуждался в признании ее ни народом, ни войском. Сверх того, он внушил подданным почтение своими многообразными добродетелями, поэтому сумел удержать в должных пределах и народ, и войско и не был ими ни ненавидим, ни презираем. В отличие от него Пертинакс стал императором против воли солдат, которые, привыкнув к распущенности при Коммоде, не могли вынести честной жизни, к которой он принуждал их, и возненавидели его, а так как

* По праву наследства *(лат.)*.

к тому же они презирали его за старость, то он и был убит в самом начале своего правления.

Здесь уместно заметить, что добрыми делами можно навлечь на себя ненависть точно так же, как и дурными, поэтому государь, как я уже говорил, нередко вынужден отступать от добра ради того, чтобы сохранить государство, ибо если та часть подданных, чьего расположения ищет государь — будь то народ, знать или войско, — развращена, то и государю, чтобы ей угодить, приходится действовать соответственно, и в этом случае добрые дела могут ему повредить. Но перейдем к Александру: кротость его, как рассказывают ему в похвалу, была такова, что за четырнадцать лет его правления не был казнен без суда ни один человек. И все же он возбудил презрение, слывя чересчур изнеженным и послушным матери, и был убит вследствие заговора в войске.

В противоположность этим троим Коммод, Север, Антонин Каракалла и Максимин отличались крайней алчностью и жестокостью. Угождая войску, они как могли разоряли и притесняли народ, и всех их, за исключением Севера, постигла печальная участь. Север же прославился такой доблестью, что не утратил расположения солдат до конца жизни и счастливо правил, несмотря на то что разорял народ. Доблесть его представлялась необычайной и народу, и войску: народ она пугала и ошеломляла, а войску внушала благоговение. И так как все совершенное им в качестве нового государя замечательно и достойно внимания, то я хотел бы, не вдаваясь в частности, показать, как он умел уподобляться то льву, то лисе, каковым, как я уже говорил, должны подражать государи.

Узнав о нерадивости императора Юлиана, Север убедил солдат, находившихся под его началом в Славонии, что их долг идти в Рим отомстить за смерть императора Пертинакса, убитого преторианцами. Под этим предлогом он двинул войско на Рим, никому не открывая своего намерения добиться императорской власти, и прибыл в Италию прежде, чем туда донесся слух о его выступлении. Когда он достиг Рима, Сенат, испугавшись, провозгласил его императором и приказал убить Юлиана. Однако на пути Севера стояло еще два препятствия: в Азии Песценний Нигер,

Глава азийского войска, провозгласил себя императором, на западе соперником его стал Альбин. Выступить в открытую против обоих было опасно, поэтому Север решил на Нигера напасть открыто, а Альбина устранить хитростью. Последнему он написал, что, будучи возведен Сенатом в императорское достоинство, желает разделить с ним эту честь, просит его принять титул Цезаря и по решению Сената объявляет его соправителем. Тот все это принял за правду. Но после того, как войско Нигера было разбито, сам он умерщвлен, а дела на востоке улажены, Север вернулся в Рим и подал в Сенат жалобу: будто бы Альбин, забыв об оказанных ему Севером благодеяниях, покушался на его жизнь, почему он вынужден выступить из Рима, чтобы покарать Альбина за неблагодарность. После чего он настиг Альбина во Франции и лишил его власти и жизни.

Вдумавшись в действия Севера, мы убедимся в том, что он вел себя то как свирепейший лев, то как хитрейшая лиса; что он всем внушил страх и почтение и не возбудил ненависти войска. Поэтому мы не станем удивляться, каким образом ему, новому государю, удалось так упрочить свое владычество: разоряя подданных, он не возбудил их ненависти, ибо был защищен от нее своей славой. Сын его Антонин также был личностью замечательной и, сумев поразить воображение народа, был угоден солдатам. Он был истинный воин, сносивший любые тяготы, презиравший изысканную пищу, чуждый изнеженности, и за это пользовался любовью войска. Но, проявив неслыханную свирепость и жестокость — им было совершено множество убийств и истреблены все жители Александрии и половина жителей Рима, — он стал ненавистен всем подданным и даже внушил страх своим приближенным, так что был убит на глазах своего войска одним из центурионов.

Здесь уместно заметить, что всякий, кому не дорога жизнь, может совершить покушение на государя, так что нет верного способа избежать гибели от руки человека одержимого. Но этого не следует так уж бояться, ибо подобные покушения случаются крайне редко. Важно лишь не подвергать оскорблению окружающих тебя должностных лиц и людей, находящихся у тебя в услужении, то есть не поступать как Антонин, который предал позорной смерти брата того центуриона, каждый день грозил смертью ему самому, однако же продолжал держать его у себя телохранителем. Это было безрассудно и не могло не кончиться гибелью Антонина, что, как мы знаем, и случилось.

Обратимся теперь к Коммоду. Будучи сыном Марка, он мог без труда удержать власть, полученную им по наследству. Если бы он шел по стопам отца, то этим всего лучше угодил бы и народу, и войску, но, как человек жестокий и низкий, он стал заискивать у войска и поощрять в нем распущенность, чтобы с его помощью обирать народ. Однако он возбудил презрение войска тем, что унижал свое императорское достоинство, сходясь с гладиаторами на арене, и совершал много других мерзостей, недостойных императорского величия. Ненавидимый одними и презираемый другими, он был убит вследствие заговора среди его приближенных.

Остается рассказать о качествах Максимина. Это был человек на редкость воинственный, и после того, как Александр вызвал раздражение войска своей изнеженностью, оно провозгласило императором Максимина. Но править ему пришлось недолго, ибо он возбудил ненависть и презрение войска тем, что, во-первых, пас когда-то овец во Фракии — это обстоятельство, о котором все знали, являлось позором в глазах его подданных; во-вторых, провозглашенный императором, он отложил выступление в Рим, где должен был принять знаки императорского достоинства, и прославил себя жестокостью, произведя через своих префектов жесточайшие расправы в Риме и повсеместно. После этого презрение к нему за его низкое происхождение усугубилось ненавистью, внушенной страхом перед его свирепостью, так что против него восстала сначала Африка, потом Сенат и весь римский народ, и наконец в заговор оказалась вовлеченной вся Италия. К заговору примкнули его собственные солдаты, осаждавшие Аквилею, которые были раздражены его жестокостью и трудностями осады: видя, что у него много врагов, они осмелели и убили императора.

Я не буду касаться Гелиогабала, Макрина и Юлиана как совершенно ничтожных и неприметно сошедших правителей, но перейду к заключению. В наше время государям нет такой уж надобности угождать войску. Правда, войско и сейчас требует попечения; однако эта трудность легко разрешима, ибо в наши дни государь не имеет дела с солдатами, которые тесно связаны с правителями и властями отдельных провинций, как это было в Римской империи. Поэтому если в то время приходилось больше угождать солдатам, ибо войско представляло большую силу, то в наше время всем государям, кроме султанов, турецкого и египетского, важнее угодить народу, ибо народ представляет большую силу.

Турецкий султан отличается от других государей тем, что он окружен двенадцатитысячным пешим войском и пятнадцатитысячной конницей, от которых зависит крепость и безопасность его державы. Такой государь поневоле должен, отложив прочие заботы, стараться быть в дружбе с войском. Подобным же образом султану египетскому, зависящему от солдат, необходимо, хотя бы в ущерб народу, ладить со своим войском. Заметьте, что государство султана египетского устроено не так, как все прочие государства, и сопоставимо лишь с папством в христианском мире. Его нельзя назвать наследственным, ибо наследниками султана являются не его дети, а тот, кто избран в преемники особо на то уполномоченными лицами. Но его нельзя назвать и новым, ибо порядок этот заведен давно, и перед султаном не встает ни одна из тех трудностей, с которыми имеют дело новые государи. Таким образом, несмотря на то что султан в государстве — новый, учреждения в нем — старые, и они обеспечивают преемственность власти, как при обычном ее наследовании.

Но вернемся к обсуждаемому предмету. Рассмотрев сказанное выше, мы увидим, что главной причиной гибели императоров была либо ненависть к ним, либо презрение, и поймем, почему из тех, кто действовал противоположными способами, только двоим выпал счастливый, а остальным несчастный конец. Дело в том, что Пертинаксу и Александру, как новым государям, было бесполезно и даже вредно подражать Марку, ставшему императором по праву наследства, а Коммоду и Максимину пагубно было подражать Северу, ибо они не обладали той доблестью, которая позволяла бы им следовать его примеру. Соответственно, новый государь в новом государстве не должен ни подражать Марку, ни уподобляться Северу, но должен у Севера позаимствовать то, без чего нельзя основать новое государство, а у Марка — то наилучшее и наиболее достойное, что нужно для сохранения государства, уже обретшего и устойчивость, и прочность.

## Глава XX

### О том, полезны ли крепости, и многое другое, что постоянно применяют государи

Одни государи, чтобы упрочить свою власть, разоружали подданных, другие поддерживали раскол среди граждан в завоеванных городах, одни намеренно создавали себе врагов, другие предпочли добиваться расположения тех, в ком сомневались, придя к власти; одни воздвигали крепости, другие — разоряли их и разрушали до основания. Которому из этих способов следует отдать предпочтение, сказать трудно, не зная, каковы были обстоятельства в тех государствах, где принималось то или иное решение; однако же я попытаюсь высказаться о них, отвлекаясь от частностей настолько, насколько это дозволяется самим предметом.

Итак, никогда не бывало, чтобы новые государи разоружали подданных, — напротив, они всегда вооружали их, если те оказывались невооруженными, ибо, вооружая подданных, обретаешь собственное войско, завоевываешь преданность одних, укрепляешь преданность в других и таким образом обращаешь подданных в своих приверженцев. Всех подданных невозможно вооружить, но если отличить хотя бы часть их, то это позволит с большей уверенностью полагаться и на всех прочих. Первые, видя, что им оказано предпочтение, будут благодарны тебе, вторые простят тебя, рассудив, что тех и следует отличать, кто несет больше обязанностей и подвергается большим опасностям. Но, разоружив подданных, ты оскорбишь их недоверием и проявишь тем самым трусость или подозрительность, а оба эти качества не прощаются государям. И так как ты не сможешь обойтись без войска, то поневоле обратишься к наемникам, а чего стоит наемное войско — о том уже шла речь выше; но, будь они даже отличными солдатами, их сил недостаточно для того, чтобы защитить тебя от могущественных врагов и неверных подданных.

Впрочем, как я уже говорил, новые государи в новых государствах всегда создавали собственное войско, что подтверждается множеством исторических примеров. Но если государь присоединяет новое владение к старому государству, то новых подданных следует разоружить, исключая тех, кто содействовал завоеванию, но этим последним надо дать изнежиться и расслабиться, ведя дело к тому, чтобы в конечном счете во всем войске остались только коренные подданные, живущие близ государя.

Наши предки, те, кого почитали мудрыми, говаривали, что Пистойю надо удерживать раздорами, а Пизу — крепостями, почему для укрепления своего владычества поощряли распри в некоторых подвластных им городах. В те дни, когда Италия находилась в относительном равновесии, такой образ действий мог отвечать цели. Но едва ли подобное наставление пригодно в наше время, ибо сомневаюсь, чтобы расколы когда-либо кончались добром; более того, если подойдет неприятель, поражение неминуемо, так как более слабая партия примкнет к нападающим, а сильная — не сможет отстоять город.

Венецианцы поощряли вражду гвельфов и гибеллинов в подвластных им городах — вероятно, по тем самым причинам, какие я называю. Не доводя дело до кровопролития, они стравливали тех и других затем, чтобы граждане, занятые распрей, не объединили против них свои силы. Но как мы видим, это не принесло им пользы: после разгрома при Вайла сначала часть городов, а затем и все они, осмелев, отпали от венецианцев. Подобные приемы изобличают, таким образом, слабость правителя, ибо крепкая и решительная власть никогда не допустит раскола; и если в мирное время они полезны государю, так как помогают ему держать в руках подданных, то в военное время пагубность их выходит наружу.

Без сомнения, государи обретают величие, когда одолевают препятствия и сокрушают недругов, почему фортуна — в особенности если она желает возвеличить нового государя, которому признание нужней, чем наследному, — сама насылает ему врагов и принуждает вступить с ними в схватку для того, чтобы, одолев их, он по подставленной ими лестнице поднялся как можно выше. Однако многие полагают, что мудрый государь и сам должен, когда позволяют обстоятельства, искусно создавать себе врагов, чтобы, одержав над ними верх, явиться в еще большем величии.

Нередко государи, особенно новые, со временем убеждаются в том, что более преданные и полезные для них люди — это те, кому они поначалу не доверяли. Пандольфо Петруччи, властитель Сиены, правил своим государством, опираясь более на тех, в ком раньше сомневался, нежели на всех прочих. Но тут нельзя говорить отвлеченно, ибо все меняется в зависимости от обстоятельств. Скажу лишь, что расположением тех, кто поначалу был врагом государя, ничего не стоит заручиться в том случае, если им для сохранения своего положения требуется его покровительство. И они тем ревностнее будут служить государю, что захотят делами доказать превратность прежнего о них мнения. Таким образом, они всегда окажутся полезнее для государя, нежели те, кто, будучи уверен в его благоволении, чрезмерно печется о собственном благе.

И так как этого требует обсуждаемый предмет, то я желал бы напомнить государям, пришедшим к власти с помощью части граждан, что следует вдумываться в побуждения тех, кто тебе помогал, и если окажется, что дело не в личной приверженности, а в недовольстве прежним правлением, то удержать их дружбу будет крайне трудно, ибо удовлетворить таких людей невозможно. Если на примерах из древности и современной жизни мы попытаемся понять причину этого, то увидим, что всегда гораздо легче приобрести дружбу тех, кто был доволен прежней властью и потому враждебно встретил нового государя, нежели сохранить дружбу тех, кто был недоволен прежней властью и потому содействовал перевороту.

Издавна государи ради упрочения своей власти возводят крепости, дабы ими, точно уздою и поводьями, сдерживать тех, кто замышляет крамолу, а также дабы располагать надежным убежищем на случай внезапного нападения врага. Могу похвалить этот ведущийся издавна обычай. Однако на нашей памяти мессер Никколо Вителли приказал срыть две крепости в Читта ди Кастелло, чтобы удержать в своих руках город. Гвидо Убальдо, вернувшись в свои владения, откуда его изгнал Чезаре Борджа, разрушил до основания все крепости этого края, рассудив, что так ему будет легче удержать государство. Семейство Бентивольо, вернувшись в Болонью, поступило подобным же образом. Из чего следует, что полезны крепости или нет — зависит от обстоятельств, и если в одном случае они во благо, то в другом случае они во вред. Разъясню подробнее: тем государям, которые больше боятся народа, нежели внешних врагов, крепости полезны; а тем из них, кто больше боится внешних врагов, чем народа, крепости не нужны. Так семейству Сфорца замок в Милане, построенный герцогом Франческо Сфорца, нанес больший урон, нежели все беспорядки, случившиеся в их государстве. Поэтому лучшая из всех крепостей — не быть ненавистным народу: какие крепости ни строй, они не спасут, если ты ненавистен народу, ибо, когда народ берется за оружие, на подмогу ему всегда явятся чужеземцы. В наши дни от крепостей никому не было пользы, кроме разве графини Форли, после смерти ее супруга, графа Джироламо; благодаря замку ей удалось укрыться от восставшего народа, дождаться помощи из Милана и возвратиться к власти; время же было такое, что никто со стороны не мог оказать поддержку народу; но впоследствии и ей не помогли крепости, когда ее замок осадил Чезаре Борджа и враждебный ей народ примкнул к чужеземцам. Так что для нее было бы куда надежнее, и тогда и раньше, не возводить крепости, а постараться не возбудить ненависти народа.

Итак, по рассмотрении всего сказанного выше, я одобрю и тех, кто строит крепости, и тех, кто их не строит, но осужу всякого, кто, полагаясь на крепости, не озабочен тем, что ненавистен народу.

## Глава XXI

### Как надлежит поступать государю, чтобы его почитали

Ничто не может внушить к государю такого почтения, как военные предприятия и необычайные поступки. Из нынешних правителей сошлюсь на Фердинанда Арагонского, короля Испании. Его можно было бы назвать новым государем, ибо, слабый вначале, он сделался по славе и блеску первым королем христианского мира; и все его действия исполнены величия, а некоторые поражают воображение. Основанием его могущества послужила война за Гренаду, предпринятая вскоре после вступления на престол. Прежде всего он начал войну, когда внутри страны было тихо, не опасаясь, что ему помешают, и увлек ею кастильских баронов так, что они, занявшись войной, забыли о смутах; он же тем временем, незаметно для них, сосредоточил в своих руках всю власть и подчинил их своему влиянию. Деньги на содержание войска он получил от Церкви и народа и, пока длилась война, построил армию, которая впоследствии создала ему славу. После этого, замыслив еще более значительные предприятия, он, действуя опять-таки как защитник религии, сотворил благочестивую жестокость: изгнал марранов и очистил от них королевство, — трудно представить себе более безжалостный и в то же время более необычайный поступок. Под тем же предлогом он захватил земли в Африке, провел кампанию в Италии и, наконец, вступил в войну с Францией. Так он обдумывал и осуществлял великие замыслы, держа в постоянном восхищении и напряжении подданных, поглощенно следивших за ходом событий. И все эти предприятия так вытекали одно из другого, что некогда было замыслить что-либо против самого государя.

Величию государя способствуют также необычайные распоряжения внутри государства, подобные тем, которые приписываются мессеру Бернабо да Милано, иначе говоря, когда кто-либо совершает что-либо значительное в гражданской жизни, дурное или хорошее, то его полезно награждать или карать таким образом, чтобы это помнилось как можно дольше. Но самое главное для государя — постараться всеми своими поступками создать себе славу великого человека, наделенного умом выдающимся.

Государя уважают также, когда он открыто заявляет себя врагом или другом, то есть когда он без колебаний выступает за одного против другого — это всегда лучше, чем стоять в стороне. Ибо когда двое сильных правителей вступают в схватку, то они могут быть таковы, что возможный победитель либо опасен для тебя, либо нет. В обоих случаях выгоднее открыто и решительно вступить в войну. Ибо в первом случае, не вступив в войну, ты станешь добычей победителя — к радости и удовлетворению побежденного, сам же ни у кого не сможешь получить защиты: победитель отвергнет союзника, бросившего его в несчастье, а побежденный не захочет принять к себе того, кто не пожелал с оружием в руках разделить его участь. Антиох, которого этолийцы призвали в Грецию, чтобы прогнать римлян, послал своих ораторов к ахейцам, союзникам римлян, желая склонить ахейцев к невмешательству. Римляне, напротив, убеждали ахейцев вступить в войну. Тогда, чтобы решить дело, ахейцы созвали совет, легат Антиоха призывал их не браться за оружие, римский легат говорил так: «Quod autem isti dicunt non interponendi vos bello, nihil magis alienum rebus vestris est; sine gratia, sine dignitate, praemium victoris eritis»*. И всегда недруг призывает отойти в сторону, тогда как друг зовет открыто выступить за него с оружием в руках. Нерешительные государи, как правило, выбирают невмешательство, чтобы избежать ближайшей опасности, и, как правило, это приводит их к крушению.

---

* «Что до решения, которое предлагается вам как наилучшее и наивыгоднейшее для вашего государства, а именно не вмешиваться в войну, то нет для вас ничего худшего, ибо, приняв это решение, без награды и без чести станете добычей победителя» *(лат.)*.

Зато если ты бесстрашно примешь сторону одного из воюющих и твой союзник одержит победу, то, как бы ни был он могуществен и как бы ты от него ни зависел, он обязан тебе — люди же не настолько бесчестны, чтобы нанести удар союзнику, выказав столь явную неблагодарность. Кроме того, победа никогда не бывает полной в такой степени, чтобы победитель мог ни с чем не считаться и в особенности — мог попрать справедливость. Если же тот, чью сторону ты принял, проиграет войну, он примет тебя к себе и, пока сможет, будет тебе помогать, так что ты станешь собратом по несчастью тому, чье счастье, возможно, еще возродится.

Во втором случае, когда ни одного из воюющих не приходится опасаться, примкнуть к тому или к другому еще более благоразумно. Ибо с помощью одного ты разгромишь другого, хотя тому, будь он умнее, следовало бы спасать, а не губить противника; а после победы ты подчинишь союзника своей власти, он же благодаря твоей поддержке неминуемо одержит победу.

Здесь уместно заметить, что лучше избегать союза с теми, кто сильнее тебя, если к этому не понуждает необходимость, как о том сказано выше. Ибо в случае победы сильного союзника ты у него в руках, государи же должны остерегаться попадать в зависимость к другим государям. Венецианцы, к примеру, вступили в союз с Францией против миланского герцога, когда могли этого избежать, следствием чего и явилось их крушение. Но если нет возможности уклониться от союза, как обстояло дело у флорентийцев, когда папа и Испания двинули войска на Ломбардию, то государь должен вступить в войну, чему причины я указал выше. Не стоит лишь надеяться на то, что можно принять безошибочное решение, наоборот, следует заранее примириться с тем, что всякое решение сомнительно, ибо это в порядке вещей, что, избегнув одной неприятности, попадаешь в другую. Однако в том и состоит мудрость, чтобы, взвесив все возможные неприятности, наименьшее зло почесть за благо.

Государь должен также выказывать себя покровителем дарований, привечать одаренных людей, оказывать почет тем, кто отличился в каком-либо ремесле или искусстве. Он должен побуждать граждан спокойно предаваться торговле, земледелию и ремеслам, чтобы одни благоустраивали свои владения, не боясь, что эти владения у них отнимут, другие — открывали торговлю, не опасаясь, что их разорят налогами; более того, он должен располагать наградами для тех, кто заботится об украшении города или государства. Он должен также занимать народ празднествами и зрелищами в подходящее для этого время года. Уважая цехи, или трибы, на которые разделен всякий город, государь должен участвовать иногда в их собраниях и являть собой пример щедрости и великодушия, но при этом твердо блюсти свое достоинство и величие, каковые должны присутствовать в каждом его поступке.

## Глава XXII

### О советниках государей

Немалую важность имеет для государя выбор советников, а каковы они будут, хороши или плохи, — зависит от благоразумия государей. Об уме правителя первым делом судят по тому, каких людей он к себе приближает; если это люди преданные и способные, то можно всегда быть уверенным в его мудрости, ибо он умел распознать их способности и удержать их преданность. Если же они не таковы, то и о государе заключат соответственно, ибо первую оплошность он уже совершил, выбрав плохих помощников. Из тех, кто знал мессера Антонио да Венафро, помощника Пандольфо Петруччо, правителя Сиены, никто не усомнился бы в достоинствах и самого Пандольфо, выбравшего себе такого помощника.

Ибо умы бывают трех родов: один все постигает сам; другой может понять то, что постиг первый; третий — сам ничего не постигает и постигнутого другим понять не может. Первый ум — выдающийся, второй — значительный, третий — негодный. Из сказанного неопровержимо следует, что ум Пандольфо был если не первого, то второго рода. Ибо когда человек способен распознать добро и зло в делах и в речах людей, то, не будучи сам особо изобретательным, он сумеет отличить дурное от доброго в советах своих помощников и за доброе вознаградит, а за дурное — взыщет; да и помощники его не понадеются обмануть государя и будут добросовестно ему служить.

Есть один безошибочный способ узнать, чего стоит помощник. Если он больше заботится о себе, чем о государе, и во всяком деле ищет своей выгоды, он никогда не будет хорошим слугой государю, и тот никогда не сможет на него положиться. Ибо министр, в чьих руках дела государства, обязан думать не о себе, а о государе, и не являться к нему ни с чем, что не относится до государя. Но и государь со своей стороны должен стараться удержать преданность своего министра, воздавая ему по заслугам, умножая его состояние, привязывая его к себе узами благодарности, разделяя с ним обязанности и почести, чтобы тот видел, что государь не может без него обходиться, и чтобы, имея достаточно богатств и почестей, не возжелал новых богатств и почестей, а также чтобы, занимая разнообразные должности, убоялся переворотов. Когда государь и его министр обоюдно ведут себя таким образом, они могут быть друг в друге уверены, когда же они ведут себя иначе, это плохо кончается либо для одного, либо для другого.

## Глава XXIII

### Как избежать льстецов

Я хочу коснуться еще одного важного обстоятельства, а именно одной слабости, от которой трудно уберечься правителям, если их не отличает особая мудрость и знание людей. Я имею в виду лесть и льстецов, которых во множестве приходится видеть при дворах государей, ибо люди так тщеславны и так обольщаются на свой счет, что с трудом могут уберечься от этой напасти. Но беда еще и в том, что когда государь пытается искоренить лесть, он рискует навлечь на себя презрение. Ибо нет другого способа оградить себя от лести, как внушив людям, что, если они выскажут тебе всю правду, ты не будешь на них в обиде, но когда каждый сможет говорить тебе правду, тебе перестанут оказывать должное почтение.

Поэтому благоразумный государь должен избрать третий путь, а именно: отличив нескольких мудрых людей, им одним предоставить право высказывать все, что они думают, но только о том, что ты сам спрашиваешь, и ни о чем больше; однако спрашивать надо обо всем и выслушивать ответы, решение же принимать самому и по своему усмотрению. На советах с каждым из советников надо вести себя так, чтобы все знали, что чем безбоязненнее они выскажутся, тем более угодят государю; но вне их никого не слушать, а прямо идти к намеченной цели и твердо держаться принятого решения. Кто действует иначе, тот либо поддается лести, либо, выслушивая разноречивые советы, часто меняет свое мнение, чем вызывает неуважение подданных.

Сошлюсь на один современный пример. Отец Лука, доверенное лицо императора Максимилиана, говоря о его величестве, заметил, что тот ни у кого совета не просит, но по-своему тоже не поступает именно оттого, что его образ действий противоположен описанному выше. Ибо император человек скрытный, намерений своих никому не поверяет, совета на их счет не спрашивает. Но когда по мере осуществления они выходят наружу, то те, кто его окружают, начинают их оспаривать, и государь, как человек слабый, от них отступается. Поэтому начатое сегодня назавтра отменяется, и никогда нельзя понять, чего желает и что намерен предпринять император, и нельзя положиться на его решение.

Таким образом, государь всегда должен советоваться с другими, но только когда он того желает, а не когда того желают другие; и он должен осаживать всякого, кто вздумает, непрошеный, подавать ему советы. Однако сам он должен широко обо всем спрашивать, о спрошенном терпеливо выслушивать правдивые ответы и, более того, проявлять беспокойство, замечая, что кто-либо почему-либо опасается говорить ему правду. Многие полагают, что кое-кто из государей, слывущих мудрыми, славой своей обязаны не себе самим, а добрым советам своих приближенных, но мнение это ошибочно. Ибо правило, не знающее исключений, гласит: государю, который сам не обладает мудростью, бесполезно давать благие советы, если только такой государь случайно не доверится мудрому советнику, который будет принимать за него все решения. Но хотя подобное положение и возможно, ему скоро пришел бы конец, ибо советник сам сделался бы государем. Когда же у государя не один советник, то, не обладая мудростью, он не сможет примирить разноречивые мнения; кроме того, каждый из советников будет думать лишь о собственном благе, а государь этого не разглядит и не примет меры. Других же советников не бывает, ибо люди всегда дурны, пока их не принудит к добру необходимость. Отсюда можно заключить, что добрые советы, кто бы их ни давал, родятся из мудрости государей, а не мудрость государей родится из добрых советов.

## Глава XXIV

### Почему государи Италии лишились своих государств

Если новый государь разумно следует названным правилам, он скоро утвердится в государстве и почувствует себя в нем прочнее и увереннее, чем если бы получил власть по наследству. Ибо новый государь вызывает большее любопытство, чем наследный правитель, и если действия его исполнены доблести, они куда больше захватывают и привлекают людей, чем древность рода. Ведь люди гораздо больше заняты сегодняшним днем, чем вчерашним, и если в настоящем обретают благо, то довольствуются им и не ищут другого; более того, они горой станут за нового государя, если сам он будет действовать надлежащим образом. И двойную славу стяжает тот, кто создаст государство и укрепит его хорошими законами, хорошими союзниками, хорошим войском и добрыми примерами; так же как двойным позором покроет себя тот, кто, будучи рожден государем, по неразумию лишится власти.

Если мы обратимся к тем государям Италии, которые утратили власть, таким как король

Неаполитанский, герцог Миланский и другие, то мы увидим, что наиболее уязвимым их местом было войско, чему причины подробно изложены выше. Кроме того, некоторые из них либо враждовали с народом, либо, расположив к себе народ, не умели обезопасить себя со стороны знати. Ибо там, где нет подобных изъянов, государь не может утратить власть, если имеет достаточно сил, чтобы выставить войско. Филипп Македонский, не отец Александра Великого, а тот, что был разбит Титом Квинкцием, имел небольшое государство по сравнению с теми великими, что на него напали, — Римом и Грецией, но, будучи воином, а также умея расположить к себе народ и обезопасить себя от знати, он выдержал многолетнюю войну против римлян и греков и хотя потерял под конец несколько городов, зато сохранил за собой царство.

Так что пусть те из наших государей, кто, властвуя много лет, лишился своих государств, пеняют не на судьбу, а на собственную нерадивость. В спокойное время они не предусмотрели возможных бед — по общему всем людям недостатку в затишье не думать о буре, — когда же настали тяжелые времена, они предпочли бежать, а не обороняться, понадеявшись на то, что подданные, раздраженные бесчинством победителей, призовут их обратно. Если нет другого выхода, хорош и такой, плохо лишь отказываться ради него от всех прочих, точно так же, как не стоит падать, полагаясь на то, что тебя поднимут. Даже если тебя и выручат из беды, это небезопасно для тебя, так как ты окажешься в положении зависимом и унизительном. А только те способы защиты хороши, основательны и надежны, которые зависят от тебя самого и от твоей доблести.

## Глава XXV

### Какова власть судьбы над делами людей и как можно ей противостоять

Я знаю, сколь часто утверждалось раньше и утверждается ныне, что всем в мире правят судьба и Бог, люди же с их разумением ничего не определяют и даже ничему не могут противостоять; отсюда делается вывод, что незачем утруждать себя заботами, а лучше примириться со своим жребием. Особенно многие уверовали в это за последние годы, когда на наших глазах происходят перемены столь внезапные, что всякое человеческое предвидение оказывается перед ними бессильно. Иной раз и я склоняюсь к общему мнению, задумываясь о происходящем.

И, однако, ради того, чтобы не утратить свободу воли, я предположу, что, может быть, судьба распоряжается лишь половиной всех наших дел, другую же половину, или около того, она предоставляет самим людям. Я уподобил бы судьбу бурной реке, которая, разбушевавшись, затопляет берега, валит деревья, крушит жилища, вымывает и намывает землю: все бегут от нее прочь, все отступают перед ее напором, бессильные его сдержать. Но хотя бы и так, — разве это мешает людям принять меры предосторожности в спокойное время, то есть возвести заграждения и плотины так, чтобы, выйдя из берегов, река либо устремилась в каналы, либо остановила свой безудержный и опасный бег?

То же и судьба: она являет свое всесилие там, где препятствием ей не служит доблесть, и устремляет свой напор туда, где не встречает возведенных против нее заграждений. Взгляните на Италию, захлестнутую ею же вызванным бурным разливом событий, и вы увидите, что она подобна ровной местности, где нет ни плотин, ни заграждений. А ведь если бы она была защищена доблестью, как Германия, Испания и Франция, этот разлив мог бы не наступить или по крайней мере не причинить столь значительных разрушений. Этим, я полагаю, сказано достаточно о противостоянии судьбе вообще.

Что же касается, в частности, государей, то нам приходится видеть, как некоторые из них, еще вчера благоденствовавшие, сегодня лишаются власти, хотя, как кажется, не изменился ни весь склад их характера, ни какое-либо отдельное свойство. Объясняется это, я полагаю, теми причинами, которые были подробно разобраны выше, а именно тем, что если государь всецело полагается на судьбу, он не может выстоять против ее ударов. Я думаю также, что сохраняют благополучие те, чей образ действий отвечает особенностям времени, и утрачивают благополучие те, чей образ действий не отвечает своему времени.

Ибо мы видим, что люди действуют по-разному, пытаясь достичь цели, которую каждый ставит перед собой, то есть богатства и славы: один действует осторожностью, другой — натиском; один — силой, другой — искусством; один — терпением, другой — противоположным способом, и каждого его способ может привести к цели. Но иной раз мы видим, что хотя оба действовали одинаково, например, осторожностью, только один из двоих добился успеха, и наоборот, хотя каждый действовал по-своему: один осторожностью, другой натиском, — оба в равной мере добились успеха. Зависит же это именно от того, что один образ действий совпадает с особенностями времени, а другой — не совпадает. Поэтому бывает так, что двое, действуя по-разному, одинаково добиваются успеха, а бывает так, что двое действуют одинаково, но только один из них достигает цели.

От того же зависят и превратности благополучия: пока для того, кто действует осторожностью и терпением, время и обстоятельства складываются благоприятно, он процветает, но стоит времени и обстоятельствам перемениться, как процветанию его приходит конец, ибо он не переменил своего образа действий. И нет людей, которые умели бы к этому приспособиться, как бы они ни были благоразумны. Во-первых, берут верх природные склонности, во-вторых, человек не может заставить себя свернуть с пути, на котором он до того времени неизменно преуспевал. Вот почему осторожный государь, когда настает время применить натиск, не умеет этого сделать и оттого гибнет, а если бы его характер менялся в лад с временем и обстоятельствами, благополучие его было бы постоянно.

Папа Юлий всегда шел напролом, время же и обстоятельства благоприятствовали такому образу действий, и потому он каждый раз добивался успеха. Вспомните его первое предприятие — захват Болоньи, еще при жизни мессера Джованни Бентивольо. Венецианцы были против, король Испании тоже, с Францией еще велись об этом переговоры, но папа сам выступил в поход, с обычной для него неукротимостью и напором. И никто этому не воспрепятствовал, венецианцы — от страха, Испания — надеясь воссоединить под своей властью Неаполитанское королевство; уступил и французский король, так как, видя, что папа уже в походе, и желая союза с ним против венецианцев, он решил, что не может без явного оскорбления отказать ему в помощи войсками.

Этим натиском и внезапностью папа Юлий достиг того, чего не достиг бы со всем доступным человеку благоразумием никакой другой

Глава Церкви; ибо, останься он в Риме, выжидая, пока все уладится и образуется, как сделал бы всякий на его месте, король Франции нашел бы тысячу отговорок, а все другие — тысячу доводов против захвата. Я не буду говорить о прочих его предприятиях, все они были того же рода, и все ему удавались; из-за краткости правления он так и не испытал неудачи, но, проживи он дольше и наступи такие времена, когда требуется осторожность, его благополучию пришел бы конец, ибо он никогда не уклонился бы с того пути, на который его увлекала натура.

Итак, в заключение скажу, что фортуна непостоянна, а человек упорствует в своем образе действий, поэтому, пока между ними согласие, человек пребывает в благополучии, когда же наступает разлад, благополучию его приходит конец. И все-таки я полагаю, что натиск лучше, чем осторожность, ибо фортуна — женщина, и кто хочет с ней сладить, должен колотить ее и пинать — таким она поддается скорее, чем тем, кто холодно берется за дело. Поэтому она, как женщина, — подруга молодых, ибо они не так осмотрительны, более отважны и с большей дерзостью ее укрощают.

# Глава XXVI

## Призыв овладеть Италией и освободить ее из рук варваров

Обдумывая все сказанное и размышляя наедине с собой, настало ли для Италии время чествовать нового государя и есть ли в ней материал, которым мог бы воспользоваться мудрый и доблестный человек, чтобы придать ему форму — во славу себе и на благо отечества, — я заключаю, что столь многое благоприятствует появлению нового государя, что едва ли какое-либо другое время подошло бы для этого больше, чем наше. Как некогда народу Израиля надлежало пребывать в рабстве у египтян, дабы Моисей явил свою доблесть, персам — в угнетении у мидийцев, дабы Кир обнаружил величие своего духа, афинянам — в разобщении, дабы Тезей совершил свой подвиг, так и теперь, дабы обнаружила себя доблесть италийского духа, Италии надлежало дойти до нынешнего ее позора: до большего рабства, чем евреи; до большего унижения, чем персы; до большего разобщения, чем афиняне. Нет в ней ни главы, ни порядка; она разгромлена, разорена, истерзана, растоптана, повержена в прах.

Были мгновения, когда казалось, что перед нами тот, кого Бог назначил стать избавителем Италии, но немилость судьбы настигала его на подступах к цели. Италия же, теряя последние силы, ожидает того, кто исцелит ей раны, спасет от разграбления Ломбардию, от поборов — Неаполитанское королевство и Тоскану, кто уврачует ее гноящиеся язвы. Как молит она Бога о ниспослании ей того, кто избавит ее от жестокости и насилия варваров! Как полна она рвения и готовности стать под общее знамя, если бы только нашлось, кому его понести!

И самые большие надежды возлагает она ныне на ваш славный дом, каковой, благодаря доблести и милости судьбы, покровительству Бога и Церкви,

Глава коей принадлежит к вашему дому, мог бы принять на себя дело освобождения Италии. Оно окажется не столь уж трудным, если вы примете за образец жизнь и деяния названных выше мужей. Как бы ни были редки и достойны удивления подобные люди, все же они — люди, и каждому из них выпал случай не столь благоприятный, как этот. Ибо дело их не было более правым, или более простым, или более угодным Богу. Здесь дело поистине правое, — «iustum enim est bellum quibus necessarium, et pia arma ibi nulla nisi in armis spes est»*. Здесь условия поистине благоприятны, а где благоприятны условия, там трудности отступают, особенно если следовать примеру тех мужей, которые названы мною выше. Нам явлены необычайные, беспримерные знамения Божии: море расступилось, скала источала воду, манна небесная выпала на землю: все совпало, пророча величие вашему дому. Остальное надлежит сделать вам. Бог не все исполняет сам, дабы не лишить нас свободной воли и причитающейся нам части славы.

Неудивительно, что ни один из названных выше итальянцев не достиг цели, которой, как можно надеяться, достигнет ваш прославленный дом, и что при множестве переворотов и военных действий в Италии боевая доблесть в ней как будто угасла. Объясняется это тем, что старые ее порядки нехороши, а лучших никто не сумел ввести. Между тем ничто так не прославляет государя, как введение новых законов и установлений. Когда они прочно утверждены и отмечены величием, государю воздают за них почестями и славой; в Италии же достаточно материала, которому можно придать любую форму. Велика доблесть в каждом из ее сынов, но, увы, мало ее в предводителях. Взгляните на поединки и небольшие схватки: как выделяются итальянцы ловко-

* «Ибо та война справедлива, которая необходима, и то оружие священно, на которое единственная надежда» *(лат.)*.

стью, находчивостью, силой. Но в сражениях они как будто теряют все эти качества. Виной же всему слабость военачальников: если кто и знает дело, то его не слушают, и хотя знающим объявляет себя каждый, до сих пор не нашлось никого, кто бы так отличился доблестью и удачей, чтобы перед ним склонились все остальные. Поэтому за прошедшие двадцать лет во всех войнах, какие были за это время, войска, составленные из одних итальянцев, всегда терпели неудачу, чему свидетели прежде всего Таро, затем Алессандрия, Капуя, Генуя, Вайла, Болонья и Местри.

Если ваш славный дом пожелает следовать по стопам величайших мужей, ставших избавителями отечества, то первым делом он должен создать собственное войско, без которого всякое предприятие лишено настоящей основы, ибо он не будет иметь ни более верных, ни более храбрых, ни лучших солдат. Но как бы ни был хорош каждый из них в отдельности, вместе они окажутся еще лучше, если во главе войска увидят своего государя, который чтит их и отличает. Такое войско поистине необходимо, для того чтобы италийская доблесть могла отразить вторжение иноземцев. Правда, испанская и швейцарская пехота считается грозной, однако же в той и другой имеются недостатки, так что иначе устроенное войско могло бы не только выстоять против них, но даже их превзойти. Ибо испанцы отступают перед конницей, а швейцарцев может устрашить пехота, если окажется не менее упорной в бою. Мы уже не раз убеждались и еще убедимся в том, что испанцы отступали перед французской кавалерией, а швейцарцы терпели поражение от испанской пехоты. Последнего нам еще не приходилось наблюдать в полной мере, но дело шло к тому в сражении при Равенне — когда испанская пехота встретилась с немецкими отрядами, устроенными наподобие швейцарских. Ловким испанцам удалось пробраться, прикрываясь маленькими щитами, под копья и, находясь в безопасности, разить неприятеля так, что тот ничего не мог с ними поделать, и если бы на испанцев не налетела конница, они добили бы неприятельскую пехоту. Таким образом, изучив недостатки того и другого войска, нужно построить новое, которое могло бы устоять перед конницей и не боялось бы чужой пехоты, что достигается как новым родом оружия, так и новым устройством войска. И все это относится к таким нововведениям, которые более всего доставляют славу и величие новому государю. Итак, нельзя упустить этот случай: пусть после стольких лет ожидания Италия увидит наконец своего избавителя. Не могу выразить словами, с какой любовью приняли бы его жители, пострадавшие от иноземных вторжений, с какой жаждой мщения, с какой неколебимой верой, с какими слезами! Какие двери закрылись бы перед ним?

Кто отказал бы ему в повиновении? Чья зависть преградила бы ему путь? Какой итальянец не воздал бы ему почестей? Каждый ощущает, как смердит господство варваров. Так пусть же ваш славный дом примет на себя этот долг с тем мужеством и той надеждой, с какой вершатся правые дела, дабы под сенью его знамени возвеличилось наше отечество и под его водительством сбылось сказанное Петраркой:

> Доблесть ополчится на неистовство,
> И краток будет бой,
> Ибо не умерла еще доблесть
> В итальянском сердце.

# О ВОЕННОМ ИСКУССТВЕ

# Предисловие

НИККОЛО МАКИАВЕЛЛИ,
гражданин и секретарь флорентийский,

ЛОРЕНЦО, сыну ФИЛИППО СТРОЦЦИ*,
флорентийскому дворянину

*Многие, Лоренцо, держались и держатся того взгляда, что нет в мире вещей, друг с другом менее связанных и более друг другу чуждых, чем гражданская и военная жизнь. Поэтому мы часто замечаем, что, когда человек задумает выделиться на военном поприще, он не только сейчас же меняет платье, но всем своим поведением, привычками, голосом и осанкой отличается от всякого обыкновенного гражданина. Тот, кто хочет быть скор и всегда готов на любое насилие, считает невозможным носить гражданскую одежду. Гражданские нравы и привычки не подходят для того, кто считает первые чересчур мягкими, а вторые — негодными для своих целей. Обычные облик и речь кажутся неуместными*

---

* Лоренцо Строцци — флорентийский политический деятель и писатель, автор биографий выдающихся деятелей рода Строцци. Близкий друг Макиавелли, представивший ко двору Медичи автора «Discorsi», отставленного от всех должностей после их реставрации 1512 г.

*тому, кто хочет пугать других бородой и бранными словами. Поэтому для наших времен мнение, о котором я говорил выше, — это сама истина.*

*Однако если посмотреть на установления древности, то не найдется ничего более единого, более слитного, более содружественного, чем жизнь гражданина и воина. Всем сословиям, существующим в государстве ради общего блага людей, не были бы нужны все учреждения, созданные для того, чтобы люди жили в страхе перед законами и Богом, если бы при этом не подготавливалась для их защиты сила, которая, будучи хорошо устроенной, спасает даже такие учреждения, которые сами по себе негодны.*

*Наоборот, учреждения хорошие, но лишенные вооруженной поддержки, распадаются совершенно так же, как разрушаются постройки роскошного королевского дворца, украшенные драгоценностями и золотом, но ничем не защищенные от дождя. И если в гражданских учреждениях древних республик и царств делалось все возможное, чтобы поддерживать в людях верность, миролюбие и страх Божий, то в войске усилия эти удваивались, ибо от кого же может отечество требовать верности, как не от человека, поклявшегося за него умереть?*

*Кто должен больше любить мир, как не тот, кто может пострадать от войны? В ком должен быть жив страх Божий, как не в том, кто ежедневно подвергается бесчисленным опасностям и всего более нуждается в помощи Всевышнего?*

*Благодаря этой необходимости, которую хорошо понимали законодатели империй и полководцы, жизнь солдата прославлялась другими гражданами, которые всячески старались ей следовать и подражать. Теперь же, когда военные установления в корне извращены и давно оторваны от древних устоев, сложились те зловещие мнения, которые приводят к тому, что военное сословие ненавидят и всячески его чуждаются.*

*Я же, вследствие всего мною виденного и прочитанного, не считаю невозможным возвратить это сословие к его древним основаниям и хотя бы отчасти вернуть ему прежнюю доблесть. Не желая проводить свои досуги без дела, я решился записать для ревнителей подвигов древности свои мысли о военном искусстве. Конечно, рассуждать о предмете, не известном тебе по опыту, — дело смелое, но я все же не считаю грехом возвести себя на словах в достоинство, которое многие с еще большей самонадеянностью присваивали себе в жизни. Мои ошибки, сделанные при написании этой книги, могут быть исправлены без ущерба для кого бы то ни было, но ошибки людей, совершенные на деле, познаются только тогда, когда приведут к гибели царства.*

*Вы же, Лоренцо, оцените теперь мои труды и воздайте им в своем приговоре ту похвалу или то осуждение, которого они, по Вашему мнению, заслуживают. Посылаю их Вам, дабы выразить Вам свою благодарность, хотя все, что я могу сделать, далеко не соответствует благодеяниям, которые Вы мне оказали. Подобными произведениями обычно стремятся почтить людей, прославленных родом, богатством, умом и щедростью, но я знаю, что мало кто может спорить с Вами богатством и родом, умом Вам равны лишь немногие, а щедростью — никто.*

# НИККОЛО МАКИАВЕЛЛИ,

## гражданин и секретарь флорентийский, читателю

Дабы читатели могли легко понимать боевой строй, расположение войск и лагерей, о чем здесь пойдет речь, считаю необходимым показать их наглядно. Поэтому надлежит сперва указать знаки, которыми будут изображены пехота, конница или иные отдельные части войск.

Имейте поэтому в виду, что следующие буквы означают:

o — пехотинцы со щитами
n — пехотинцы с пиками
x — декурионы (начальники десятков)
v — велиты действующие (застрельщики)
u — велиты запасные
C — центурионы (начальники сотен)
T — командир батальона
O — командир бригады
A — главнокомандующий
S — музыка
Z — знамя
r — тяжелая конница
e — легкая конница
Θ — артиллерия

## Книга первая

Я считаю, что каждого человека после смерти можно хвалить без стеснения, ибо тогда отпадает всякий повод и всякое подозрение в искательстве; поэтому я не колеблясь воздам хвалу нашему Козимо Ручеллаи, имени которого я никогда не мог вспомнить без слез, ибо познал в нем все качества, какие друг может требовать от друзей, а отечество — от гражданина.

Не знаю, дорожил ли он чем-либо настолько (не исключая и самой жизни), чтобы охотно не отдать этого для своих друзей; не знаю того предприятия, которого бы он устрашился, если видел в нем благо для отечества. Заявляю открыто, что среди многих людей, с которыми я был знаком и общался по делам, я не встречал человека, душа которого была бы более открыта всему великому и прекрасному.

В последние минуты он скорбел с друзьями о том, что ему суждено было умереть в постели молодым и неизвестным и что не исполнилось его желание принести всем настоящую пользу;

он знал, что о нем можно будет сказать только одно — умер верный друг. Однако, хотя дела его остались несвершенными, мы и другие, знавшие его хорошо, можем все свидетельствовать о высоких его качествах.

Действительно, судьба не была к нему настолько враждебной и не помешала ему оставить после себя некоторые хрупкие памятники его блестящего ума: таковы немногие его произведения и любовные стихи, в которых он, хотя и не был влюблен, упражнялся в молодые годы, чтобы не тратить времени понапрасну в ожидании, пока судьба направит его дух к мыслям более возвышенным. Стихи эти ясно показывают, как счастливо выражал он свои мысли и каких вершин он мог бы достигнуть в поэзии, если бы всецело себя ей посвятил.

Теперь, когда судьба отняла у меня такого друга, мне осталось, как кажется, единственное утешение — радостно о нем вспоминать и повторять его меткие слова или глубокомысленные рассуждения. Самое живое воспоминание — это беседа его у себя в саду с синьором Фабрицио Колонна, во время которой названный синьор подробно говорил о войне, большей частью отвечая на острые и продуманные вопросы Козимо.

Я с несколькими общими друзьями присутствовал при разговоре и решил восстановить его в памяти, дабы при чтении друзья Козимо, участники беседы, живее вспомнили о его талантах, а прочие пожалели о своем отсутствии и вместе с тем научились из глубокомысленных слов одного из замечательных людей нашего времени многому, полезному не только для войны, но и для гражданской жизни.

Фабрицио Колонна, возвращаясь из Ломбардии, где долго и с великой для себя славой сражался за короля-католика, будучи проездом во Флоренции, решил отдохнуть несколько дней в этом городе, чтобы посетить Его Светлость герцога и вновь повидать некоторых дворян, с которыми был знаком раньше. Козимо счел нужным пригласить его к себе в Сады не столько для того, чтобы блеснуть перед ним роскошью, сколько для того, чтобы воспользоваться возможностью долгой беседы с ним и научиться у него разным вещам, которые можно узнать от такого человека, ибо ему представлялся случай провести день в разговоре о предметах, привлекательных для его ума.

Фабрицио явился на приглашение и был с почетом принят Козимо и его лучшими друзьями, среди которых были Заноби Буондельмонти, Баттиста делла Палла и Луиджи Аламанни — все молодые люди ему близкие, страстно увлеченные теми же занятиями, что и он сам; умалчиваю об их прочих достоинствах, так как они ежедневно и ежечасно говорят сами за себя.

По обычаю времени и места, Фабрицио был встречен с величайшим почетом. Когда после блестящего пира гости встали из-за стола, насладившись прелестями праздника, которым большие люди с их умом, постоянно устремленным на предметы возвышенные, уделяют мало внимания, было еще рано и стояла сильная жара. Чтобы лучше достигнуть своей цели, Козимо, как будто стараясь укрыться от духоты, увел гостей в самую густую и тенистую часть своего сада. Когда все расселись, кто на траве, которая была здесь особенно свежа, кто на скамьях под тенью огромных деревьев, — Фабрицио стал хвалить красоту места и внимательно разглядывал деревья, но некоторые были ему неизвестны, и он затруднялся их назвать. Заметив это, Козимо сказал: «Некоторые из этих деревьев вам, может быть, незнакомы, но не удивляйтесь, так как среди них есть такие, которые больше ценились древними, а теперь мало известны». Затем он назвал деревья по именам и рассказал о том, как много потрудился над разведением этих пород дед его, Бернардо. «Я так и думал, — отвечал Фабрицио, — это место и труды вашего предка напоминают мне некоторых князей Неаполитанского королевства, которые тоже с любовью разводили эти породы и наслаждались их тенью».

На этом он прервал разговор и некоторое время сидел в раздумье, а затем продолжал: «Если бы я не боялся вас обидеть, я сказал бы свое мнение; не думаю, что могу вас оскорбить, так как говорю с друзьями и хочу рассуждать о вещах, а не злословить. Да не будет это никому в обиду, но лучше бы люди старались сравняться с древними в делах мужества и силы, а не в изнеженности, в том, что древние делали при свете солнца, а не в тени, и воспринимали бы в нравах древности то, что в ней было подлинного и прекрасного, а не ложного и извращенного; ведь, когда сограждане мои, римляне, стали предаваться подобным делам, отечество мое погибло». Козимо ответил на это... Но, чтобы избежать утомительных постоянных повторений слов «такой-то сказал», «такой-то ответил», я буду просто называть имена говорящих. Итак, Козимо сказал...

*Козимо.* Вы начали беседу, которой я давно хотел, и я прошу вас говорить не стесняясь, как и я без стеснения буду вас спрашивать. Если я в вопросах или ответах буду кого-нибудь защищать или осуждать, это произойдет не для того, чтобы оправдывать или винить, а для того, чтобы услышать от вас правду.

*Фабрицио.* А я с удовольствием скажу вам все, что знаю, в ответ на ваши вопросы, а будет это верно или нет — судите сами. Вопросы ваши будут мне только приятны, ибо я почерпну из них столько же, сколько вы из моих ответов; мудрый вопрошатель часто заставляет собеседника подумать о многом и открывает ему такие вещи, о которых он без этих вопросов никогда бы ничего не узнал.

*Козимо.* Я хочу вернуться к тому, о чем вы говорили раньше, именно что мой дед и ваши предки поступили бы более мудро, если бы подражали древним в делах мужественных, а не в изнеженности. Мне хотелось бы оправдать моего деда, предоставив вам защищать ваших предков. Не думаю, чтобы в его времена нашелся человек, который бы так ненавидел изнеженность, как он, и так любил суровую жизнь, которую вы восхваляете; тем не менее он сознавал, что ни сам он, ни дети его этой жизнью жить не могут, ибо он родился в том развращенном веке, когда человек, не желающий подчиняться общему правилу, стал бы для всех и каждого предметом порицания и презрения.

Ведь если бы человек, подобно Диогену, летом под палящим солнцем лежал голым на песке, а зимой в самую стужу валялся на снегу — его сочли бы сумасшедшим. Если бы в наше время кто-нибудь, подобно спартанцам, воспитывал своих детей в деревне, заставлял бы их спать на воздухе, ходить босыми, с обнаженной головой и купаться в ледяной воде, чтобы приучить их к боли и отучить от чрезмерной любви к жизни и страха смерти, — он был бы смешон и его приняли бы скорее за дикого зверя, чем за человека. Если бы среди нас появился человек, питающийся овощами и презирающий золото, подобно Фабрицио, — его восхваляли бы немногие, но никто не стал бы его последователем.

Так и дед мой испугался нравов, отступил от древних образцов и подражал им в тех вещах, где он мог это делать, обращая на себя меньше внимания.

*Фабрицио.* В этой части вы защитили его блестяще, и, конечно, вы правы; однако я говорил не столько об этой суровой жизни, сколько о других порядках, более мягких и более сообразных с привычками наших дней, и мне кажется, что человеку, принадлежащему к числу первых граждан города, было бы нетрудно их установить. Как всегда, я никак не могу отказаться от примера моих римлян: если вглядеться в их образ жизни и в строй этой республики, мы найдем там много такого, что было бы не невозможно восстановить в гражданском обществе, в котором еще уцелело что-нибудь хорошее.

*Козимо.* Что же вы хотели бы ввести похожее на древние нравы?

*Фабрицио.* Почитать и награждать доблесть, не презирать бедность, уважать порядок и строй военной дисциплины, заставить граждан любить друг друга, не образовывать партий, меньше дорожить частными выгодами, чем общественной пользой, и многое другое, вполне сочетаемое с духом нашего времени. Все это нетрудно воспринять, если только тщательно обдумать и применить верное средство, ибо истина здесь так очевидна, что она может быть усвоена самым обыкновенным умом. Всякий, кто это поймет, посадит деревья, под тенью которых можно отдыхать еще с большим счастьем и радостью, чем в этом саду.

*Козимо.* Я ничего не хочу возражать против ваших слов и предоставляю это тем, у кого может быть собственное суждение о таких вещах; обращаюсь теперь к вам как к обвинителю тех, кто не подражает древним в их великих делах, и думаю, что таким путем я ближе подойду к цели нашей беседы. Мне хотелось бы узнать от вас, почему вы, с одной стороны, мечете громы против тех, кто не подобен древним, и вместе с тем сами в своей же области военного дела, стяжавшей вам столь громкую славу, никогда не обращались к древним установлениям и даже не вводили ничего, что бы приблизительно их напоминало?

*Фабрицио.* Вы подошли именно к тому, чего я ожидал, ибо вся моя речь требовала именно этого вопроса и я ничего другого не хотел. Мне, конечно, было бы легко оправдаться, но, чтобы доставить удовольствие вам и себе (благо время нам это позволяет), я хочу побеседовать об этом более подробно.

Если люди хотят что-нибудь предпринять, они прежде всего должны со всей тщательностью подготовиться, дабы при удобном случае быть во всеоружии для достижения намеченной ими цели. Когда приготовления произведены осторожно, они остаются тайной, и никого нельзя обвинить в небрежности, пока не явится случай раскрыть свой замысел; если же человек и тогда продолжает бездействовать, значит, он или недостаточно подготовился, или вообще ничего не обдумал. Мне же никогда не пришлось обнаруживать, как я готовился к восстановлению древних устоев военного дела, и потому ни вы, ни кто другой не можете обвинять меня в том, что я этого не исполнил. Думаю, что это достаточно ограждает меня от вашего упрека.

*Козимо.* Конечно, если бы я был уверен, что случай вам не представился.

*Фабрицио.* Я знаю, что вы можете сомневаться, представлялся мне случай или нет; поэтому, если вам угодно терпеливо меня выслушать, я хочу поговорить о том, какие приготовления должны быть предварительно сделаны, каков должен быть ожидаемый повод, какие препятствия могут сделать все приготовления бесполезными и уничтожить саму возможность благоприятного случая; словом, я хочу объяснить, почему подобные предприятия бывают одновременно и бесконечно трудными, и бесконечно легкими, хотя это кажется противоречием.

*Козимо.* Большего удовольствия вы не можете доставить ни мне, ни моим друзьям; если вам не надоест говорить, мы, конечно, не устанем вас слушать. Речь ваша будет, как я надеюсь, продолжительна, и я, с вашего разрешения, хочу в одном обратиться к содействию моих друзей: все мы просим вашего снисхождения, если прервем вас иной раз каким-нибудь, может быть, неуместным вопросом.

*Фабрицио.* Ваши вопросы, Козимо, и вопросы этих юношей меня только обрадуют, так как я уверен, что ваша молодость должна возбуждать в вас большую любовь к военному делу и внушить вам большее доверие к моим словам. Пожилые люди с седой головой и застывшей кровью или ненавидят войну, или закоснели в своих ошибках, ибо они верят, что если живут так дурно, как сейчас, то виноваты в этом времена, а не упадок нравов.

Поэтому задавайте мне вопросы свободно и без стеснения; мне это приятно как потому, что я смогу немного отдохнуть, так и потому, что мне хотелось бы не оставить в ваших умах даже тени сомнения. Начну с ваших слов, обращенных ко мне, именно что в своей области, т.е. в военном деле, я не подражал никаким обычаям древнего мира. Отвечаю, что война — это такого рода ремесло, которым частные люди честно жить не могут, и она должна быть делом только республики или королевства.

Государства, если только они благоустроены, никогда не позволят какому бы то ни было своему гражданину или подданному заниматься войной как ремеслом, и ни один достойный человек никогда ремеслом своим войну не сделает. Никогда не сочтут достойным человека, выбравшего себе занятие, которое может приносить ему выгоду, если он превратится в хищника, обманщика и насильника и разовьет в себе качества, которые необходимо должны сделать его дурным.

Люди, большие или ничтожные, занимающиеся войной как ремеслом, могут быть только дурными, так как ремесло это в мирное время прокормить их не может. Поэтому они вынуждены или стремиться к тому, чтобы мира не было, или так нажиться во время войны, чтобы они могли быть сыты, когда наступит мир.

Ни та ни другая мысль не может зародиться в душе достойного человека; ведь, если хотеть жить войной, надо грабить, насильничать, убивать одинаково друзей и врагов, как это и делают такого рода солдаты. Если не хотеть мира, надо прибегать к обманам, как обманывают военачальники тех, кому они служат, притом с единственной целью — продлить войну. Если мир все же заключается, то главари, лишившиеся жалованья и привольной жизни, часто набирают шайку искателей приключений и бессовестно грабят страну. Разве вы не помните, что произошло в Италии, когда после окончания войны осталось много солдат без службы, и как они, соединившись в несколько больших отрядов, называвшихся «компании», рыскали по всей стране, облагали данью города и разбойничали без малейшей помехи? Разве вы не читали о карфагенских наемниках, которые после первой Пунической войны взбунтовались под предводительством Матона и Спендия, самочинно выбранных ими в начальники, и повели против карфагенян войну, оказавшуюся для них более опасной, чем война с римлянами? Во времена отцов наших Франческо Сфорца не только обманул миланцев, у которых он был на службе, но и отнял у них свободу и сделался их князем, и поступил так только для того, чтобы иметь возможность жить в роскоши после заключения мира. Так действовали и все другие итальянские солдаты, для которых война была частным ремеслом. И если, несмотря на свое вероломство, они не сделались герцогами Милана, то тем хуже, потому что такого успеха они не добились, а преступления их были не меньшие. Сфорца, отец Франческо, служивший королеве Джованне, вынудил ее сдаться на милость короля Арагона, потому что совершенно неожиданно ее покинул и она осталась безоружной среди окружавших ее врагов. А сделал он это или корыстолюбия ради, или из желания отнять у нее престол. Браччо теми же средствами старался овладеть Неаполитанским королевством, и помешали ему только поражение и смерть его под Аквилой. Единственная причина подобных безобразий — это существование людей, для которых военное дело было только их частным ремеслом. Слова мои подтверждает ваша же пословица: «Война родит воров, а мир их вешает». Ведь другого дела эти люди не знают. Существовать своим ремеслом они не могут; смелости и таланта, чтобы объединиться и превратить злодейство в благородное дело, у них нет, так что они поневоле становятся грабителями на большой дороге, и правосудие вынуждено их истреблять.

*Козимо.* Слова ваши почти что уничтожили в моих глазах военное звание, которое казалось мне самым прекрасным и почетным; если вы не объясните это подробно, я останусь неудовлетворенным, ибо если все обстоит так, как вы говорите, то я не знаю, откуда же берется слава Цезаря, Помпея, Сципиона, Марцелла и множества римских полководцев, которых молва превозносит, как богов.

*Фабрицио.* Я еще далеко не кончил, так как собирался говорить о двух вещах: во-первых, о том, что достойный человек не может избрать себе военное дело только как ремесло; во-вторых, о том, что ни одно благоустроенное государство, будь то республика или королевство, никогда не позволит своим подданным или гражданам превратить в ремесло такое дело, как война.

О первом я сказал уже все, что мог; остается сказать о втором, и здесь я намерен ответить на ваш последний вопрос. Я утверждаю, что известность Помпея, Цезаря и почти всех римских полководцев после третьей Пунической войны объясняется их храбростью, а не гражданскими доблестями; те же, кто жил до них, прославились и как храбрые воины, и как достойные люди. Происходит это оттого, что они не делали себе из войны ремесла, тогда как для тех, кого я назвал раньше, война была именно ремеслом.

Пока держалась чистота республиканских нравов, ни один гражданин, даже самый гордый патриций, и не думал о том, чтобы, опираясь на военную силу, в мирное время попирать законы, грабить провинции, захватывать власть и тиранствовать над отечеством; с другой стороны, даже самому темному плебею не приходило в голову нарушать клятву воина, примыкать к частным лицам, презирать сенат или помогать установлению тирании ради того, чтобы кормиться в любое время военным ремеслом. Военачальники удовлетворялись триумфом и с радостью возвращались в частную жизнь; солдаты слагали оружие охотнее, чем брались за него, и каждый возвращался к своей работе, избранной как дело жизни; никто и никогда не надеялся жить награбленной добычей и военным ремеслом.

Великий и поучительный пример оставил Аттилий Регул; он был начальником войск в Африке, и, когда карфагеняне были почти побеждены, Регул просил у сената разрешения вернуться домой, чтобы обрабатывать свои земли, запущенные его работниками. Ясно как день, что, если бы он занимался военным делом как ремеслом и хотел нажиться этим путем, он, хозяин стольких провинций, не просил бы разрешения вернуться домой и стеречь свои поля; каждый день наместничества приносил бы ему гораздо больше, чем стоило все его имущество. Но граждане эти были люди истинно достойные, не создававшие из войны ремесла и не желавшие себе от нее ничего, кроме трудов, опасности и славы. Поэтому, поднявшись на высшие ее ступени, они с радостью возвращались к своему очагу и жили трудами своими.

Так вели себя самые простые люди и обыкновенные солдаты. Это видно из того, что каждый из них расставался с военной службой без сожаления. Покидая войско, он, однако, всегда готов был вернуться в строй и вместе с тем во время военной службы с радостью думал об освобождении от нее. Подтверждений этому много; вы ведь знаете, что одной из главных привилегий, которую римский народ мог предоставить своему гражданину, была свобода служить в войске только по своей воле, а не по принуждению.

Пока крепки были устои Древнего Рима, т.е. до времен Гракхов, не было солдат, для которых война стала бы ремеслом, а потому в войске было очень мало негодных людей, и, если такие обнаруживались, их карали по всей строгости закона. Всякое благоустроенное государство должно поэтому ставить себе целью, чтобы военное дело было в мирное время только упражнением, а во время войны — следствием необходимости и источником славы. Ремеслом оно должно быть только для государства, как это и было в Риме. Всякий, кто, занимаясь военным делом, имеет в виду постороннюю цель, тем самым показывает себя дурным гражданином, а государство, построенное на иных основах, не может считаться благоустроенным.

*Козимо.* Я вполне удовлетворен всем, что вы сказали до сих пор, и особенно вашим заключением; для республик я считаю его верным, но не знаю, так ли это для королевств; мне казалось бы, что король скорее захочет окружить себя людьми, для которых война будет их единственным ремеслом.

*Фабрицио.* Благоустроенному королевству надлежит особенно избегать такого рода мастеров, ибо они погубят короля и будут только служить тирании. Не опровергайте меня примерами современных королевств, потому что я не признаю их благоустроенными. В королевствах, обладающих хорошими учреждениями, у короля нет неограниченной власти, кроме одного только исключения — войска; это единственная область, где необходимо быстрое решение, а следовательно, единая воля. Во всем остальном короли ничего не могут делать без согласия совета, а советники всегда будут опасаться, что около короля появятся люди, которые во время мира хотят войны, так как им без нее не прожить. Однако я готов быть уступчивее; не стану искать королевства вполне благоустроенного, а возьму королевство, похожее на ныне существующие; в этом случае король точно так же должен бояться людей, для которых война есть ремесло; он должен бояться их потому, что жизненной силой всякого войска, без сомнения, является пехота.

Если король не принимает мер к тому, чтобы пехотинцы его войск после заключения мира охотно возвращались домой и брались бы опять за свой труд, он неминуемо погибнет. Самая опасная пехота — это та, которая состоит из людей, живущих войной как ремеслом, ибо ты вынужден или вечно воевать, или вечно им платить, или вечно бояться свержения с престола. Всегда воевать невозможно, вечно платить нельзя — поневоле остается жить в постоянном страхе потери власти.

Пока в моих римлянах еще жила мудрость и гражданская доблесть, они, как я уже говорил, никогда не позволяли своим гражданам смотреть на военное дело как на ремесло, хотя могли платить сколько угодно, ибо все время воевали. Римляне стремились избежать опасностей беспрерывного пребывания граждан в войске. Так как времена изменялись, они стали постепенно заменять новыми людьми тех, кто уже выслужил свой срок, так что в течение пятнадцати лет легион обновлялся целиком. Таким образом, для войска подбирались люди в цвете лет, т.е. от восемнадцати- до тридцатипятилетнего возраста, когда ноги, руки и глаза человека одинаково сильны. Римляне не дожидались того, чтобы ослабла крепость воинов и усилилась их хитрость, как это произошло позднее, во времена общего падения нравов.

Октавиан, а за ним Тиберий уже думали больше о собственном могуществе, чем об общественном благе; поэтому, дабы им легче было властвовать самим, они начали разоружать римский народ и держали на границах империи все одни и те же легионы. Однако им казалось, что для обуздания римского народа и сената этого мало, и вот появляется новое войско, получившее название преторианцев. Это войско всегда стояло у самых стен Рима и было как бы крепостью, возвышавшейся над городом. Тогда-то и начали охотно позволять солдатам этих войск обращать военную службу в ремесло — и последствия этого сказались сейчас же: обнаглевшие солдаты стали грозой сената и опасностью для императоров; многие из последних были убиты зарвавшимися преторианцами, возводившими на престол и свергавшими с него кого им было угодно. Случалось, что в одно и то же время появлялось несколько императоров, провозглашенных различными частями войск.

Такой порядок привел прежде всего к разделению, а потом и к гибели империи. Поэтому, если король хочет безопасности, он должен составлять свои пехотные войска из таких людей, которые при объявлении войны идут на нее охотно, из любви к нему, а после заключения мира еще охотнее возвращаются в свои дома. Он этого всегда достигнет, если будет брать в войско солдат, умеющих кормиться не войной, а другими ремеслами. Поэтому, когда настает мир, король должен позаботиться о том, чтобы князья вернулись к делу управления своими вассалами, дворяне — к хозяйству в своих владениях, пехотные солдаты — к обычным занятиям, и вообще добиться того, чтобы все они охотно брались за оружие во имя мира, а не старались нарушить мир во имя войны.

*Козимо.* Ваше рассуждение кажется мне очень глубоким, но я продолжаю колебаться, так как слова ваши почти противоположны всему, что я думал до сих пор. Я вижу вокруг себя множество синьоров и дворян, которым знание военного дела позволяет существовать во время мира, например таких, как вы, состоящих на службе у князей и городов; я знаю также, что почти вся тяжелая конница продолжает получать свое жалованье, а пехота остается на службе для охраны городов и крепостей; поэтому мне кажется, что и во время мира каждому найдется место.

*Фабрицио.* Мне кажется, вы едва ли сами уверены в том, что любой солдат найдет себе место в мирное время. Если бы даже не было других доводов, можно было бы удовольствоваться указанием на то, что число солдат, остающихся на службе в местах, названных вами, очень невелико: разве есть хоть какое-нибудь соответствие между количеством пехоты, необходимой на войне, и количеством ее во время мира? Ведь гарнизон мирного времени в крепостях и городах должен быть по крайней мере удвоен во время войны; сюда надо прибавить большое количество полевых войск, в мирное время распускаемых. Что касается войск, охраняющих правительство, то пример папы Юлия II и вашей республики наглядно показал, как страшны солдаты, не желающие учиться никакому ремеслу, кроме войны; ведь дерзость этих воинов заставила вас отказаться от их услуг и заменить их швейцарцами — людьми, родившимися и воспитанными в почтении к законам и призванными общинами по всем правилам настоящего набора. Поэтому не говорите больше, что для каждого найдется место во время мира.

В отношении тяжелой конницы ответ на ваше возражение кажется более трудным, так как вся она и по заключении мира сохраняет свое жалованье. Тем не менее, если посмотреть на дело внимательнее, то ответ найти легко, ибо этот порядок сохранения на службе конницы сам по себе вреден и дурен. Дело в том, что все это люди, для которых война — ремесло; будь они только поддержаны достаточно сильными пехотными отрядами, они ежедневно доставляли бы тысячи неприятностей правительствам, при которых состоят; но так как их мало и они сами по себе не могут образовать войско, то и вред от них часто не так уж велик.

Тем не менее они приносили достаточно вреда, как это показывают примеры Франческо Сфорца, его отца и Браччо из Перуджи, о которых я вам уже рассказывал. Поэтому я не сторонник обычая оставлять конницу на постоянной службе — это дурной порядок, который может привести к большим неудобствам.

*Козимо*. Вы хотели бы совсем без нее обойтись? А если вы ее все же сохраните, то в какой мере?

*Фабрицио*. Путем набора, но не так, как это делает король Франции, потому что принятый там порядок так же опасен, как наш, и не защищает от солдатской разнузданности. Я бы поступал, как древние, у которых конница составлялась из их же подданных. Когда заключался мир, конницу распускали по домам и возвращали к обычным делам; впрочем, я подробнее скажу об этом позже.

Таким образом, если этот род войск может сейчас даже в мирное время жить своим ремеслом, это происходит лишь от извращенного порядка вещей. Что касается денег, уплачиваемых мне и другим военачальникам, то я прямо скажу, что это вреднейшая мера: мудрая республика не платила бы такого жалованья никому, а во время войны ставила бы во главе войск только своих же граждан, которые по окончании войны возвращались бы к мирным занятиям. Точно так же поступал бы и мудрый король, а если бы он даже платил это жалованье, то либо в награду за какой-нибудь особенный подвиг, либо как цену за услуги, которые военачальник может оказать как в мирное, так и в военное время.

Раз вы ссылаетесь на меня, то я и приведу собственный пример и скажу, что война никогда не была для меня ремеслом, потому что мое дело — это управление моими подданными и защита их, а для того чтобы защищать их, я должен любить мир и уметь вести войну. Мой король ценит и уважает меня не столько за то, что я понимаю военное дело, сколько за умение быть ему советником во время мира. Если король мудр и хочет править разумно, он должен приближать к себе только таких людей, потому что чрезмерные ревнители мира или слишком рьяные сторонники войны непременно направят его на ложный путь.

Сейчас я вам на этот счет больше ничего не могу сказать, и если вам этого мало, то вам придется обратиться к собеседнику, который лучше меня сумеет вас удовлетворить. Теперь вы, может быть, начинаете понимать, как трудно применять к современным войнам древние обычаи, как должен готовиться к войне всякий предусмотрительный правитель и на какие обстоятельства он может рассчитывать, чтобы достигнуть поставленных себе целей. Если моя беседа вас не утомляет, то вы шаг за шагом приблизитесь к более точному пониманию этих вещей, по мере того как мы будем подробно сравнивать древние установления с порядками наших дней.

*Козимо.* Если нам и раньше хотелось узнать ваше мнение об этих предметах, то после всего, что вы сказали, желание наше только удвоилось; мы благодарим вас за то, что уже получили, и просим рассказать нам остальное.

*Фабрицио.* Если таково ваше желание, я буду обсуждать этот предмет с самого начала, потому что буду более понятен и лучше смогу доказать свою мысль. Всякий, кто хочет вести войну, ставит себе одну цель — получить возможность противостоять любому врагу в поле и победить его в решающем сражении. Чтобы достигнуть этой цели, необходимо иметь войско. Для этого надо набрать людей, вооружить их, дать им определенное устройство, обучить их действию как малыми отрядами, так и большими частями, вывести их в лагеря и уметь противопоставить их неприятелю тут же на месте или во время движения.

В этом все искусство полевой войны, наиболее необходимой и почетной. Кто заставит неприятеля принять бой в обстановке для себя выгодной, поправит этим все другие ошибки, сделанные им при руководстве военными действиями. Тот же, у кого этой способности нет, никогда не закончит войну с честью, как бы он ни был искусен в других частностях военного дела. Выигранное сражение сглаживает все другие промахи, и обратно: поражение делает бесполезными все прежние успехи.

Если хочешь составить войско, надо прежде всего найти людей. Поэтому обращаюсь к способу их выбора, как выражались древние, или набора, как сказали бы мы. Предпочитаю оговорить «выбор», чтобы употребить слово более почетное.

Писатели, установившие правила войны, предлагают брать в войска жителей стран с умеренным климатом, дабы сочетать в солдате смелость и разум; жаркие страны рождают людей разумных, но не смелых, а холодные — смелых, но безрассудных.

Такое правило хорошо для правителя, который властвовал бы над целым миром и мог бы поэтому брать людей из любой местности, какая ему заблагорассудится. Если же устанавливать правило, годное для всех, то надо сказать, что как республики, так и королевства должны выбирать себе солдат из жителей собственной страны, каков бы ни был ее климат — холодный, жаркий или умеренный.

Пример древних показывает, что во всякой стране хорошие солдаты создаются обучением. Там, где не хватает природных данных, они восполняются искусством, которое в этом случае сильнее самой природы. Набор солдат из чужеземцев нельзя называть выбором, потому что выбирать — значит привлечь в войско лучших людей страны и иметь власть призвать одинаково тех, кто хочет и кто не хочет служить. Понятно, что такого рода отбор возможен только в своей стране, потому что нельзя брать кого угодно в земле, тебе неподвластной, и приходится ограничиваться добровольцами.

*Козимо.* Однако из этих добровольцев можно одних взять, других отпустить, и тогда это все же можно назвать выбором.

*Фабрицио.* Вы до известной степени правы, но примите во внимание недостатки такого способа, и тогда часто окажется, что именно выбора здесь никакого нет. Во-первых, добровольцы из чужеземцев никогда не принадлежат к числу лучших солдат, наоборот, это — подонки страны: буяны, ленивые, разнузданные, безбожники, убежавшие из дому, богохульники, игроки — вот что такое эти охотники. Нет ничего более несовместимого с духом настоящего и крепкого войска, чем подобные нравы.

Если эти люди являются в большем количестве, чем нужно, то можно еще выбирать, но так как сам материал плох, то и выбор не может быть хорош. Однако часто бывает, что их приходит слишком мало; тогда приходится брать всех, и получается уже не отбор, а просто наём пехотных солдат. Так беспорядочно составляются теперь войска в Италии и в других странах, кроме Германии, и происходит это оттого, что человек становится солдатом не по велению князя, а по своей воле. Скажите теперь сами, какие военные установления древних мыслимы в войске, набранном подобными способами?

*Козимо.* Что же делать?

*Фабрицио.* То, что я уже сказал: составлять войска из собственных граждан и по приказу князя.

*Козимо.* А можно было бы тогда ввести хотя бы некоторые древние установления?

*Фабрицио.* Конечно, при условии, что в королевстве во главе войска будет стоять сам князь или лицо, облеченное законной властью, а в республике — кто-нибудь из граждан, избранный полководцем; иначе сделать что-нибудь хорошее очень трудно.

*Козимо.* Почему?

*Фабрицио.* Отвечу вам в свое время; сейчас удовольствуйтесь тем, что иначе нельзя.

*Козимо.* Если брать солдат в собственной стране, то где, по вашему мнению, лучше их набирать — в городе или в округе?

*Фабрицио.* Все писатели сходятся на том, что лучше брать солдат из окружных крестьян; это люди закаленные, воспитанные в труде, привыкшие к солнцу и не ищущие тени, приученные к обращению с железными орудиями, к земляным работам, к переноске тяжестей, а кроме того, они просты и бесхитростны. Однако я лично считал бы, что так как есть два рода солдат — пешие и конные, то пехоту лучше набирать из крестьян, а конницу — из горожан.

*Козимо.* Каких лет должны быть солдаты?

*Фабрицио.* Для совсем нового войска я брал бы людей от семнадцати до сорока. Если же войско уже есть и надо было бы его пополнять, то исключительно семнадцатилетними.

*Козимо.* Мне не вполне ясна эта разница.

*Фабрицио.* Я поясню вам. Если бы мне пришлось создавать войско там, где его нет, то для обучения, о котором я буду говорить потом, надо было бы выбрать всех, способных носить оружие, лишь бы они достигли призывного возраста. Если бы мне пришлось производить отбор в стране, где войско уже есть, то для пополнения я брал бы семнадцатилетних, так как остальные были бы взяты уже давно.

*Козимо.* Значит, вы хотели бы ввести нечто похожее на порядок, принятый у нас?

*Фабрицио.* Вы правы, но я не знаю, напоминал ли бы он ваше устройство по вооружению, командованию, обучению и боевому построению.

*Козимо.* Значит, вы одобряете наше военное устройство?

*Фабрицио.* Зачем же мне его порицать?

*Козимо.* Потому что многие знающие люди всегда его осуждали.

*Фабрицио.* Вы противоречите себе, когда говорите, что знающий человек порицает это устройство; тогда его напрасно считают знатоком.

*Козимо.* Мы вынуждены так думать, потому что опыт этого порядка всегда был плох.

*Фабрицио.* Смотрите, как бы не оказались виноваты вы сами, а вовсе не ваше устройство; вы убедитесь в этом еще до конца нашей беседы.

*Козимо.* Вы доставите нам этим огромное наслаждение; я даже хочу заранее открыть все обвинения, выставленные против нашего военного устройства, дабы вы затем могли лучше его защитить. Обвинители рассуждают так: порядок этот или негоден и может привести к гибели республики, или он целесообразен, но последствием его легко может быть захват власти военачальником; при этом ссылаются на римлян, у которых собственные войска уничтожили республиканскую свободу; ссылаются также на венецианцев и на короля Франции: венецианцы, дабы не оказаться под властью своего же гражданина, пользуются наемными войсками; король обезоружил своих подданных, чтобы иметь возможность спокойнее повелевать. Однако они больше опасаются негодности собственных войск, чем захвата власти, и в доказательство своей правоты приводят два довода: первый — неопытность своих солдат, второй — насильственная служба; после известного возраста, говорят они, учиться уже нельзя, а принуждение никогда ни к чему хорошему не ведет.

*Фабрицио.* Все эти доводы идут от людей, рассматривающих вещи несколько издалека, как я вам это сейчас докажу. Что касается довода о негодности, то я должен сказать, что лучшая армия та, которая составляется из своих же граждан, и только этим путем можно такую армию образовать. Спора на этот счет нет, и я не стану тратить время на доказательства, так как за меня говорят все примеры древней истории.

Противники этой армии (милиции) ссылаются на неопытность солдат и на принудительную службу; я скажу, что действительно неопытность солдат не способствует храбрости, а принуждение вызывает недовольство, но ведь мужество и опытность, как вы увидите впоследствии, воспитываются в солдате вооружением, обучением и военным строем.

Что касается принуждения, то вы должны знать, что люди, набранные в войска повелением князя, служат не вполне принудительно и не вполне добровольно, ибо полная добровольность привела бы к тем неудобствам, о которых я уже говорил: не было бы настоящего отбора людей, а добровольцев было бы всегда слишком мало; полная принудительность тоже привела бы к дурным последствиям. Поэтому следовало бы избрать средний путь: люди поступают на службу не вполне добровольно и не безусловно по принуждению, а в силу своего уважения к князю, гнева которого они боятся больше, чем кары.

Получается сочетание принудительности и доброй воли, которое не даст развиться недовольству, грозящему опасными последствиями. Я не говорю, что такое войско непобедимо, так как римские легионы бывали разбиты множество раз, равно как и войско Ганнибала. Вообще нельзя создать такое войско, за непобедимость которого можно было бы ручаться. Ваши знатоки не должны судить о негодности милиции по одной неудаче: сражение можно одинаково проиграть и выиграть, но главное — это устранить причины поражения.

Если начать доискиваться этих причин, то нетрудно убедиться, что сила здесь не в недостатках принятого у вас порядка, а в том, что он еще не доведен до совершенства. Необходимо, как я уже говорил, не осуждать милицию, а исправлять ее; что надо делать — это я вам раскрою постепенно. Другой довод противников — это возможность захвата власти военачальником. Отвечаю, что оружие в руках собственных граждан или воинов, врученное им в силу закона, никогда еще не приносило вреда; наоборот, оно всегда полезно, и этим путем можно лучше охранить чистоту государственного строя, чем каким-нибудь другим. Рим четыреста лет жил свободным государством и был вооружен; в Спарте свобода держалась восемьсот лет; наоборот, во многих других государствах, не опирающихся на собственную вооруженную силу, свобода не сохранялась даже сорок лет. Войско необходимо государству, и, если у него нет своей военной силы, оно нанимает чужеземцев, чужеземные же войска вреднее для общественного блага, чем свои, ибо их проще подкупить и честолюбец скорее может на них опереться. Осуществить эти намерения ему тем легче, что угнетаемые безоружны. Помимо того, два врага всегда страшнее для республики, чем один. Призывая чужеземное оружие, она одновременно боится и чужих солдат, и собственных граждан. Что такой страх основателен, об этом вы можете судить, вспомнив мой рассказ о Франческо Сфорца. Наоборот, когда республика располагает собственным войском, для нее страшно только одно — властолюбие своего же гражданина.

Наконец, из всех возможных доводов я сошлюсь только на один: мысль, что жители страны окажутся неспособными защищать ее оружием, еще никогда не приходила в голову ни одному законодателю республики или царства. Венецианцы основали бы новую всемирную монархию, если бы они проявили в своем военном устройстве такую же государственную мудрость, какой проникнуты их другие учреждения. Судить их надо особенно строго, потому что первые их законодатели создали им военную силу. На суше у них не было владений, поэтому вся их военная мощь сосредоточилась на море, и морскую войну они вели блестяще, расширив силой оружия пределы отечества.

Когда же подошло время вести сухопутную войну для защиты Виченцы, они, вместо того чтобы послать туда наместником кого-нибудь из своих граждан, взяли к себе на службу маркиза Мантуанского. Это было роковое решение, подорвавшее могущество венецианцев, помешавшее им прославить свое имя до небес и безгранично распространить свою власть на земле. Если они так поступили из-за неуверенности в себе, потому что, будучи знатоками морской войны, они не решались сами воевать на суше, то неуверенность эта была ложной: моряку, привыкшему сражаться с ветрами, бурями и людьми, легче сделаться полководцем, которому приходится биться только с людьми, чем полководцу превратиться в моряка. Мои римляне тоже умели воевать только на суше, а не на море, и тем не менее, когда началась война с Карфагеном, они не пригласили на службу опытных моряков — греков или испанцев, а возложили это дело на своих граждан, знающих сухопутную войну, и в конце концов победили.

Если венецианцы действовали из страха, как бы кто-нибудь из граждан Венеции не стал тираном, это был страх легкомысленный: ведь помимо доводов, уже приводившихся мной по этому поводу, надо сказать, что если никто из начальников их флота никогда не становился тираном этого морского города, то исполнить подобный замысел, опираясь на сухопутные войска, было бы еще неизмеримо труднее. Все это должно вам показать, что тирана создает не свое войско, подчиненное своему же гражданину, а дурные законы и плохое управление; именно оно навлекает на город тиранию. При хорошем управлении бояться своего войска нечего. Таким образом, Венеция поступила неосмотрительно, и это решение стоило ей потери большой доли ее славы и счастья.

Что касается ошибки короля Франции, который не приучает свой народ к войне, то ваши знатоки напрасно ссылаются на него как на пример: каждый беспристрастный человек признает, что это самый большой недостаток французской монархии и что это упущение — главная причина ее слабости.

Однако я слишком распространился и, может быть, отошел от своего предмета. Я хотел ответить вам и доказать, что нельзя опираться ни на какое оружие, кроме своего; собственная же военная сила создается только путем отбора; только так можно образовать войско и утвердить военную дисциплину. Если бы вы изучали установления первых римских царей, и особенно Сервия Туллия, вы бы увидели, что деление на классы представляет не что иное, как всеобщее вооружение народа, дававшее возможность немедленно собрать войско для защиты города.

Вернемся, однако, к вопросу о выборе солдат. Я снова скажу, что, если бы мне пришлось пополнять войско уже существующее, я брал бы семнадцатилетних юношей; если бы я создавал новое войско, я призывал бы людей всех возрастов — от семнадцати до сорока, чтобы можно было сейчас же пустить их в дело.

*Козимо.* Обращали ли бы вы при этом выборе внимание на их ремесло?

*Фабрицио.* Военные писатели проводят это различие, так как они не советуют брать в солдаты птицеловов, рыбаков, поваров, а также людей, промыслы коих бесчестны или состоят только в том, чтобы увеселять других; наоборот, они настаивают на призыве прежде всего земледельцев, а затем слесарей, кузнецов, плотников, мясников, охотников и тому подобных. Я же обращал бы мало внимания на эти различия, поскольку надо было бы заключать о доброкачественности человека по его ремеслу, но я бы очень считался с ними, поскольку они показывают, каким образом можно с большей пользой применять различные способности людей.

По этой же причине крестьяне, привыкшие обрабатывать землю, предпочтительнее кого бы то ни было другого, ибо из всех существующих это ремесло применимо в войске лучше всего. Затем идут слесари, плотники, кузнецы, каменщики, которых в войске должно быть много; ремесло их часто может пригодиться, и очень хорошо иметь в войске солдат, от которых бывает двойная польза.

*Козимо.* Как распознать людей, годных или негодных для военного дела?

*Фабрицио.* Я буду говорить сейчас о выборе солдат для образования нового войска, но при этом мне отчасти придется сказать и о том, как отбирать людей для пополнения войска уже действующего. Выбирая солдата, ты познаешь его годность или по опыту, когда он совершил какой-нибудь подвиг, или по предположению. Не может быть доказательств военной доблести у людей, отбираемых впервые и никогда еще не служивших; поэтому в новых милициях эти доказательства встречаются редко или отсутствуют совсем.

Если нельзя судить по опыту, судите по предположению, т.е. по возрасту, ремеслу и виду солдата. О первых двух признаках я уже говорил, остается сказать о третьем. Многие, как Пирр, требуют, чтобы солдат был высокого роста; другие, как Цезарь, обращали внимание только на физическую силу. Эта сила тела и духа выражается в сложении и облике. Писатели отмечают, что у солдата должны быть живые и веселые глаза, крепкая шея, широкая грудь, мускулистые руки, длинные пальцы, втянутый живот, полные бедра, худые ноги; такой человек всегда будет ловок и силен — два качества, которые в солдате ценятся выше всего.

Особенное внимание надо обращать на нравственность: солдат должен быть честен и совестлив; если этого нет, он становится орудием беспорядка и началом разврата, ибо никто не поверит, что дурное воспитание может создать в человеке хотя бы крупицу достохвального воинского мужества.

Значение такого выбора солдата огромно; и, чтобы это стало вам понятнее, я считаю нелишним и даже необходимым рассказать о том, каких правил держались при отборе легионов вступающие в должность римские консулы. Благодаря беспрестанным войнам старые солдаты являлись к отбору вперемешку с новичками, и консулы могли судить об одних по опыту, а о других — по догадке. Надо заметить, что при выборе солдата имеется в виду или сейчас же послать его в бой, или обучить его немедленно, но пустить в дело позднее.

Я уже говорил и буду говорить дальше обо всех мерах, необходимых для позднейшей боевой работы солдата, ибо хочу показать вам, как создается войско в странах, где народных ополчений раньше не было и где поэтому не может быть отборных частей, которыми можно воспользоваться сейчас же. В тех же странах, где войско образуется повелением власти, оно может быть пущено в дело немедля, как это было в Риме и теперь еще наблюдается у швейцарцев. Если при этом порядке отбора в войско попадают и новобранцы, то они тут же встречаются с множеством опытных солдат, привыкших к строю, и смешение старых с молодыми образует единую и крепкую боевую часть. Кроме того, когда императоры перешли к порядку сосредоточения войск в строго определенных постоянных местах, они стали назначать для обучения так называемых тиронов, т.е. молодых солдат, особого руководителя, как это видно из жизнеописания императора Максимина.

Пока в Риме держался свободный строй, обучение это производилось не в лагерях, а в самом городе. Молодежь во время этих занятий привыкала к военным упражнениям, и когда ее затем посылали уже в бой, она была настолько закалена опытом этой мнимой войны, что умела легко найтись в условиях настоящей боевой жизни. Однако впоследствии, когда императоры отказались от этого способа обучения, им пришлось установить тот порядок, который я вам уже описал.

Перехожу теперь к римскому способу набора легионов. Вступая в должность, консулы, на которых было возложено военное дело, начинали с упорядочения своего войска (каждому из них вверялись обычно два легиона, набранные из римских граждан и составлявшие основу их военной силы) и назначали для этой цели на каждый легион по шести, а всего двадцать четыре военных трибуна, исполнявших те же обязанности, какие исполняют теперь наши батальонные командиры.

Затем они собирали всех римских граждан, способных носить оружие, и распределяли трибунов по легионам. Трибы, с которых должен был начаться отбор, указывались жребием, и из трибы, выделенной таким образом, выбиралось четверо наиболее годных: одного брали трибуны первого легиона, другого — трибуны второго легиона, из оставшихся двух одного брали трибуны третьего легиона, а последний попадал в четвертый легион. После первой четверки отбиралась вторая, причем первого человека брали трибуны второго легиона, второго — трибуны третьего легиона, третьего — трибуны четвертого легиона, а четвертый оставался в первом легионе. Затем шла третья четверка: первый из нее шел в третий легион, второй — в четвертый легион, третий — в первый легион, четвертый оставался во втором легионе.

Так действовал последовательно этот порядок, пока отбор, устроенный на равных началах, не заканчивался и не образовывался полный состав легиона. Мы уже говорили выше, что благодаря этому способу легион можно было отправить в дело сейчас же, ибо он составлялся из людей, значительная часть которых знала настоящую войну, а война примерная была известна всем. При выборе людей можно было руководствоваться одновременно и опытом, и догадкой. Однако в стране, где надо создавать войско впервые, отбор людей может производиться только гадательный, основанный на возрасте и внешнем виде человека.

*Козимо*. Все, что вы сказали, по-моему, верно. Но раньше, чем вы будете продолжать, я хочу задать вам вопрос, на который вы сами навели меня, когда говорили, что в стране, где жители не обучались военному строю, выбор солдат может производиться только по догадке. С разных сторон слышал я осуждения нашей милиции, особенно за ее численность. Многие утверждают, что людей надо брать меньше, так как это приносило бы ту пользу, что солдаты отбирались бы более тщательно, на граждан не налагалось бы столь тяжелое бремя, а людям, взятым в войско, можно было бы дать некоторое вознаграждение, которое бы их обрадовало и сделало послушнее. Мне хотелось бы знать ваше мнение: предпочитаете ли вы набор в большом или малом количестве и какого порядка придерживались бы вы в обоих случаях?

*Фабрицио.* Большое войско, без сомнения, лучше малого; надо даже сказать больше — там, где невозможен крупный набор, невозможно и создание хорошей милиции. Доводы противников этого взгляда легко опровергнуть. Прежде всего надо сказать, что малочисленная милиция в такой населенной стране, как, например, Тоскана, не обеспечивает вам ни лучшего качества солдат, ни большей тщательности отбора. Ведь если вы хотите при наборе солдат судить о них по опыту, то в этой стране опыт ваш будет применим только к самому ничтожному меньшинству, так как лишь очень немногие были на войне и еще меньше выдвинулись настолько, чтобы оказаться выбранными предпочтительно перед другими. Поэтому, если производить отбор в такой стране, надо отказаться от опыта и брать людей по догадке. В таких условиях мне хотелось бы знать, чем же я должен руководиться, когда ко мне явятся двадцать молодых людей подходящей наружности, и по какому правилу я завербую одних и отпущу других? Каждый, несомненно, признает, что раз вы не можете знать, кто из них лучше, то риск ошибки будет меньше, если взять всех, вооружить и обучить, а более точный выбор сделать уже позже, когда при обучении выделятся самые храбрые и сильные.

Поэтому, взвесив все обстоятельства, надо сказать, что мнение о предпочтении в этом случае малого количества во имя лучшего качества совершенно ложно. Насчет меньшего бремени для страны и людей скажу, что набор милиции, будь она велика или мала, не налагает никакого бремени, ибо этот порядок не отрывает никого от работы, не связывает людей настолько, чтобы они не могли заниматься обычными делами, а только обязывает их собираться в дни отдыха для обучения военным упражнениям. Для страны и для людей здесь нет никаких тягот, а молодежи это доставит только удовольствие. Вместо того чтобы шататься в праздники по кабакам, молодые люди охотно пойдут на эти занятия: ведь военные упражнения очень красивы, и уже поэтому они должны нравиться юношам.

Что касается возможности оплачивать небольшую милицию, которая благодаря этому будет довольна и послушна, то, по-моему, нельзя сократить народное ополчение до таких малых размеров, чтобы содержать его на таком постоянном жалованье, которое бы его удовлетворяло: например, если платить милиции в пять тысяч пехотинцев жалованье, которым она была бы довольна, пришлось бы тратить на это по меньшей мере десять тысяч дукатов в месяц. Во-первых, этого количества пехоты мало, чтобы образовать войско, и вместе с тем такой расход очень затруднителен для государства. С другой стороны, этого жалованья недостаточно для того, чтобы люди были довольны и считали себя обязанными являться по первому требованию. Таким образом, этот порядок стоил бы очень дорого и вместе с тем давал бы стране слабое войско, с которым нельзя ни защищаться, ни нападать. Если увеличить жалованье или набирать больше людей, то невозможность платить только возрастет; если сократить и жалованье, и численность ополчения, милиция будет еще меньше и еще бесполезнее.

Поэтому сторонники народной милиции на постоянном жалованье говорят о вещи или невозможной, или бесполезной. Совсем другое, когда войска набираются для войны; тогда, конечно, необходимо назначить им жалованье. Если в мирное время такое военное устройство даже причинит гражданам, записанным в солдаты, некоторые неудобства, хотя я этого не усматриваю, они уравновешиваются всеми благами, которые дает стране хорошо организованное войско, потому что без него вообще не может быть никакой безопасности.

В заключение скажу, что желающие образовать небольшую милицию, чтобы держать ее на постоянном жалованье или по другим соображениям, о которых вы говорили, плохо понимают дело; помимо всего прочего мое мнение подкрепляется еще тем обстоятельством, что число войск благодаря бесконечным трудностям войны все равно непрерывно сокращается, и малое количество обратилось бы в нуль. Наоборот, при большой милиции ты можешь по собственному желанию пользоваться малыми или крупными частями. Наконец, войско полезно не только для самого дела войны, но и потому, что укрепляет твое значение, а, конечно, большое войско всегда придает тебе больше веса. К тому же милиция создается для обучения людей воинскому строю, и если в населенной стране в нее будет записано мало народу, то при большой отдаленности домов граждан друг от друга их без величайших неудобств нельзя будет даже собирать на учения, а без этого милиция не нужна, как я покажу это дальше.

*Козимо.* Ваш ответ на мой вопрос удовлетворил меня вполне, но теперь мне хочется, чтобы вы разрешили другое сомнение. Противники милиции говорят, что большое количество вооруженных людей вызовет в стране смуту, распри и беспорядок.

*Фабрицио.* Это мнение также беспочвенно, и я вам скажу почему. Беспорядки, творимые вооруженными людьми, могут быть двоякого рода: это или схватки между собой, или волнения, направленные против других. Предотвратить это было бы вообще нетрудно, но ведь учреждение милиции само по себе уже пресекает возможность подобных смут; оно предупреждает взаимные столкновения, а не помогает им, потому что при учреждении милиции вы даете ей оружие и начальников.

Если страна, в которой создается милиция, так маловоинственна, что граждане не носят оружия, или настолько едина, что в ней нет главарей партий, то создание милиции сильно ожесточит их против внешних врагов, но никоим образом не разъединит их друг с другом. Ведь при хорошем устройстве государства граждане, вооруженные или безоружные, чтут законы и никогда не станут на них покушаться, если начальники, поставленные вами во главе, сами не явятся виновниками беспорядков; дальше я скажу вам, как с этим бороться.

Наоборот, если страна, в которой учреждается народное войско, воинственна и разъединена, то только такое учреждение, как милиция, способно объединить ее вновь; ведь у граждан уже есть и оружие, и начальники, но оружие не годится для войны, а начальники только сеют смуты. Учреждение милиции дает оружие, годное для войны, и начальников, которые будут подавлять беспорядки. В такой стране всякий, кто чем-нибудь обижен, обычно идет к главарю своей партии, который, чтобы поддержать свое влияние, склоняет его к мести, а не к миру. Совершенно обратно поступает начальник учреждения государственного; поэтому создание милиции устраняет поводы к раздорам и подготовляет единение граждан. Страны единые и изнеженные излечиваются от слабости и сохраняют единство; страны разъединенные и склонные к междоусобиям объединяются, и та отвага, которая обычно проявляется в разнузданности, обращена на пользу общественную.

Относительно вреда, который вооруженные люди способны причинить другим, надо иметь в виду, что они могут это сделать только при попустительстве начальников, и, если вы хотите, чтобы сами начальники не затевали смут, необходимо позаботиться о том, чтобы они не приобретали слишком большого влияния на подчиненных. Заметьте, что это влияние создается или естественно, или случайно. Для устранения влияния естественного надо поставить дело так, чтобы уроженец известной местности не был во главе жителей той же местности, записанных в милицию, а назначался бы начальником частей, с которыми он никакими естественными узами не связан.

Что касается влияния, приобретаемого случайно, то здесь требуются иные меры: начальники должны ежегодно меняться местами, так как постоянная власть над теми же людьми создает с ними такую тесную связь, которая легко может обернуться князю во вред. Насколько эти перемещения полезны для тех, кто ими пользовался, и как дорого обходится государствам пренебрежение этим правилом, показывают примеры Ассирийского царства и Римской империи. Ассирия просуществовала тысячу лет без всяких внешних и гражданских войн; объясняется это исключительно тем, что полководцы, стоявшие во главе войск, каждый год перемещались.

Иначе обстояло дело в Риме, где после прекращения Цезарева рода возникло столько гражданских войн между отдельными полководцами и составлялось много заговоров этих полководцев против императоров; причина была одна — постоянное пребывание военачальников на тех же местах. Если бы первые императоры и преемники их, занимавшие престол со славой, как Адриан, Марк Аврелий, Септимий Север и им подобные, были настолько проницательны, чтобы ввести порядок ежегодного перемещения начальников войск, они, несомненно, укрепили бы спокойствие и прочность империи, ибо у полководцев было бы меньше возможностей бунтовать, а сенат при перерывах в престолонаследии имел бы больше влияния на выборы императоров, которые от этого, конечно, были бы удачнее.

Все дело в том, что по невежеству людей или по равнодушию их, но опыт как дурных, так и хороших примеров бессилен против укоренившихся плохих обычаев.

*Козимо.* Боюсь, не отклонил ли я вас своими вопросами от хода ваших мыслей, так как мы перешли от выборов к совершенно другим рассуждениям; я заслужил бы упрек, если бы не извинился перед вами.

*Фабрицио.* Нисколько. Все эти отступления были необходимы; так как я хотел говорить о милиции, которую многие осуждают, я должен был сначала защитить ее, а особенно ее основу — отбор солдат. Прежде чем перейти к другим предметам, я хочу сказать вам о способах выбора конницы. Древние выбирали ее из среды самых богатых граждан, обращая внимание на возраст и качества людей; выбирали они по триста человек на легион, так что римская конница во всяком консульском войске не превышала шестисот лошадей.

*Козимо.* Предлагаете ли вы создать конную милицию, которая обучалась бы дома и служила во время войны?

*Фабрицио.* Конечно, это необходимо, и ничего другого сделать нельзя, если вы хотите иметь свои войска, а не нанимать солдат, для которых война является ремеслом.

*Козимо.* Как будете вы отбирать этих всадников?

*Фабрицио.* Я бы подражал римлянам и составил бы конницу из людей более богатых, дал бы им начальников тем же порядком, как они назначаются сейчас для других родов войск, а затем вооружил и обучил бы их.

*Козимо.* Следует ли назначать им жалованье?

*Фабрицио.* Да, но не больше, чем это нужно на корм лошади, ведь если вы обремените подданных расходами, они начнут роптать. Поэтому необходимо оплатить лошадь и расходы на ее содержание.

*Козимо.* Какова должна быть численность вашей конницы и как бы вы ее вооружили?

*Фабрицио.* Вы переходите к другому предмету. Я скажу об этом в свое время, когда объясню вам, как должна быть вооружена пехота и как ее надо готовить к бою.

## Книга вторая

*Фабрицио Колонна.* Когда набор солдат завершен, необходимо их вооружить. Для этого надо знать, какое оружие употребляли древние, и выбрать самое лучшее. Римская пехота делилась на тяжеловооруженную и легкую, называвшуюся велитами. Под этим словом разумелись все пехотинцы, вооруженные пращами, луками и дротиками; для защиты большая часть их носила шлем и круглый щит на руке, сражались они впереди и в некотором отдалении от тяжелой пехоты, вооружение которой состояло из шлема, прикрывавшего голову до плеч, лат, защищавших тело до колен, наручников, поножей и щита длиной в два локтя* и шириной в локоть, окованного сверху и снизу железным обручем для лучшей защиты от ударов и для предохранения при трении его о землю. Для нападения служил меч длиной в полтора локтя, который воины носили у левого бока, и кинжал, прикреплявшийся к правому. В руке

* Локоть ≈ 0,5 м.

они держали метательное копье, называвшееся pilum, которое они пускали в неприятеля при начале боя.

Таково было римское оружие, и с ним они завоевали мир. Правда, некоторые древние писатели приписывают римлянам, кроме названного оружия, еще другое, именно длинную пику, похожую на рогатину, но я не понимаю, как может воин, державший в руке щит, действовать еще тяжелой пикой. Метать ее обеими руками нельзя, потому что этому мешает щит, а если бросать ее одной рукой, ничего не выйдет, потому что пика слишком тяжела. Кроме того, при сражении в сомкнутом строю пика бесполезна, так как только солдаты первой шеренги располагают достаточным пространством, чтобы развернуться как следует; бойцы, стоящие в следующих шеренгах, сделать этого не могут, ибо свойство боя, как я покажу это дальше, требует непрерывного смыкания рядов; это тоже неудобство, но все же несравненно меньшее, чем разомкнутый строй, представляющий явную опасность.

Поэтому всякое оружие длиннее двух локтей в сомкнутом строю бесполезно: если вы вооружены пикой и хотите метать ее обеими руками, то, даже допуская, что щит этому не мешает, вы не можете ударить ею врага, вступившего с вами в рукопашную схватку; если вы берете пику одной рукой, чтобы в то же время прикрыться щитом, вы можете держать ее только наперевес, и тогда она наполовину торчит сзади, и солдаты рядов, следующих за вашим, не дадут вам ею работать. Вернее всего, что у римлян или совсем не было этих пик, или они ими почти не пользовались. Прочтите в истории Тита Ливия описание знаменитых сражений, и вы увидите, что о пиках он упоминает только в самых редких случаях, но постоянно говорит о том, как солдаты, бросив свои дротики, хватались за мечи. Поэтому оставим эти пики в стороне и, говоря о римлянах, будем считать меч орудием нападения, а щит и прочее вооружение — орудиями защиты.

Греки для обороны вооружались не так тяжело, как римляне, а при нападении полагались больше на копья, чем на мечи, особенно македонская фаланга, копья которой, так называемые сариссы, были в десять локтей длиной и позволяли ей прорывать неприятельские ряды, смыкая в то же время свой строй. Некоторые писатели упоминают еще о щитах у македонян, но по причинам, о которых уже сказано, я не могу понять, как они могли действовать сариссами и в то же время пользоваться щитом. Наконец, в описаниях борьбы между Павлом Эмилием и македонским царем Персеем, насколько я помню, ничего не говорится о щитах, а только о сариссах и о том, с каким трудом далась победа римским легионам.

Все это наводит меня на мысль, что македонская фаланга ничем не отличалась от современной бригады швейцарцев, вся сила и мощь которой заключается именно в пиках.

Шлемы римской пехоты были украшены перьями, придававшими войску величественный вид, прекрасный для друзей и грозный для врагов. Конница в древнейшие времена Рима носила только круглый щит и шлем — другого оборонительного оружия не было; для нападения служили меч и длинная тонкая пика с одним только передним железным наконечником. С таким оружием всадник не мог прикрываться щитом, а в схватке пики ломались, и бойцы оставались безоружными и беззащитными. Со временем для конницы установилось то же вооружение, что и для пехоты, но только щиты у них были четырехугольные и меньшие, чем у пехотинцев, а пики толще и окованы железом с обоих концов, так что, когда одно острие ломалось, другой конец еще годился.

С этим оружием, пехотным и конным, римляне завоевали весь мир, и по очевидным плодам их походов можно с полной вероятностью предположить, что лучше снаряженных войск не было никогда. Об этом часто свидетельствует в своей истории Тит Ливий, который при сравнении римских войск с неприятельскими выражается так: «Но римляне своей доблестью, совершенством оружия и воинской дисциплиной были сильнее». По этой причине я больше говорил о вооружении победителей, чем побежденных.

Теперь я хотел бы сказать о вооружении наших современных войск. Для обороны пехоте даются железные латы, а для нападения — копье длиной в девять локтей, называемое пикой; у бока прикреплен меч с концом более закругленным, чем острым.

Таково обычное вооружение нынешней пехоты. Только у немногих есть латы, защищающие спину и руки; у этих частей вместо пик имеются алебарды, т.е. древко длиной в три локтя, с железным наконечником в форме секиры. В пехоте есть также фюзильеры; огнем своего оружия они выполняют ту же задачу, что стрелки из лука и пращники древности. Вооружение это изобретено германскими народами, особенно швейцарцами; они бедны, но дорожат своей свободой и потому как прежде, так и теперь вынуждены защищаться от властолюбия германских князей, которым богатство дает возможность держать конницу, что для швейцарцев при их бедности недоступно. Необходимость защищаться пешими против конных противников заставила их обратиться к военным учреждениям древних и к оружию, которое защищало бы их от бешеного натиска конницы.

Та же необходимость заставила их вновь вернуться к древнему боевому строю, вне которого, как правильно говорят некоторые писатели, пехота совершенно бесполезна. По этой же причине они вооружились пиками, т.е. оружием, которое лучше всего подходит не только для того, чтобы выдержать нападение конницы, но и для того, чтобы ее победить. Сила этого оружия и этого строя преисполнила немцев такой отвагой, что отряд в 15 000 или 20 000 германской пехоты не побоится напасть на любую конницу, и за последние двадцать пять лет мы видели этому немало примеров. Пример их силы, основанной на этом оружии и на этом строе, был настолько убедителен, что после похода короля Карла в Италию все народы стали им подражать, в том числе и испанцы; отсюда и пошла громкая военная слава испанских войск.

*Козимо.* Какое оружие ставите вы выше — современное германское или древнеримское?

*Фабрицио.* Несомненно, римское. Я объясню вам сейчас недостатки того и другого. Оружие немецких пехотинцев позволяет им остановить и победить конницу; оно не обременяет их и этим облегчает движение в походе и построение в боевой порядок. Зато, с другой стороны, отсутствие оборонительного оружия делает пехоту беззащитной против ударов, наносимых как издали, так и в рукопашной схватке. Пехота эта бесполезна при осаде городов и во всякой битве, где противник оказывает настоящее сопротивление. Кроме того, римляне умели останавливать и побеждать конницу не хуже современных немцев. Защитное оружие делало их непроницаемыми для ударов издали и вблизи.

Благодаря щитам они были сильнее в нападении и сами могли лучше его выдерживать. Наконец, в схватке они могли лучше действовать мечом, чем немцы пикой; к тому же, если у немцев и есть мечи, они без щита в таком бою бесполезны.

Римляне могли с уверенностью идти на приступ городских стен, потому что солдаты были прикрыты латами и могли защищаться щитами. Поэтому единственным неудобством их вооружения была тяжесть щита, из-за которой трудно было его нести, но это препятствие устранялось закаленностью воинов, приученных легко переносить усталость. Вы сами знаете, что люди, привыкшие к чему-нибудь, от этого уже не страдают. Заметьте, что пехотные части могут встретиться как с неприятельскими пехотинцами, так и с конницей. Они будут вполне бесполезны, если не смогут выдержать нападения конницы или, отбросив ее, испугаются пехоты, которая окажется лучше вооруженной или лучше построенной, чем они сами.

Сравните теперь немецкую пехоту с римской, и вы увидите, что немцы, как мы уже говорили, способны разбить конницу, но положение их явно невыгодно в бою с пехотой, построенной так же, как они, но вооруженной по римскому образцу. Вам станет тогда ясным преимущество той и другой, и вы увидите, что римляне могут одолевать одинаково пехоту и конницу, а немцы — одну только конницу.

*Козимо.* Я бы очень просил вас для большей ясности привести какой-нибудь определенный пример.

*Фабрицио.* Вы найдете в нашей истории множество мест, из которых увидите, что римская пехота рассеивала бесчисленную конницу, но не найдете ни одного, где говорилось бы о поражении римлян, нанесенном им пехотой вследствие слабости их вооружения или превосходства его у врага. Ведь, если бы вооружение было плохое, обязательно произошло бы одно из двух: или римляне встретили бы народ, вооруженный лучше, чем они сами, и завоевания их прекратились бы, или они переняли бы чужое оружие и отказались бы от своего. Так как ни того ни другого не случилось, легко предположить, что способ вооружения войск в Риме был лучше, чем где бы то ни было.

Этого никак нельзя сказать о германской пехоте, которую каждый раз постигали неудачи при встрече с пехотой, построенной так же, как и она, и равной ей по стойкости. Когда миланскому герцогу Филиппо Мариа Висконти пришлось иметь дело с 18 000 швейцарцев, он послал против них своего полководца графа Карманьолу. Тот выступил с 6000 конницы и небольшим отрядом пехоты и при встрече был с большим уроном отбит. Карманьола, как человек опытный, сейчас же понял тайну силы неприятельского оружия, его превосходства над конницей и слабости кавалерии перед таким построением пехоты. Он собрал свои войска, снова выступил против швейцарцев, велел своим всадникам спешиться при соприкосновении с врагами и в бою перебил их всех, так что уцелело только 3000, которые увидели, что помощи ждать неоткуда, побросали оружие и сдались.

*Козимо.* В чем же причина этого поражения?

*Фабрицио.* Я вам только что объяснил ее, но сейчас повторю, так как она осталась для вас неясной. Я уже говорил, что немецкая пехота, которой почти нечем обороняться, вооружена для нападения пиками и мечами. С этим оружием она идет на неприятеля в своем обычном строю. Если у противника есть хорошее защитное оружие, как оно и было у спешенных всадников Карманьолы, он с мечом врывается в неприятельские ряды, и все дело только в том, чтобы подойти к швейцарцам вплотную. Если это удастся, успех в бою обеспечен, потому что сама длина пики не позволяет немцу действовать ею против врага, схватившегося с ним врукопашную; приходится браться за меч, который, в свою очередь, бесполезен, потому что немец ничем не прикрыт, а противник его весь закован в броню.

Таким образом, когда сравниваешь выгоды и невыгоды того и другого порядка, становится ясным, что солдат, не имеющий защитного вооружения, обречен, так как противнику, закованному в латы, нетрудно отбить первый натиск и отбросить пики солдат передней шеренги. Ведь войска все время приближаются друг к другу (вы поймете это лучше, когда я объясню вам боевое построение), и при этом движении они неизбежно подходят так близко, что упираются грудь в грудь. Если кто-нибудь даже убит или опрокинут ударом пики, в строю остается еще столько народу, что этого вполне достаточно для победы. Вот вам объяснение резни, которую Карманьола устроил швейцарцам с ничтожными потерями для себя.

*Козимо.* Все это так, но ведь солдаты Карманьолы были жандармы, которые хоть и сражались пешими, но были сплошь закованы в железо и поэтому одержали верх, отсюда как будто следует, что можно добиться такого же успеха, если соответственно вооружить пехоту.

*Фабрицио.* Вы бы этого не думали, если бы вспомнили все, что я вам говорил о римском вооружении; пехотинец, у которого голова защищена железным шлемом, грудь прикрыта латами и щитом, а руки и ноги охранены от ударов, может защититься от них и прорвать неприятельские ряды гораздо лучше, чем спешенный жандарм. Приведу свежий пример. Отряд испанской пехоты на Сицилии был отправлен на выручку Гонсальва, осажденного французами в Барлетте, и высадился на территории королевства Неаполитанского. Навстречу ему выступил монсеньор д'Обиньи со своими жандармами и около 4600 немецкой пехоты.

В начале боя немцы пиками прорвали ряды испанской пехоты, но ловкие испанцы, прикрываясь небольшими щитами, смешались с немцами в рукопашном бою и разили их мечами; последствием было почти полное истребление ландскнехтов и победа испанцев.

Все знают, как погибали немцы под Равенной. Причина была та же: испанцы подошли к немецкой пехоте на расстояние меча и уничтожили бы ее всю, если бы немцев не спасла французская конница; тем не менее испанцы, сомкнув ряды, могли безопасно отступить. Поэтому я считаю, что хорошая пехота не только должна выдержать нападение конницы, но ей нечего бояться и неприятельской пехоты. Все это, как я не раз уже говорил, зависит от вооружения и от строя.

*Козимо.* Скажите все же, как бы вы ее вооружили?

*Фабрицио.* Я взял бы отчасти римское, отчасти германское оружие и вооружил бы половину пехоты по римскому, а другую — по германскому образцу. Если бы из 6000 пехотинцев у меня было 3000 с римскими щитами, 2000 пикинеров и 1000 фюзильеров, этого было бы достаточно, я поместил бы пикинеров или в голове батальона, или с той стороны, откуда грозило бы нападение конницы, солдаты со щитами и мечами стояли бы сзади, чтобы в нужную минуту поддержать копейщиков и решить исход боя, как я покажу это дальше. Думаю, что пехота, таким образом, будет сильнее всякой другой.

*Козимо.* Нам ясно теперь все, что относится к пехоте, но насчет конницы нам хотелось бы знать, предпочитаете ли вы для нее древнее или современное вооружение.

*Фабрицио.* Думаю, что благодаря седлу с лукой и стременами, которых раньше не знали, всадник в наше время крепче сидит на лошади, чем в древности. Вооружение его, помоему, тоже лучше, так что выдержать натиск современного эскадрона, обрушивающегося на противника всей тяжестью, труднее, чем было остановить античную конницу.

При всем том я считаю, что не следует придавать конным войскам больше значения, чем это было в древности, потому что, как я уже говорил вам, они в наше время очень часто бывали позорно разбиты пехотой и всегда будут разбиты, когда встретятся с пехотой, вооруженной и построенной по образцу, о котором я вам рассказывал.

Армянский царь Тигран выставил против римского войска под командованием Лукулла 150 000 конницы, причем многие так называемые катафракты были вооружены вроде наших жандармов; у римлян же при 25 000 пехоты не было даже 6000 всадников, так что Тигран, увидав неприятельское войско, сказал: «Для посольства здесь все-таки много всадников». Однако, когда дело дошло до боя, Тигран был разбит, а историк сражения громит этих катафрактов, подчеркивая их полную бесполезность, потому что забрала, сплошь закрывавшие лица, не позволяли им видеть врага и нанести ему удар, а тяжесть оружия не давала упавшему всаднику возможности встать и пустить в дело свою силу.

Поэтому я нахожу, что народы и цари, предпочитающие конницу пехоте, всегда будут слабыми и обреченными, как мы это и видели в Италии наших дней, которую иноземцы могли разграбить, разорить и опустошить только потому, что она пренебрегала пешей милицией и вся ее военная сила состояла из конницы.

Конница, конечно, нужна, но все же это не первая, а вторая основа войска; она необходима и необычайно полезна для разведок, набегов и опустошения неприятельской страны, для внезапной тревоги и нападения на противника (который из-за этого должен всегда быть под ружьем) и для перерыва подвоза припасов. Когда же дело доходит до решительного полевого сражения, т.е. до самого существа войны и цели, ради которой вообще создаются войска, конница годится больше для преследования разбитого противника, чем для других дел, и по своей силе, конечно, далеко отстает от пехоты.

*Козимо.* У меня есть все же двойное недоумение: во-первых, я знаю, что парфяне во время войны действовали только конницей и это не помешало им разделить мир с римлянами; во-вторых, я прошу вас объяснить мне, каким образом пехота может поддержать кавалерию и откуда берется сила одной и слабость другой.

*Фабрицио.* Я вам уже говорил или хотел сказать, что ваша беседа о военных делах ограничена пределами Европы. Поэтому я не обязан принимать во внимание, что привилось в Азии. Могу вам все же сказать, что боевой строй парфян был совершенно противоположен римскому; они сражались всегда на конях и в бою бросались на противника врассыпную. Такой способ боя разнообразен и вполне случаен.

Римляне, можно сказать, сражались почти сплошь пешими и сомкнутым строем. Оба войска одерживали верх попеременно, в зависимости от просторности или тесноты поля сражения. В последнем случае побеждали римляне, в первом — парфяне, которым удавалось с таким войском многое сделать, принимая в расчет защищаемую местность, т.е. бесконечные равнины, лежащие за тысячи миль от берега моря и пересеченные реками, отстоящими друг от друга на расстоянии двух или трех переходов. Городов в этой стране мало, население редкое. Таким образом, римское войско, тяжеловооруженное и медленно наступавшее походным порядком, могло продвигаться вперед только с большим риском, потому что противником его была легкая и быстрая конница, которая сегодня появлялась в одном месте, а завтра оказывалась уже в другом, на расстоянии пятидесяти миль. Это и помогло парфянам, обходясь с помощью одной только кавалерии, уничтожить войско Марка Красса и едва не погубить Марка Антония.

Однако я уже сказал вам, что буду говорить сейчас только о войсках Европы; поэтому я ограничусь сравнением установлений греков и римлян с современными немецкими.

Вернемся теперь к другому вашему вопросу — о том, какой строй или какие естественные причины создают превосходство пехоты над кавалерией. Скажу вам прежде всего, что конница не может действовать в любом месте подобно пехоте. Когда нужно менять строй, она отстает, потому что если при наступлении необходимо вдруг переменить направление, повернуться кругом, внезапно двинуться вперед после остановки или столь же внезапно остановиться, то, конечно, конные не могут исполнить это с такой же точностью, как пехотинцы.

Если конница приведена в расстройство натиском неприятеля, то даже при неудаче нападения трудно восстановить в ней порядок; с пехотой это бывает крайне редко. Кроме того, часто бывает, что храброму всаднику попадается пугливая лошадь, а трус сидит на горячем коне, — это нарушает единство строя и приводит к беспорядку. Нет ничего удивительного в том, что небольшой отряд пехоты может выдержать любой конный налет: лошадь — существо разумное, она чувствует опасность и неохотно на нее идет.

Если вы сравните силы, устремляющие лошадь вперед и удерживающие ее на месте, то увидите, что сила задерживающая, несомненно, гораздо больше, потому что вперед ее бросает шпора, а останавливают ее копье и меч. Опыт древности и наших дней показывает одинаково, что даже горсть сплоченной пехоты может чувствовать себя спокойно, так как она для конницы непроницаема. Не ссылайтесь на стремительность движения, которое будто бы так горячит лошадь, что она готова смести всякое сопротивление и меньше боится пики, чем шпоры. На это я отвечу следующее; как только лошадь замечает, что ей надо бежать прямо на выставленные против нее острия пик, она замедляет ход, а как только почувствует себя раненой, она или останавливается совсем, или, добежав до копий, сворачивает от них вправо или влево.

Если вы хотите в этом убедиться, пустите лошадь бежать на стену, и вы увидите, что очень мало найдется таких лошадей, которые, повинуясь всаднику, прямо ударятся в эту стену. Когда Цезарю пришлось сражаться в Галлии с гельветами, он спешился сам, велел спешить всю конницу и отвести всех лошадей назад, считая их годными больше для бегства, чем для боя.

Таковы естественные препятствия для конницы, но помимо этого начальник пехотного отряда должен всегда выбирать дорогу, представляющую для конницы наибольшие трудности, и ему всегда, кроме самых редких исключений, удастся спастись, пользуясь свойствами местности. Если она холмиста, это одно уже ограждает тебя от всякого стремительного нападения. Если дорога идет по равнине, тебя почти всегда защитят засеянные поля или рощи; всякий кустарник, всякий даже небольшой ров замедляет самый бешеный конный натиск, а любой виноградник или фруктовый сад останавливает его совершенно.

То же, что было в походе, повторяется в бою, потому что стоит лошади наткнуться на какое-нибудь препятствие, и она сейчас же остывает. Об одном, во всяком случае, не надо забывать, именно о примере римлян: они так высоко ставили свой военный строй и были так уверены в силе своего оружия, что, когда приходилось выбирать между пересеченной местностью, защищавшей их от конницы, но мешавшей им самим развернуться, и местностью более ровной, открытой для действия неприятельской конницы, но дающей свободу движений, они всегда выбирали второе.

Итак, мы вооружили нашу пехоту по древним и новым образцам; перейдем теперь к обучению и посмотрим, какие упражнения проделывала римская пехота до отправления ее на войну.

Пехота может быть прекрасно подобрана, еще лучше вооружена, и все же ее необходимо самым тщательным образом обучать, так как без этого еще никогда не было хороших солдат.

Обучение это распадается на три части. Прежде всего это закаленность тела, приучение его к лишениям, развитие ловкости и проворства; далее — это владение оружием и, наконец, умение сохранять порядок в походе, бою и лагере. Таковы три главных дела всякого войска; если оно на марше, на отдыхе и в бою сохраняет порядок, то даже при неудачном бое честь начальника будет спасена. Поэтому военное обучение тщательно предусматривалось законами и обычаями всех древних республик, не упустивших в этом смысле ничего. Они упражняли свою молодежь, чтобы развить в ней быстроту бега, ловкость прыжка, силу в метании дротика и в борьбе.

Без этих трех качеств солдат почти немыслим, потому что быстрота ног помогает ему предупредить неприятеля и раньше его занять нужную местность, неожиданно на него напасть и преследовать его после поражения. Ловкость позволяет ему отбивать удары, перепрыгивать рвы и взбираться на валы. Сила дает ему возможность лучше нести оружие, бить врага и самому выдерживать его натиск. Чтобы лучше закалить тело, солдат прежде всего приучали носить большие тяжести; это безусловно необходимо, ибо в трудных походах солдату кроме оружия часто приходится нести на себе многодневный запас продовольствия, и для непривычного такой труд был бы непосильным. Поэтому он не мог бы ни спастись от опасности, ни побеждать со славой.

Обучение владению оружием производилось так. Юношам давались латы, вдвое тяжелее обыкновенных, а вместо меча они получали свинцовую палицу, по сравнению с ним более тяжелую. Каждый должен был вбить в землю кол высотой в три локтя и такой толщины, что никаким ударом нельзя было его сломать или опрокинуть. Юноши с их щитами и палицами упражнялись на этих кольях, как на неприятелях; они кололи их, направляя удар в голову, лицо, бедро или ногу, отскакивали назад, а затем бросались на них вновь.

Это упражнение давало им необходимую сноровку в защите и нападении, а так как учебное оружие было страшно тяжелым, то настоящее казалось им потом совсем легким. Римляне учили своих солдат колоть, а не рубить, как потому, что такие удары более опасны и от них труднее защититься, так и потому, что воину легче при этом себя прикрыть и он скорее готов к новому удару, чем при рубке.

Не удивляйтесь, что древние обращали внимание на все эти подробности, потому что, раз дело идет о бое, необычайно важно всякое, даже малое преимущество. Я вам не сообщаю ничего нового, а только напоминаю слова военных писателей. Древние считали, что счастлива только та республика, которая располагает наибольшим числом людей, знающих военное дело, ибо не блеск драгоценных камней или золота, а только страх оружия подчиняет себе врагов.

Все ошибки в других областях можно как-нибудь исправить, но ошибки на войне неисправимы, ибо караются немедленно. Наконец, искусство владения мечом рождает отвагу, так как никто не боится идти на дело, к которому он подготовлен. Поэтому древние требовали от своих граждан постоянных занятий военными упражнениями и заставляли их метать в кол дротики тяжелее настоящих; это упражнение развивало меткость удара, укрепляло мышцы и силу рук.

Они учили молодежь стрелять из лука, метать камни из пращи, назначали для каждого упражнения особых руководителей, и когда после этого люди отбирались в легионы, чтобы идти на войну, они уже были солдатами по духу. Оставалось только обучить их военному строю и умению сохранять его в походе и в сражении; это достигалось легко, так как молодые солдаты смешивались с более опытными, уже служившими и знавшими, как сохраняется равнение.

*Козимо.* Какие упражнения предписали бы вы своим солдатам?

*Фабрицио.* Почти все, о которых мы говорили; я бы заставил их бегать, бороться, прыгать, носить оружие тяжелее обыкновенного, стрелять из лука и самострела; я бы прибавил еще ружье — оружие, как вы знаете, новое и безусловно необходимое. Я ввел бы эти упражнения для всей молодежи моей страны, но обратил бы особенное внимание на отборных, которым суждено впоследствии воевать: они упражнялись бы каждый свободный день.

Затем я учил бы их плавать; это весьма полезно, ибо не везде есть мосты или готовые суда для переправы через реки. Солдат, не умеющий плавать, лишается большого преимущества и поневоле упускает много удобных случаев. Римляне потому и установили военное обучение юношества на Марсовом поле, где рядом протекал Тибр; молодым людям, уставшим от упражнений на суше, можно было освежиться в воде и, кстати, научиться плавать.

Наконец, по примеру древних я установил бы особые упражнения для конницы; они необходимы, потому что важно не просто уметь ездить верхом, но ездить так, чтобы человек мог на лошади вполне владеть собой. Для этих упражнений пользовались деревянными лошадьми, на которых молодые люди должны были вскакивать в полном вооружении или безоружными, притом без всякой помощи и с первого раза. В конце концов люди достигали такого совершенства, что по знаку начальника вся кавалерия спешивалась в одно мгновение, а по другому знаку с той же быстротой опять была на коне.

Все эти упражнения, пешие или конные, производились тогда вполне беспрепятственно, да и сейчас любая республика или любой князь могут ввести их без всяких затруднений, как показывает опыт некоторых городов Запада, сохранивших эти обычаи. Жители разделены там на несколько отрядов, названных по имени рода оружия, употребляемого ими на войне. Пользуются они копьями, алебардами, луками, ружьями и называются поэтому копьеносцами, алебардьерами, лучниками и фюзильерами.

Все жители обязаны заявить, в какой отряд они намерены записаться, но так как некоторые по старости или по другим причинам не годятся для войны, то из каждого отряда выделяются отборные части, так называемые поклявшиеся, обязанные в свободные дни упражняться с избранным оружием. Власти отводят каждой части поле для учений, и все записанные в отряд, кроме «поклявшихся», вносят необходимые деньги на расходы.

Все это могли бы делать и мы, но наше легкомыслие вообще мешает всякому разумному решению. У древних благодаря описанным мною упражнениям была хорошая пехота, и только этим объясняется превосходство этих западных пехотинцев над нами. Древние обучали своих солдат или дома, как это делалось в республиках, или в лагерях, как делали императоры, по причинам, о которых я уже говорил. Мы же не хотим обучаться дома и не можем делать это в лагере, ибо наши войска состоят из чужих подданных, и нельзя их заставить проходить какое-нибудь обучение, которого они не хотят. Привело же это к тому, что сначала исчезло обучение, а затем пошло общее расстройство военных сил, и теперь как королевства, так и республики, особенно итальянские, находятся в состоянии полного ничтожества.

Возвращаясь к вашему разговору, я должен сказать, что привычка к военным упражнениям, закаленность, сила, быстрота и ловкость еще недостаточны, чтобы быть хорошим солдатом: он должен знать свое место в строю, уметь отличить свое знамя от другого, понимать все сигналы, слушаться голоса начальника. Он должен исполнять все это надлежащим образом на месте, при отступлении и наступлении, в бою и в походе, ибо без этой дисциплины, без строжайшего соблюдения и выполнения этих правил никогда не было настоящего войска.

Нет ни малейшего сомнения в том, что люди отважные, но разрозненные гораздо слабее робких и сплоченных, так как движение в строю заглушает в человеке сознание опасности, между тем как беспорядок сводит на нет самую отвагу. Все, что я скажу дальше, будет для вас яснее, если вы обратите внимание на следующее: все народы при организации своих войск или народных ополчений устанавливали какую-нибудь одну основную войсковую часть, называвшуюся по-разному в отдельных странах, но почти одинаковую по числу людей, ибо в нее входит всегда от 6000 до 8000 человек.

У римлян эта часть называлась легионом, у греков — фалангой, у галлов — катервой. Швейцарцы одни еще сохранили некоторую тень древних военных установлений и называют эту часть именем, совпадающим с нашим словом «бригада». Части эти повсюду разделены на батальоны, устроенные различно. Мы будем употреблять в разговоре слово «бригада» как более известное и покажем, как лучше всего ее устроить, следуя древним и новым образцам.

Римский легион, состоявший из 5000 или 6000 человек, делился на 10 когорт, и точно так же я предлагаю разделить нашу шеститысячную пехотную бригаду на 10 батальонов. В каждом батальоне должно быть 450 человек, из них 400 тяжелой пехоты и 50 легковооруженных; в тяжелой пехоте будет 300 человек со щитами и мечами, которых мы назовем щитоносцами, и 100 человек с пиками, или действующих пикинеров; легкая пехота состоит из 50 человек, вооруженных ружьями, самострелами, алебардами и круглыми щитами, они получат древнее название — действующих велитов; во всех 10 батальонах будет 3000 щитоносцев, 1000 действующих пикинеров и 500 действующих велитов, т.е. 4500 человек.

Раньше мы говорили, что в бригаде должно быть 6000 солдат; поэтому нам надо прибавить еще 1500 пехотинцев, именно 1000 человек с пиками, или запасных пик, и 500 легковооруженных, или запасных велитов. Таким образом, половина моей пехоты состояла бы из щитоносцев, а другая половина получила бы пики или другое оружие. Во главе каждого батальона стоял бы один начальник, 4 центуриона и 40 декурионов; сверх того, еще начальник действующих велитов и при нем 5 декурионов. Во главе 1000 запасных пик я бы поставил 3 начальников при 10 центурионах и 100 декурионах, а запасные велиты получили бы 2 начальников, 5 центурионов и 50 декурионов.

Далее, я назначил бы одного командира для всей бригады; каждый батальон получил бы свое знамя и музыку. Итак, бригада в 10 батальонов состояла бы из 3000 щитоносцев с мечами, 1000 действующих и 1000 запасных пик, 500 действующих и 500 запасных велитов — всего 6000 пехоты, в которой было бы 600 декурионов и 15 начальников батальонов с 15 знаменами и трубачами, 55 центурионов,

10 начальников действующих велитов и один командир всей бригады со знаменем и музыкой.

Я нарочно несколько раз повторил вам это устройство, чтобы вы не запутались впоследствии, когда я буду объяснять способы построения батальонов и войск в боевой порядок. Каждый король или республика, желающие подготовить своих подданных к войне, должны были бы ввести у себя это устройство и вооружение, набирая притом столько бригад, сколько страна в состоянии дать; когда устройство их соответственно моему разделению будет закончено, начинается обучение строю и военным упражнениям по батальонам.

Конечно, каждый батальон по своей малочисленности не может иметь внешний вид настоящего войска, но каждый солдат может выучиться всему, что ему нужно знать, ибо все построения войск бывают двоякого рода: действия каждого отдельного солдата в батальоне и действия всего батальона, составляющего вместе с другими войско. Если люди хорошо научатся первым движениям, они легко усвоят вторые, но, не зная основных одиночных движений, никогда нельзя научиться действовать целыми частями.

Я уже говорил, что каждый батальон сам может учиться сохранять равнение при всяком марше и во всякой местности. Он должен уметь строиться в боевой порядок, понимать боевые сигналы, слушаться их, как моряк слушается свистка, и знать поэтому, что делать — стоять ли на месте, идти ли вперед, отступать или повернуться, обратив в эту сторону оружие. Если войска хорошо держат строй при всяком движении и на всякой местности, хорошо понимают распоряжения начальника, передаваемые сигналами, и умеют мгновенно перестраиваться, они легко научатся всем движениям, которые их батальону придется выполнять при соединении его с другими в целое войско.

Однако эти общие движения никак нельзя считать маловажными, и необходимо поэтому в мирное время раз или два в год собирать всю бригаду, построить ее по образцу целого войска и каждый день упражнять, как перед боем, расположив на своих местах центр, фланги и запасные части. Полководец, выстраивая войско в боевой порядок, всегда предполагает или уже видимого, или скрывающегося неприятеля; поэтому войско должно быть подготовлено и к явному, и к внезапному нападению. Его надо обучить так, чтобы оно всегда было готово к бою во время движения, а солдаты всегда знали, что им делать.

Если ты учишь их борьбе с видимым неприятелем, покажи им, как завязывается бой, куда надо отойти, если нападение отбито, кто должен занять их место; научи их различать свое знамя, сигналы, голос начальника и так подготовь их этими притворными схватками и нападениями, чтобы они с нетерпением ожидали настоящих. Мужество войска создается не храбростью отдельных людей, а правильным строем, потому что, если я сражаюсь впереди, знаю, куда мне в случае неудачи отойти и кто займет мое место, я всегда буду биться храбро, надеясь на близкую помощь. Если я нахожусь сзади, то поражение передних рядов меня не испугает, ибо я заранее был к этому готов и даже поступал так, чтобы виновником победы моего начальника был именно я, а не другие.

Эти упражнения безусловно необходимы в стране, где войско создается заново, но нужны и там, где оно давно уже существует. Римляне с детства знали устройство своего войска и тем не менее, прежде чем идти на войну, должны были непрерывно обучаться под руководством начальников. Иосиф Флавий рассказывает в своей «Истории», что благодаря этим постоянным упражнениям оказывались полезными в бою даже те толпы, которые всегда следуют за войсками для наживы и торговли, потому что все знали равнение и умели сражаться в строю.

Что же касается нового войска, собранного для войны уже ведущейся, или народного ополчения, которому еще предстоит сражаться в будущем, то там без этого обучения ничего сделать нельзя ни с отдельным батальоном, ни с целым войском. Военное обучение — вещь необходимая, и надо самым тщательным образом учить новичков и совершенствовать тех, кто уже кое-что знает; на это не жалели ни времени, ни труда многие замечательные полководцы.

*Козимо.* Мне кажется, что эти рассуждения вас несколько отвлекли, так как вы еще не объяснили нам, как ведется обучение отдельного батальона, а говорили о целом войске и о сражениях.

*Фабрицио.* Вы правы. Я глубоко предан древним установлениям, и мне больно, когда я вижу, что они заброшены; однако не беспокойтесь, я сейчас вернусь к своему предмету. Я вам уже говорил, что при обучении батальона самое важное — это хорошо соблюдать равнение фронта. Для этого есть упражнение, которое называется «улитка».

Я вам уже говорил раньше, что батальон должен состоять из 400 человек тяжелой пехоты, и буду дальше держаться этой цифры. Поставив людей в 80 шеренг по 5 человек в каждой, я приучу их свертываться и развертываться как на скором, так и на тихом шагу. Все это надо видеть, а не описывать, да и описание здесь не так важно, потому что каждый причастный к военному делу знает, как делается это упражнение, нужное только для того, чтобы приучить солдата соблюдать равнение.

Перейдем к построению батальона в боевой порядок. Это делается тремя способами: первая и самая полезная форма — собрать всю массу в виде двух соединенных квадратов; вторая форма — квадрат с выдающимися вперед частями фронта; третья — квадрат, в середине которого остается пустое пространство, которое мы называем «площадь». Первое построение делается двумя способами. Первый способ — удваивание рядов, т.е. вторая шеренга вступает в первую, четвертая — в третью, шестая — в пятую и т.д.; таким образом, например, вместо 5 рядов и 80 шеренг получается 10 рядов и 40 шеренг. Удвойте снова ряды, вливая одну шеренгу в другую, и получится 20 рядов по 20 шеренг.

Получится построение примерно в виде двух прямоугольников, потому что хотя число людей с каждой стороны одинаково, но в шеренге, где солдат стоит плечом к плечу и локтем к локтю с соседом, он занимает меньше места, чем в ряду, где солдаты отстоят друг от друга по меньшей мере на два локтя. Таким образом, четырехугольник в глубину длиннее, чем от фланга к флангу.

Так как нам часто придется говорить сегодня о передних частях, о хвосте и о боковой стороне батальона и обо всем войске, то знайте, что головой, или фронтом, я буду называть переднюю сторону, тылом — заднюю и флангами — боковые. 50 действующих велитов не смешиваются с другими шеренгами и при построении батальона размещаются на его флангах.

Сейчас я объясню вам другой способ построения, и так как он лучше первого, то постараюсь показать его возможно нагляднее. Мне кажется, вы запомнили, сколько в батальоне солдат, как они вооружены и сколько у них начальников.

Я уже говорил, что батальон должен быть построен в 20 рядов и 20 шеренг, причем в голове будут 5 шеренг пик, а за ними 15 шеренг щитоносцев; два центуриона идут в голове колонны, два — в хвосте наподобие древних tergiductores; начальник батальона со знаменем и музыкой помещается между первыми 5 шеренгами пик и 15 шеренгами щитоносцев; по сторонам каждой шеренги находятся декурионы, так что каждый идет рядом со своими людьми, левофланговый командует отделением вправо от себя, правофланговый — влево. 50 велитов расположены на флангах и в тылу батальона.

Если такой батальон идет обычным походным порядком и должен перестроиться в боевой, то надо распорядиться так. Солдаты, как мы уже говорили, выстроены в 80 шеренг по 5 человек в каждой; велиты размещаются либо в голове, либо в хвосте колонны, но непременно особо от прочих войск. Каждый центурион ведет за собой 20 шеренг, причем непосредственно за ним следуют 5 шеренг пик, а дальше идут щитоносцы. Начальник батальона со знаменем и музыкой находится между пиками и щитоносцами второй сотни, занимая в глубину места 3 шеренг щитоносцев; 20 декурионов идут на левых флангах шеренг первой сотни, 20 — на правом фланге последней. Заметьте, что декурион, командующий пиками, вооружен пикой, а командующие щитоносцами — щитами.

Если батальон, двигающийся таким образом, должен построиться в боевой порядок для отпора врагу, то поступают так. Первый центурион со своими 20 шеренгами останавливается, второй продолжает двигаться, заходит вправо и тоже останавливается, дойдя до фланга неподвижно стоящей первой сотни и поравнявшись с ее центурионом; третий центурион точно так же поворачивает вправо и движется по флангу первых двух, пока не поравняется с двумя другими центурионами; наконец, четвертый центурион опять-таки заходит вправо, идет вдоль правого фланга остановленных центурий, пока голова его сотни не выравняется с другими. Тогда он останавливается; два центуриона тотчас же переходят с фронта колонны в тыл, и построение батальона в боевой порядок, о котором мы недавно говорили, закончено. Велиты рассыпаются по флангам, как я вам это уже показывал, объясняя первую операцию. Первое построение называется построением по рядам, второе — построением по центуриям.

Первый способ легче, второй — правильнее, удобнее и лучше позволяет применяться к обстоятельствам. В первом случае все определяется числом, потому что вместо 5 рядов постепенно выстраиваются 10, 20 и 40. Таким образом, ты не можешь противопоставить неприятелю

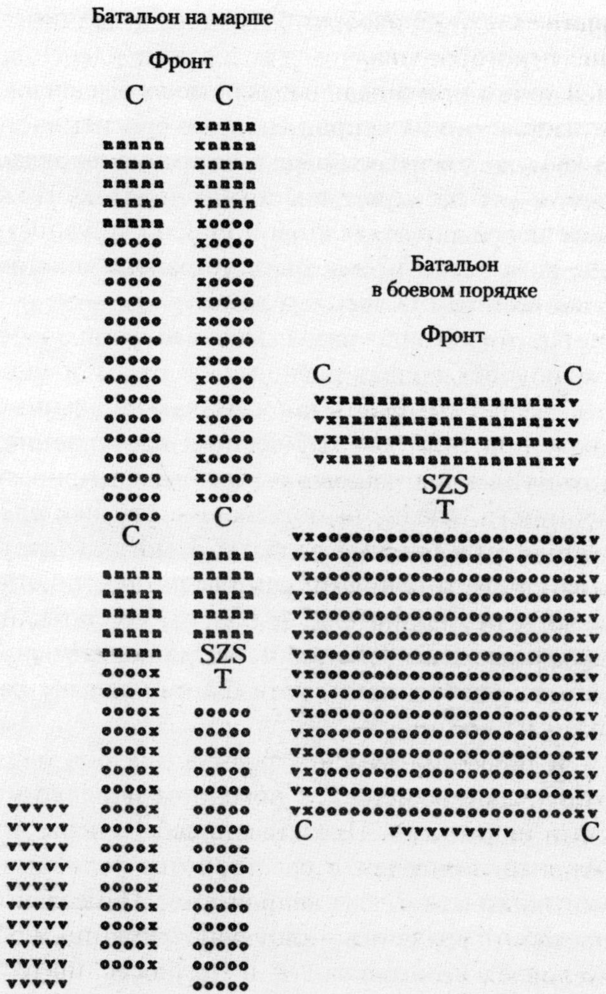


Рис. 1

*Примечание.* Этот рисунок показывает построение батальона к бою при угрозе неприятеля с фронта.

фронт в 15, 25, 30 или 35 рядов, а подчинен числу, которое получится вследствие удвоения. Между тем при отдельных действиях ежедневно случается, что на неприятеля надо бросить часть из 600 или 800 пехотинцев; построение по рядам в этом случае может внести беспорядок. Поэтому я предпочитаю второй способ, трудность которого легко может быть устранена опытом и постоянным обучением войск.

Повторяю еще раз: самое необходимое — это обучить солдат равнению в рядах и умению всегда сохранять порядок как на учениях, так и при быстром марше, при наступлениях и отступлениях, каковы бы ни были трудности местности. Люди, выполняющие это как следует, — уже готовые солдаты и могут считать себя старыми воинами, даже если они никогда не видели неприятеля; наоборот, солдаты, не обученные этим действиям, всегда должны считаться новобранцами, хотя бы они тысячу раз были на войне.

Я объяснил вам построение для боя батальона, двигающегося в походном порядке узкими шеренгами. Представьте себе теперь, что батальон приведен в расстройство условиями местности или разбит неприятелем. Немедленно построить его вновь — вот одновременно и безусловная необходимость, и трудность, преодолеть которую можно только знанием и опытом, трудность, обращавшая на себя самое пристальное внимание древних писателей. Необходимо

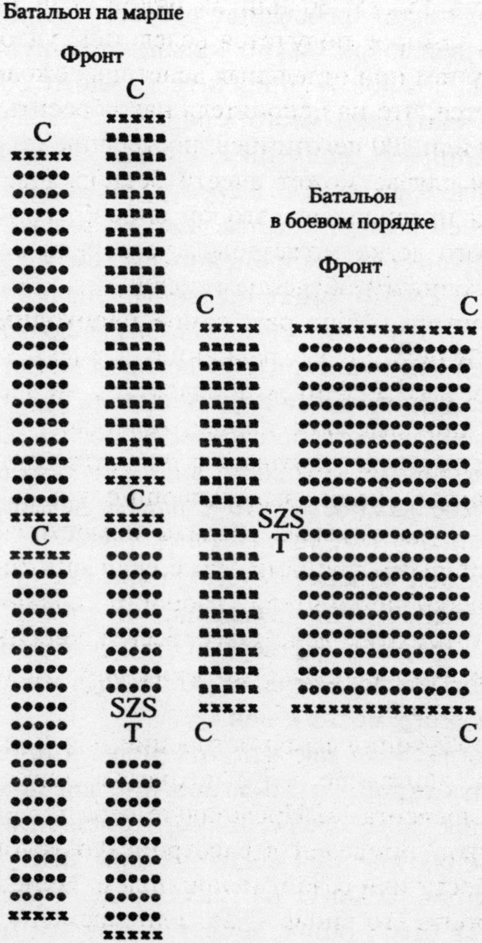


Рис. 2

*Примечание.* Этот рисунок показывает, каким образом нужно строиться к бою при угрозе нападения с фланга (левого).

соблюдать два требования: первое — установить в батальонах как можно больше отличительных знаков, второе — приучить каждого солдата точно знать свое место в ряду.

Например, если он с начала службы был поставлен во вторую шеренгу, он должен стоять в ней всегда, притом даже не только в той же шеренге, но непременно на том же месте; этому и служат многочисленные значки, о которых я только что упомянул. Знамя должно настолько отличаться, чтобы солдаты могли сразу его распознать среди других знамен. Начальник батальона и центурионы должны носить на шлемах различные и хорошо видимые украшения, но самое важное — это узнавать декурионов; у древних этому придавалось такое значение, что на шлеме каждого декуриона был написан его номер, и они назывались «первый», «второй», «третий», «четвертый» и т.д. Мало того, на щите каждого солдата указывался номер шеренги и его место в ней.

Когда люди так ясно отмечены и привыкли держать строй, легко мгновенно восстановить порядок даже среди полного смешения. Как только обозначится место знамени, центурионы и декурионы могут на глаз определить, где им следует быть, они становятся, как им полагается, слева и справа, соблюдая положенные расстояния, а солдаты, которые уже знают правила и видят отличительные значки начальников, сейчас же оказываются на своих местах. Так, ничего не стоит вновь сколотить любую бочку, когда все части ее обозначены заранее; если же этого не сделать, то собрать ее невозможно. При усердии и частом упражнении эти вещи легко выучить и усвоить; когда они уже усвоены, трудно их забыть, потому что старые солдаты обучают молодых, и таким образом можно со временем ознакомить с военным делом население всей страны. Очень важно, кроме того, научить солдат быстрым поворотам, так чтобы фланги и хвост колонны становились ее головой и, наоборот, голова делалась бы флангом или хвостом. Это совсем легко — достаточно каждому повернуться по команде, и голова батальона будет в той стороне, куда солдат обращен лицом.

Правда, при повороте направо или налево образуются большие промежутки между рядами; при повороте налево кругом особой разницы не получится, но, поворачивая в сторону, солдаты разомкнутся, что совершенно противоречит правилам обычного построения батальона. Дело опыта и здравого смысла заставить солдат снова сомкнуться. Беспорядок в этом случае невелик, и люди легко сами его прекращают.

Гораздо важнее и труднее переменить направление всего батальона как единого целого. Здесь требуются большой опыт и умение: например, если вы хотите зайти батальоном налево, вы должны остановить левофлангового солдата первой шеренги, а его ближайшие соседи должны настолько замедлить шаг, чтобы правому флангу не пришлось догонять остальные части батальона бегом; без этой предосторожности все перемешается.

Когда войска идут походным порядком, батальонам, находящимся не впереди, постоянно приходится отражать нападение с фланга или с тыла. В этом случае батальон должен мгновенно выстроить фронт в сторону, откуда нападение последовало; в этом положении ему необходимо сохранить боевой порядок, описанный раньше, т.е. пики должны быть на стороне, обращенной к неприятелю, а декурионы, центурионы и начальник — на своих обыкновенных местах.

Составляется пятирядная колонна в 80 шеренг, причем первые 20 заняты одними пиками. Командующие, или декурионы, размещаются по 5 в голове и в хвосте. Следующие 60 шеренг заняты щитоносцами и образуют в общем 3 центурии. В первом и в последнем рядах каждой сотни находятся декурионы; начальник батальона со знаменем и музыкантами помещается в середине первой центурии щитов, а центурионы идут каждый во главе своей сотни. Если при движении в этом порядке нужно перевести все пики на левый фланг, центурия их останавливается, а все прочие выдвигаются вправо; если пики требуются на правом фланге, построение делается влево.

Таким образом, батальон двигается, имея пики на одном из флангов, декурионов — в голове и в хвосте колонны, центурионов — во главе сотен и начальника — в середине. Таков походный порядок. Если при появлении неприятеля надо встретить его с фланга, весь батальон поворачивается в ту сторону, где находятся пики, и этим самым уже построен описанный мною боевой порядок, потому что, кроме центурионов, все находятся на своих местах, а центурионы занимают их немедленно и без всяких затруднений.

Представьте себе теперь, что на батальон, идущий походным порядком, произведено нападение с тыла; тогда надо построить его таким образом, чтобы при перестройке в боевой порядок все пики были в хвосте. Для этого нужно только одно — поставить 5 шеренг пик не в передние ряды каждой центурии, как это делается обычно, а сзади; во всем же остальном соблюдать правила, которые я уже объяснил.

*Козимо.* Насколько мне помнится, вы сказали, что этот способ обучения позволяет образовать из отдельных батальонов целое войско и показывает, как надо приводить его в порядок. Скажите теперь, как вы расположите солдат, если вашим 450 пехотинцам придется сражаться отдельно от прочих войск.

*Фабрицио.* Начальник должен тогда решить, где ему нужно сосредоточить пики, и сообразно их разместить; это нисколько не мешает порядку, о котором я вам говорил. Цель его, конечно, в том, чтобы батальон мог действовать в бою совместно с другими, но эти правила построения вполне пригодны для всякой обстановки, в которой придется сражаться. Однако я еще подробно отвечу на ваш вопрос, когда буду объяснять вам два других способа боевого построения батальона; дело в том, что к ним вообще не прибегают или прибегают только в тех случаях, когда батальон сражается отдельно от остального войска.

Для построения батальона в колонну с двумя выступами пятирядная колонна в 80 шеренг располагается так. За центурионом ставят 25 шеренг, причем слева располагаются 2 ряда пик, а справа — 3 ряда щитов. За первыми 5 шеренгами, т.е. в последних 20 шеренгах, находятся по одному декуриону, место которого — между пиками и щитами; декурионы, вооруженные пиками, стоят вместе с пикинерами. За первыми 25 шеренгами следует другой центурион во главе 15 шеренг щитоносцев. Потом идет начальник батальона с музыкой и знаменем, за которым идут еще 15 шеренг щитоносцев. Третий центурион ведет 25 шеренг, в которых слева от него размещены 3 ряда щитоносцев, а справа — 2 ряда пик; в последних 20 шеренгах между пиками и щитами идут декурионы. Колонну замыкает четвертый центурион. Теперь из шеренг, построенных таким образом, надо образовать батальон с двумя выступами. Первый центурион и следующие за ним 25 шеренг останавливаются. Второй центурион со своими 15 шеренгами щитов продолжает движение, заходя вправо, идет вдоль правого фланга 25 шеренг первой центурии и пристраивается к ее последним 15 шеренгам. Начальник батальона во главе своих 15 шеренг щитоносцев обходит правый фланг предыдущих 15 шеренг и пристраивается таким же порядком. Наконец, третий центурион со своими 25 шеренгами и следующий за ним четвертый центурион совершают то же движение, обходя правый фланг остановившихся центурий, но не останавливаются на уровне 15 шеренг, а идут вперед, пока последняя шеренга колонны не поравняется с последней шеренгой щитоносцев. Как только батальон выстроится, центурион, шедший во главе второй центурии, переходит в замок.

Таким образом, будет построена колонна в 15 шеренг и 20 рядов, и по обеим сторонам фронта будут два выступа, составленные из 10 шеренг по 5 рядов; между выступами остается пространство, достаточное для размещения 10 рядов. Там поместится начальник батальона, а впереди каждого выступа и в хвосте за фланговыми рядами колонны будет по одному центуриону. На флангах размещаются по 2 ряда пик и по одному ряду декурионов. В пространство между выступами могут поместиться артиллерия, если она имеется, и обоз. Велиты рассыпаются на флангах по обеим сторонам пикинеров.

Если батальон, построенный в колонну с выступами, хотят перестроить в колонну с пустым пространством внутри, то поступают так: из 15 задних шеренг 8 переводятся на концы выступов, и, таким образом, получается площадь, замкнутая со всех сторон; здесь могут поместиться обозы, начальник батальона и знамя, но не артиллерия, которая выезжает вперед или располагается на фланге. Эти способы построения полезны батальону только в том случае, если он двигается под прямой угрозой нападения. Тем не менее и тогда лучше строиться в обыкновенную колонну без площади и выступов; правда, иногда они необходимы, главным образом для прикрытия нестроевых.

У швейцарцев есть еще много других форм боевого построения, между прочим в виде креста, когда фюзильеров помещают в промежутках между его сторонами, укрывая их таким образом от ударов неприятеля. Подробности я описывать не буду. Построения этого рода хороши только в редких случаях, когда батальон сражается в одиночку, а я хочу дать вам пример совместного боя нескольких батальонов с неприятелем.

*Козимо*. Кажется, я вполне понял ваш способ обучения солдат в этих батальонах; но, если я не ошибаюсь, вы говорили, что кроме 10 батальонов в вашей бригаде есть еще 1000 запасных

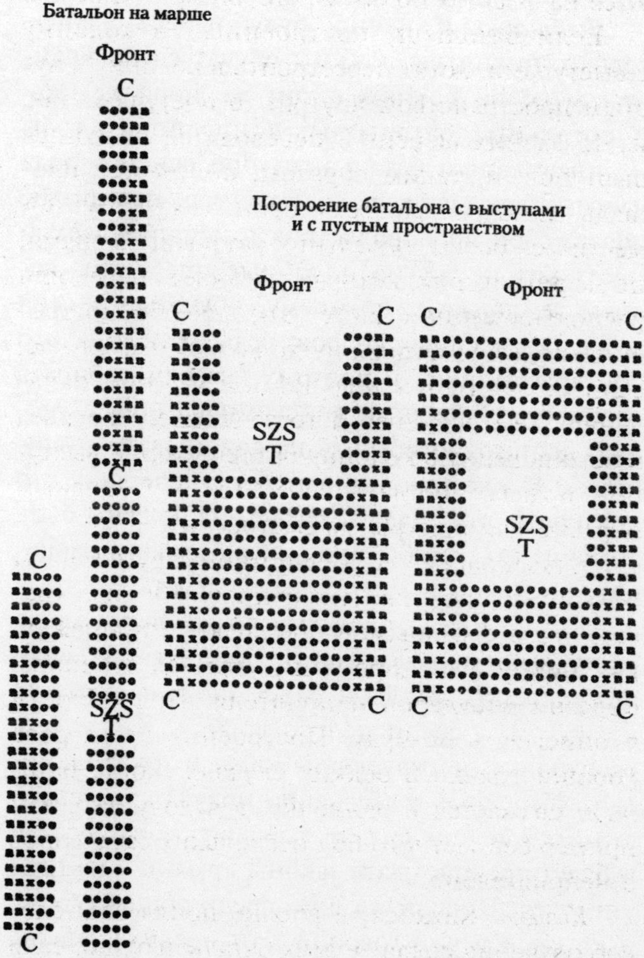
Батальон на марше
Фронт
C
C
SZS
T
C
C
Построение батальона с выступами
и с пустым пространством
Фронт
Фронт
C
C
C
C
SZS
T
SZS
T
C
C
C
C

Рис. 3

пикинеров и 500 запасных велитов. Разве вы не будете их обучать?

*Фабрицио*. Конечно, буду, и весьма тщательно; пикинеры должны обучаться по крайней мере по сотням в том же порядке, как и остальные батальоны; я предпочитал бы их правильным батальонам при всякого рода частных действиях, как, например, прикрытие обоза, сбор продовольствия в неприятельской местности и другие подобные операции; велиты же должны, по-моему, обучаться у себя дома, без военных сборов; ведь их дело — это бой врассыпную, и поэтому незачем собирать их вместе с прочими войсками на общее учение; достаточно обучить их действовать в одиночку. Я уже говорил вам и не перестану это повторять, что солдаты батальона должны быть обучены так, чтобы они умели держать равнение, знали свои места, умели делать быстрые повороты, когда это нужно по условиям местности или при появлении неприятеля; если это усвоено, батальон будет знать свое место и свое дело среди целого войска. Князь или республика, не жалеющие забот и труда на боевое устроение и обучение, получат для своей страны хороших солдат, одолеют своих соседей и будут предписывать законы другим, а не подчиняться. В наши же дни, среди общей смуты, о которой я уже говорил, эти правила забыты и заброшены; поэтому войска наши плохи, и, если даже попадаются способные полководцы и возникают войны, у полководцев нет никакой возможности показать свою военную доблесть.

*Козимо.* Как должны быть устроены батальонные обозы?

*Фабрицио.* Прежде всего у меня ни центурионы, ни декурионы не ехали бы верхом, да и начальник батальона получит лошака, а не лошадь, если не захочет идти пешком. Ему я бы дал две повозки, центурионам — по одной и на каждых трех декурионов — по две, ибо они именно так будут размещены в лагере, как я скажу дальше. Таким образом, у каждого батальона будет 36 повозок, нагруженных палатками, котлами для варки пищи, топорами и железными кольями для разбивки лагеря; остальное можно нагрузить на них, если окажется свободное место.

*Козимо.* Я понимаю, что начальники, которых вы определяете в свои батальоны, необходимы, но я боюсь, не слишком ли их много и как бы из-за этого не было замешательства.

*Фабрицио.* Это могло бы случиться, если бы они все не подчинялись одной высшей власти, но при правильном подчинении они только поддерживают порядок и, наоборот, без них невозможно руководить войсками. Если стена грозит обвалом, то лучше поддержать ее во многих местах слабыми подпорками, чем поставить их мало, хотя бы и очень прочных; с одной подпоркой, как бы она ни была крепка, стена все равно рухнет. Так и в войске: на каждый десяток людей должен быть человек более деятельный и храбрый, чем другие, или хотя бы обладающий большей властью, который своим мужеством, словом и примером поддерживает солдат и воодушевляет их к бою.

Насколько в войске необходимо все, о чем я говорил, именно начальники, знамена, музыка, видно хотя бы из того, что все это есть и у нас, но только никто не делает своего дела. Возьмите декурионов: если вы хотите, чтобы они выполняли свой долг, то каждый из них должен в совершенстве знать своих солдат, жить с ними, стоять вместе с ними в карауле и вместе сражаться.

Когда декурион на посту, шеренга равняется по нему, как по шнурку, и держится так крепко, что не может расстроиться, а если бы это все же произошло, она сейчас же собирается вновь. У нас же они годны только для того, чтобы получать больше жалованья и выполнять разные частные поручения. То же происходит и со знаменем: у нас оно служит больше для красоты смотров, чем для настоящего военного дела, между тем как у древних знамя указывало путь и место сбора, ибо, как только оно останавливалось, каждый солдат уже знал, куда ему идти, и всегда точно занимал свое место. Остановка или движение знамени означали остановку или движение вперед всего батальона.

Поэтому войско должно разделяться на многочисленные отдельные части, имеющие свои особые знамена и начальников; это сообщает ему душу и жизнь.

Пехота должна следовать за знаменем, а знамя — за музыкантами. Если музыканты хороши, то войском командуют они, потому что солдат соразмеряет свой шаг с музыкальным тактом и, таким образом, легко сохраняет свое место в строю. У древних были флейты, рожки и другие духовые инструменты, тон которых был установлен в совершенстве. Как танцор двигается в такт и не собьется, если он его соблюдает, так и войско не расстроится, если правильно идет под музыку.

Разнообразие музыки означало у древних разнообразие движений; одна музыка сменяла другую, когда надо было воспламенить, сдержать или совсем остановить воинов. У каждого музыкального строя было свое назначение: дорийский строй внушал спокойствие и твердость, фригийский — приводил людей в неистовство. Рассказывают, что Александр, услышав за столом фригийскую музыку, так взволновался, что схватился за оружие.

Все эти мелодии следовало бы восстановить, а если бы это оказалось слишком трудно, то надо бы по крайней мере не пренебрегать теми, которые помогают солдату различать команду. Каждый может изменять их как хочет, лишь бы ухо солдата привыкло их узнавать. Теперь у нас тоже есть музыка, но толку от нее большей частью нет никакого — один только шум.

*Козимо.* Мне хотелось бы знать от вас, если только вы сами об этом задумывались, каким образом нынешние войска пали так низко и откуда пошел их развал и пренебрежение военными званиями?

*Фабрицио.* Я охотно поделюсь с вами своими мыслями. Вы знаете, что выдающихся воинов было много в Европе, мало в Африке и еще меньше в Азии. Происходило это оттого, что две последние части света знали только одну или две монархии, республик в них почти не было; наоборот, в Европе монархий было мало, а республик — бесчисленное множество. Люди выделяются и проявляют свои таланты, поскольку их выводит из низов и поощряет властитель, будь то республика или князь.

Поэтому там, где повелителей много, выдающиеся люди рождаются во множестве, в противном случае их бывает мало. В Азии мы встречаем имена Нина, Кира, Артаксеркса, Митридата, рядом с которыми можно поставить еще очень немногих. В Африке, если оставить в стороне египетскую древность, мы видим только Масиниссу, Югурту и нескольких полководцев Карфагенской республики.

По сравнению с Европой число их ничтожно, ибо в Европе выдающихся людей бесконечно много, и их было бы еще больше, если бы к именам, до нас дошедшим, можно было прибавить имена, преданные забвению завистливым временем. Ведь даровитых людей всегда было много там, где было много государств, поощрявших таланты по необходимости или по иной человеческой страсти. Азия дала мало больших людей, потому что вся эта страна была подчинена единому царству, по самой громадности своей пребывавшему большей частью в бездействии и потому не способному создавать замечательных деятелей. То же было и в Африке, но там благодаря Карфагенской республике их все же было больше.

Выдающиеся люди чаще встречаются в республиках, где таланты в большем почете, чем в монархиях, где их боятся. Там воспитывают дарования, а здесь — их истребляют. Если посмотреть теперь на Европу, то вы увидите, что она испещрена республиками и княжествами, которые боялись друг друга и поэтому были вынуждены поддерживать в силе военные установления и окружать почетом людей, отличившихся боевыми заслугами. В Греции, кроме Македонии, было множество республик, и каждая из них была родиной замечательнейших людей. В Италии были римляне, самниты, этруски, цизальпинские галлы. Галлия и Германия сплошь состояли из республик и княжеств; Испания — точно так же.

Если от этих стран сохранилось по сравнению с Римом мало имен, то виновато в этом только лукавство писателей, которые поклоняются счастью и прославляют поэтому только победителей. Совершенно неправдоподобно, чтобы не было многого множества замечательных людей среди самнитов и этрусков, сто пятьдесят лет воевавших с римским народом, раньше чем ему покориться. То же относится, конечно, и к Галлии и к Испании.

Однако если писатели умалчивают о мужестве отдельных граждан, они зато обычно восхваляют величие народов и превозносят до небес их стойкость в защите своей свободы. Если верно, что больших людей тем больше, чем больше на свете государств, то надо, естественно, признать, что с уничтожением их пропадает понемногу и человеческое величие, ибо исчезает сила, его порождающая. С возвышением Римской империи, поглотившей все республики и царства в Европе, Африке и большей части Азии, доблесть исчезла всюду, сохранившись только в Риме.

Последствия этого сказались в том, что выдающиеся люди и в Европе, и в Азии стали появляться реже. В дальнейшем доблесть окончательно упала, ибо она целиком сосредоточилась в Риме. И когда в Риме началось падение нравов, оно распространилось почти на весь мир, так что скифские орды могли спокойно явиться и расхитить империю, уничтожившую доблесть в других странах и не сумевшую сохранить ее у себя. Потом империя при нашествии варваров распалась на несколько частей, но доблесть от этого не возродилась; первая причина заключалась в том, что трудно восстанавливать рухнувший порядок вещей, вторая — в том, что современный образ жизни людей при господстве христианской религии не создает для них необходимости вечной самозащиты, как это было в древности. Ведь тогда побежденные на войне или истреблялись, или становились вечными рабами, ведущими самую жалкую жизнь; покоренные земли опустошались, жители изгонялись, имущество отбиралось, а сами они рассеивались по свету, так что побежденным приходилось терпеть самую страшную нищету.

Этот страх заставлял людей неустанно заниматься военным делом и почитать всех, кто в нем отличался. Теперь же страх этот почти пропал, побежденных очень редко убивают, никто долго не томится в плену, и все легко выходят на свободу. Города могут тысячу раз восставать — их за это не разрушают, оставляют жителям имущество, и самое худшее, чего они могут опасаться, — это военной дани. При таких обстоятельствах люди вовсе не хотят подчиняться требованиям строгого военного устройства и переносить всякого рода тяготы во избежание опасностей, которые для них не страшны. Наконец, страны Европы по сравнению с прежними временами подчинены власти очень немногих государей: вся Франция подчинена одному королю, Испания — другому, Италия делится на небольшое число государств. Таким образом, слабые города защищаются тем, что отдаются на волю победителя, а сильные, по всем описанным причинам, не боятся разрушения.

*Козимо.* Однако за последние двадцать пять лет мы были свидетелями разрушения многих городов и падения царств. Казалось, этот пример должен был бы предостеречь уцелевших и показать им, что следовало восстановить некоторые древние учреждения.

*Фабрицио.* Вы правы, но, если вы внимательнее присмотритесь к этим разгромам, вы увидите, что разрушались не столицы, а второстепенные города. Действительно, разграбили ведь Тортону, а не Милан, Капую, а не Неаполь, Брешию, а не Венецию, Равенну, а не Рим. Такие события не заставляют правителей пересматривать свою политику, а, наоборот, укрепляют их в мысли, что от всего можно откупиться. Поэтому они не хотят подвергаться трудностям строгой постановки военного дела — это кажется им или ненужным, или непонятным.

Остаются побежденные; примеры эти могли бы их устрашить, но они уже бессильны что-нибудь предпринять. Князья, лишившиеся власти, уже опоздали, а те, которые правят, не умеют или не хотят ничего делать; у них только одно желание — без труда ловить счастье, а не надеяться на собственную силу; они видят, что там, где этой силы не хватает, все вершит судьба, и хотят подчиняться, а не повелевать ею.

В подтверждение своих слов приведу Германию, где сохранилось много княжеств и республик, и благодаря этому там еще сильна военная доблесть. Всем хорошим, что есть в современных войсках, мы обязаны этим народам; они ревниво оберегают свое положение, боятся рабства не в пример другим и поэтому все сохранили господство и окружены почетом.

Кажется, я достаточно пояснил вам, каковы, по моему мнению, причины нынешнего ничтожества войск. Не знаю, согласитесь ли вы со мной, или у вас остались еще какие-нибудь сомнения?

*Козимо.* Никаких. Вы убедили меня вполне. Мне хочется только вернуться к главному предмету нашего разговора и узнать от вас, как будет устроена кавалерия при ваших батальонах, сколько ее должно быть, кто ею командует и каково ее вооружение.

*Фабрицио.* Вы, по-видимому, думаете, что я это упустил; не удивляйтесь, так как много об этом по двум причинам говорить не приходится. Прежде всего важнейшая жизненная сила войска — это пехота; далее, наша кавалерия лучше пехоты, и если она не сильнее конницы древних, то равна ей.

Я уже раньше говорил о том, как ее обучать. Что касается оружия, я оставил бы существующее вооружение одинаково как для легкой, так и для тяжелой конницы. Мне только казалось бы полезным дать всей легкой коннице арбалеты и присоединить к ним некоторое количество фюзильеров, которые, правда, малополезны в бою, но великолепны для устрашения противника и лучше всего могут заставить его бросить охраняемый проход; одно ружье стоит двадцати штук любого другого оружия.

Обращаясь к численности этих войск, я должен сказать, что подражал бы римскому примеру и образовал бы при каждом батальоне отряд не больше чем в 300 лошадей, причем 150 пришлось бы на тяжеловооруженных жандармов, а остальные — на легкую конницу. Во главе каждого эскадрона стоял бы особый начальник, и при нем — 15 декурионов, знамя и музыканты. Каждые 10 жандармов получают 5 повозок, а 10 всадников легкой конницы — 2 повозки, нагружаемые палатками, котлами для пищи, топорами и кольями, а если будет возможно, то и другим походным снаряжением.

Не считайте, что это вызовет беспорядок, потому что сейчас в распоряжение каждого жандарма предоставлено 4 лошади, а это уже большое злоупотребление. В Германии у жандарма есть только одна его лошадь; на каждые 20 человек полагается одна повозка, на которую взвалено все, что им необходимо.

Римская конница тоже обходилась без прислуги; правда, ее размещали рядом с триариями, которые обязаны были помогать ей в уходе за лошадьми. Это легко ввести и у нас, как вы увидите, когда мы будем разбирать устройство лагеря. То, что делали римляне и теперь делают немцы, вполне возможно для нас, и с нашей стороны было бы ошибкой поступать иначе.

Оба эскадрона, составляющие часть бригады, можно иногда собирать вместе с батальонами и устраивать между ними примерные сражения, больше для того, чтобы приучать их различать друг друга в бою, чем для каких-нибудь других целей.

Однако довольно об этом; теперь нам надо узнать, каково должно быть боевое расположение войска, чтобы оно могло заставить противника принять бой и победить. В этом — цель всякого войска и смысл труда, потраченного на его обучение.

## Книга третья

*Козимо.* Предмет нашего разговора сегодня меняется, и вместе с тем должен перемениться и вопрошатель. Мне не хотелось бы заслужить упрек в самонадеянности, которую я всегда осуждал в других. Поэтому я слагаю диктатуру и передаю ее кому угодно из присутствующих моих друзей.

*Заноби.* Мы были бы вам очень признательны, если бы вы сохранили вашу диктатуру, но, если вы настаиваете на своем отказе, назначьте, по крайней мере, кого-нибудь из нас своим преемником.

*Козимо.* Предоставляю это синьору Фабрицио.

*Фабрицио.* Охотно принимаю полномочие и предлагаю следовать венецианскому обычаю, т.е. предоставить первое слово самому младшему. Война — это ремесло молодых, и я считаю, что говорить о нем лучше всего юношам, потому что они раньше всех покажут себя на деле.

*Козимо.* Итак, очередь за вами, Луиджи. Приветствую своего преемника и думаю, что и вы, синьор Фабрицио, останетесь довольны таким вопрошателем. Вернемся теперь к предмету разговора и не будем терять время.

*Фабрицио.* Несомненно, что для ясного понимания искусства боевого построения войска надо рассказать вам о том, как поступали в этом случае греки и римляне. Однако вы сами можете прочесть об этом у античных писателей; поэтому я опускаю целый ряд подробностей и буду говорить только о том, чему, по-моему, необходимо подражать, если мы хотим хотя бы в некоторой мере усовершенствовать наши современные войска. Я собираюсь пояснить вам одновременно построение войска в боевой порядок, подготовку его к настоящему бою и обучение примерным сражениям.

Самая большая ошибка начальника, строящего войско в боевой порядок, — это вытянуть его в одну линию и поставить судьбу сражения в зависимость от удачи единого натиска. Корень ошибки в том, что забыты действия древних, у которых линии войск располагались последовательно одна за другой. Ведь иначе нельзя ни помочь передним войскам, ни прикрыть их при отступлении, ни сменить их во время боя; римляне знали это лучше всех.

Для большей ясности надо сказать, что каждый легион состоял у них из гастатов, принципов и триариев. Гастаты ставились в первую линию войск, образуя крепкие сомкнутые ряды, за ними более редкими рядами стояли принципы; сзади всех находились триарии, построенные таким образом, что между рядами у них оставались широкие промежутки, которые в случае нужды могли быть заняты и гастатами, и принципами.

Кроме того, в каждом легионе были пращники, стрелки из лука и другие легковооруженные воины, которые не стояли в одних рядах с пехотой, а располагались впереди войска, между конными и пешими солдатами. Эти-то легковооруженные и завязывали бой; если они побеждали — что бывало редко, — то сами довершали успех; если их отбрасывали, они отступали, обходя фланги сомкнутых войск, или занимали нарочно оставленные для этого промежутки между рядами, располагаясь затем позади. После отхода легковооруженных с неприятелем схватывались гастаты, которые при неудаче отходили к принципам, занимая промежутки в их рядах, и тогда бой возобновлялся. Если эта вторая линия оказывалась также разбитой, она отступала к триариям, заполняла широкие промежутки между их рядами, и все дело начиналось сызнова. При новой неудаче бой был проигран, потому что опять собрать войско было невозможно.

Конница размещалась на флангах войска, образуя как бы два крыла. Она сражалась, смотря по необходимости, верхом или спешившись.

При таком порядке троекратного возобновления боевой линии поражение было почти невозможно, потому что счастье должно изменить тебе три раза подряд, а доблесть врага должна быть такова, чтобы трижды победить.

Греческая фаланга не знала этого способа возобновления боя; правда, она строилась большим числом шеренг со многими начальниками, но располагалась всегда в одну линию.

Подкрепление разбитых войск производилось не по римскому способу взаимослияния рядов, а путем замены выбывшего солдата другим. Делалось это так. Представьте себе фалангу, построенную в 50 шеренг; когда начинался бой, сражаться могли первые шесть, так как их копья, или сариссы, были настолько длинны, что из шестой шеренги выступали остриями дальше передних рядов. На место убитого или раненого бойца сейчас же становился солдат из второй шеренги; его, в свою очередь, заменял стоявший за ним в третьей, и таким образом задние шеренги последовательно покрывали убыль передних. При этом способе подкрепления шеренги всегда были заполнены и пустых мест не было нигде, кроме задней шеренги, которая постепенно таяла, ибо пополнять ее было уже некому. Вследствие убыли в первых шеренгах задние понемногу истощались, но передние оставались всегда цельными, и надо сказать, что эту фалангу можно было скорее истребить, чем прорвать, так как глубокий строй делал ее почти непроницаемой.

Римляне вначале пользовались построением фаланги и применительно к нему обучали свои легионы. Позднее этот строй их уже не удовлетворял, и они стали разделять легионы на части, именно на когорты и манипулы. Они считали, как я уже говорил, что войско тем сильнее, чем больше в нем отдельных живых тел и частей, каждая из которых может действовать сама. В наше время фаланга целиком применяется швейцарцами, воспринявшими и ее глубокий строй, и способ пополнения убыли первых шеренг, причем бригады во время боя вытянуты в одну линию. Иногда они располагаются друг за другом, но это делается не для того, чтобы одна бригада при отступлении могла влиться в ряды другой, а для того, чтобы части, находящиеся сзади, могли поддерживать передние. Одна бригада стоит впереди, а другая — за ней несколько вправо, так что может быстро двинуться на выручку, если передним войскам потребуется подкрепление. Третья бригада находится сзади первых двух на расстоянии ружейного выстрела. Делается это с той целью, чтобы в случае поражения передних войсковых частей у них было место для отхода, а третья бригада могла двинуться вперед, не рискуя при этом столкнуться с отступающими. Ведь крупная часть не в состоянии влиться в ряды другой, что легко осуществимо для небольшого отряда.

Поэтому мелкие и точно обособленные подразделения, составлявшие римский легион, могли быть размещены так, что легко проходили одни через другие и таким образом взаимно друг друга поддерживали.

Для доказательства превосходства древнего римского боевого порядка над швейцарским достаточно вспомнить, что в боях с легионами греческие фаланги всегда терпели самые страшные поражения, и причина заключалась именно в том, что, как я уже говорил раньше, вооружение римлян и их способ возобновлять битву были большей силой, чем стойкость фаланги.

Представим себе теперь, что мне предстоит по образцу этих примеров образовать войско; я воспользуюсь для этого оружием и приемами как греческой фаланги, так и римского легиона; в бригаде у меня было бы 2000 пик, т.е. македонское оружие, и 3000 щитоносцев с мечами, т.е. римское вооружение. Бригада моя будет разделена на 10 батальонов, как это было у римлян, деливших легион на 10 когорт. Велиты, или легковооруженные солдаты, которые начинают бой, поставлены у меня так же, как у них.

Таким образом, мы заимствуем у обоих народов оружие и боевое построение, так как в первых рядах каждого батальона стоят 5 шеренг пик, а за ними поставлены щитоносцы с мечами. Это позволит мне выдержать натиск конницы неприятеля и вместе с тем прорвать его пехоту, потому что при первом столкновении у меня, как и у него, будут пикинеры, которые его отбросят, а дальше в бой вступят щитоносцы и уже довершат победу.

Изучая этот боевой порядок внимательно, вы поймете его силу, заключающуюся в том, что оба вида оружия могут быть использованы до конца: пики хороши не только против конницы, но и против пехоты и становятся бесполезны, только когда начинается рукопашная. Чтобы обойти это неудобство, швейцарцы ставят между каждыми 3 шеренгами пик 1 шеренгу алебард. Делается это с целью дать пикам больше простора, но места им все же остается слишком мало. В нашем же построении пики, поставленные впереди и поддержанные сзади щитоносцами, могут отразить натиск конницы неприятеля, а при начале боя прорвать и расстроить его пехоту. Когда же бой переходит в рукопашную схватку и пики уже бесполезны, их сменяют щитоносцы с мечами, которые могут действовать в самой большой тесноте.

*Луиджи.* Мы с нетерпением ждем, чтобы вы нам рассказали, как вы расположите вооруженное и устроенное вами войско в боевой порядок.

*Фабрицио.* Я как раз собираюсь вам это объяснить. Вы должны прежде всего знать, что обычное римское, так называемое консульское, войско состояло не более чем из 2 легионов римских граждан, т.е. из 600 человек конницы, около 11000 пехоты и такого же количества пехоты и конницы, присланных союзниками и разделявшихся на две части, которые назывались правым и левым крылом войск.

Римляне никогда не допускали, чтобы пехотинцев в союзных войсках было больше, чем в римских легионах, но в отношении конницы это даже поощрялось. С этим войском в 22000 человек пехоты и приблизительно 2000 конницы консул предпринимал любые боевые действия и отправлялся в любой поход. Только в редких случаях, когда надо было дать отпор превосходящим неприятельским силам, оба консульских войска соединялись.

Заметьте дальше, что при трех главных действиях всякого войска, т.е. марше, лагерной стоянке и бое, римляне всегда располагали свои легионы в середине, так как хотели возможно теснее сплотить самые надежные свои силы; далее я скажу об этом подробнее. Впрочем, союзническая пехота, постоянно общавшаяся с легионерами, была так же полезна в бою, как и римская, потому что проходила ту же военную школу и строилась в том же боевом порядке.

Если мы познакомимся теперь с боевым построением одного римского легиона, мы будем знать боевой порядок всего войска. Когда я вам говорил раньше о разделении легиона на 3 боевые линии, взаимно сменявшие друг друга, я, собственно, уже изобразил вам боевое построение целого войска.

Я хочу строить свои войска в боевой порядок наподобие римлян; поэтому вместо 2 легионов я возьму 2 бригады, построение коих определит построение всего войска, потому что большая численность его только удлинит боевую линию. Мне кажется ненужным напоминать вам о количествс пехоты в бригаде, о том, что бригада состоит из 10 батальонов, кто ими командует, каково вооружение солдат, кто такие действующие и запасные велиты; обо всем я только что говорил достаточно подробно и думаю, что все это живо в вашей памяти, так как эти основные вещи надо знать для понимания дальнейших подробностей. Перехожу теперь прямо к объяснению боевого порядка войска.

10 батальонов первой бригады составят левое крыло войска, 10 батальонов второй бригады — правое. Войска левого крыла располагаются так: впереди, на линии фронта, стоят рядом 5 батальонов на расстоянии 4 локтей друг от друга, занимая в общем пространство в 141 локоть в ширину и 40 локтей в глубину. За этими 5 батальонами, на расстоянии 10 локтей по прямой, находятся еще 3, из которых 2 выравниваются по прямой линии по флангам первых 5 батальонов, а третий занимает серединный промежуток. Таким образом, 3 батальона второй линии занимают в глубину и в ширину то же пространство, что и 5 батальонов первой, но

между первыми батальонами остается промежуток в 4 локтя, а между вторыми — в 33 локтя. Дальше расположены 2 последних батальона, отстоящие от 3 батальонов второй линии на 40 локтей и выравненные по их флангам так, что между ними останется свободный промежуток в 91 локоть.

Таким образом, все батальоны вместе займут пространство в 141 локоть в ширину и 200 локтей в глубину. На расстоянии 20 локтей от левого фланга батальонов стоит прикрывающая его семирядная колонна запасных пикинеров, построенная в 143 шеренги так, что глубина их равна глубине всего левого фланга 10 батальонов, построение которых я уже описал; 40 шеренг выделяются для охраны обозов и нестроевых, следующих за войсками; декурионы и центурионы занимают свои обычные места. Из трех начальников батальонов один находится в голове, другой — в середине и третий — в хвосте всей колонны, исполняя обязанность tergiductor'a, как называли римляне начальника, находившегося сзади войска.

Возвращаюсь теперь к построению головы колонны. Влево от запасных пикинеров стоят 500 запасных велитов, занимающих пространство в 40 локтей, а еще дальше влево рядом с ними будут расположены жандармы, для которых я отвожу пространство в 150 локтей. Наконец, на оконечности левого крыла находится легкая конница, занимающая такое же пространство, как и жандармы. Действующие велиты должны быть при своих батальонах и стоят в оставленных между ними промежутках; задача их — прикрывать фланг каждого батальона, но, может быть, я присоединил бы их к запасным пикинерам. Это решается по обстоятельствам. Начальнику всей бригады я отвожу место или между первой и второй линией батальонов, или впереди, между первым батальоном слева и запасными пикинерами; при нем находятся 30–40 отборных солдат, достаточно толковых, чтобы передать его приказы, и достаточно сильных, чтобы защитить его от вражеского нападения; тут же должны быть знамя и музыканты.

Таков боевой порядок бригады, стоящей на левом крыле и составляющей половину моего войска; оно расположено на пространстве в 541 локоть в ширину и, как я уже говорил, в 200 локтей в глубину, не считая еще около 100 локтей в глубину, которые придутся на долю запасных пикинеров, охраняющих нестроевые части. Совершенно так же построится и другая бригада на правом крыле; между бригадами остается свободное пространство в 30 локтей, защищаемое несколькими пушками, а за ними следует командующий с главным знаменем, музыкой и отборным отрядом в 200 человек, главным образом пехоты, из коих по крайней мере десять или более могут выполнять любое приказание. Командующий должен быть так вооружен, чтобы он мог, смотря по обстоятельствам, ехать верхом или идти пешком во главе войска.

Для осады крепостей достаточно иметь при войске 10 пушек, стреляющих ядрами весом не больше 50 фунтов, но в поле они служили бы у меня не столько для боя, сколько для защиты лагеря. Всю остальную артиллерию я бы составил из десятифунтовых орудий, которые, по-моему, удобнее пятнадцатифунтовых, и расположил бы ее перед фронтом войска, если только по свойству местности нельзя так поставить ее на флангах, чтобы вполне обезопасить от нападения неприятеля. Боевое построение, которое я вам только что описал, соединяет выгоды греческой фаланги и римского легиона. Впереди густыми, сомкнутыми рядами стоят пики, так что при наступлении на врага или при обороне вполне возможно, по примеру греческой фаланги, пополнять убыль передних шеренг людьми, стоящими позади.

С другой стороны, если вражеский удар так силен, что фронт пик будет прорван и придется отступить, они вольются в свободное пространство между батальонами второй линии и, соединившись с ними, возобновят сражение единой массой. Если они и тут будут разбиты, то могут тем же порядком снова отойти и опять начать бой уже в третий раз. Таким образом, при этом порядке бой ведется и во-

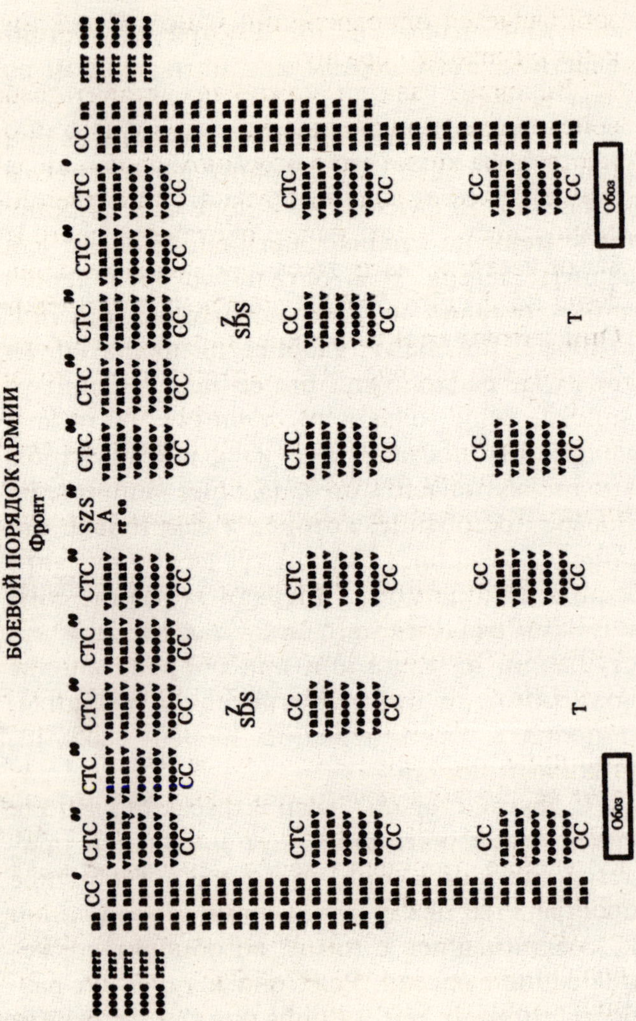


Рис. 4

зобновляется одновременно и по греческому, и по римскому образцу.

Впрочем, едва ли можно представить себе войско более мощное: начальников у него множество, оба крыла его в огромном изобилии защищены всеми видами оружия. Единственное слабое место — это тыл, с обозами и нестроевыми частями, да и здесь для защиты поставлены на фланге отряды запасных пикинеров. Они готовы отбить всякое нападение, откуда бы оно ни пришло. Что касается тыла, то он обеспечен от удара, так как никакой враг не может быть так силен, чтобы напасть на тебя со всех сторон одновременно; если такой неприятель найдется, с ним вообще нечего воевать.

Пусть противник будет даже втрое сильнее, а войска его устроены не хуже наших, он неминуемо ослабит себя, пытаясь охватить нас с разных сторон, и стоит опрокинуть его в одном месте, чтобы все пошло прахом. Нападения конницы, если она даже сильнее нашей и одолеет ее, бояться нечего, так как пики отразят любую атаку. Начальники поставлены так, что им удобно распоряжаться и передавать полученные приказания.

Промежутки между батальонами и между шеренгами не только позволяют одной части войск пройти через линии другой, но и очень удобны для пропуска воинов, прибывших с приказаниями командующего. Войско наше, как и римское, должно насчитывать около 24 000 человек; вспомогательные силы, присоединенные к нашим двум бригадам, должны быть устроены по их образцу, так же как союзнические войска строились и сражались по примеру римского легиона. При боевом порядке, который я вам только что объяснил, это очень просто: если вы усиливаете ваше войско еще 2 бригадами или двойным количеством солдат, вам надо только соразмерно удлинить боевую линию, поставив 20 батальонов вместо 10, или увеличить глубину фронта, в зависимости от действий неприятеля или от условий местности.

*Луиджи*. Знаете, синьор, я уже как будто вижу это войско и горю желанием посмотреть на него в деле. Я ни за что на свете не хотел бы, чтобы вы были Фабием Максимом, избегали бы врага и откладывали бой. Я бы возмущался вами еще больше, чем римляне Фабием.

*Фабрицио*. На этот счет не беспокойтесь. Разве вы не слышите уже грома пушек? Наши открыли огонь, но причинили неприятелю лишь малый урон. Запасные велиты выступают теперь вместе с легкой конницей и с отчаянным криком бросаются на неприятеля, рассыпаясь как можно шире. Неприятельская артиллерия дала один залп, но снаряды пронеслись через головы нашей пехоты и не причинили ей никакого вреда. Чтобы помешать ей выстрелить второй раз, наши велиты и конница уже напали на нее, неприятель двинулся им навстречу, и как нашим, так и вражеским пушкам приходится замолчать.

Посмотрите, как мужественно бьются наши воины, как крепка их дисциплина, выработанная постоянными военными упражнениями и верой в войско, которое идет за ними вслед. Вот оно мерным своим шагом, в полном боевом порядке выступает вместе с тяжелой конницей навстречу противнику. Наша артиллерия, чтобы пропустить его, отходит на места, только что очищенные велитами. Полководец воодушевляет воинов, обещая им верную победу. Вы видите, что велиты и легкая конница отошли, расположились по сторонам войск и выжидают, нельзя ли налететь на противника с фланга.

Вот войска сошлись! Посмотрите, с каким мужеством и безмолвием наши выдержали удар неприятеля; полководец отдал тяжелой коннице приказ только поддерживать пехоту, не наступая самой и не отдаляясь от пехотных линий. Видели вы, как наша легкая конница ударила по отряду неприятельских стрелков, собиравшихся зайти нам во фланг, как бросились им на помощь эскадроны противника и как стрелки, стиснутые между двух колонн атак, не в состоянии открыть огонь и отступают за линию своих батальонов? Смотрите, с какой яростью разят противника наши пики, но тяжелая пехота обеих сторон сблизилась настолько, что пикинеры уже не могут работать, и, по правилам нашего боевого построения, они медленно отступают сквозь ряды тяжеловооруженных солдат.

Между тем большой отряд вражеской тяжелой конницы смял наших жандармов на левом крыле. Наши, твердо соблюдая правило, отступили под защиту запасных пик, возобновили с их помощью бой и опрокинули противника, перебив у него множество людей.

Тем временем действующие пики передних батальонов прошли назад сквозь ряды пехоты, и теперь в бой вступают щитоносцы. Смотрите, с какой доблестью, уверенностью и легкостью они уничтожают неприятеля! Разве вы не видите, что ряды так сомкнулись в бою, что солдатам только с большим трудом удается действовать мечами? Смотрите, с какой бессильной злобой умирают враги! Ведь они вооружены только пиками и мечами, а щитов у них нет. Пика бесполезна, потому что слишком длинна, меч бессилен против сильнейшего вооружения наших воинов, и неприятельские солдаты частью падают, убитыми или ранеными, частью спасаются бегством. Они бегут и на правом и на левом крыле. Победа за нами!

Не правда ли, как счастливо прошла битва? Скажу только, что я испытал бы гораздо большее счастье, если бы мне было суждено видеть это сражение на деле. Заметьте, что мне даже не пришлось посылать в дело ни вторую, ни третью линию войск; враг побежден силами одной первой. Вот все, что я мог вам сказать, и хочу только спросить, все ли для вас ясно.

*Луиджи.* Вы победили так стремительно, что я не могу еще опомниться от восторга. Я так ошеломлен, что даже не могу сказать, остались у меня какие-нибудь сомнения или нет. Моя вера в вашу мудрость не имеет границ, но я все же позволю себе высказать то, что мне приходит на ум. Скажите прежде всего, почему ваша артиллерия стреляла только один раз? Почему вы сейчас же увели ее назад и больше о ней не упоминали? Мне кажется, далее, что вы слишком легко распорядились неприятельскими пушками, заставляя их стрелять слишком высоко; это, конечно, вполне возможно, но ведь бывает же, и, вероятно, часто, что ядра ударят прямо по вашим солдатам. Что же вы стали бы тогда делать?

Раз я уже заговорил об артиллерии, я скажу об этом все, чтобы исчерпать свой вопрос и больше к этому не возвращаться. Я часто слышал пренебрежительные отзывы о вооружении и боевом порядке древних. При этом обычно говорят, что в наши дни эти войска были бы недостаточны и, пожалуй, даже вовсе бесполезны перед мощью артиллерийского огня, который уничтожает самый глубокий строй и пробивает самые мощные латы. Сторонники этого мнения считают безумием вводить боевое построение, которое все равно не может устоять, и мучиться под тяжестью оружия, которое не в состоянии тебя защитить.

*Фабрицио.* Ваш вопрос касается очень многих вещей и требует поэтому подробного ответа. Верно, что я приказал своей артиллерии выстрелить только раз, да и то не без колебания. Дело в том, что для меня гораздо важнее защититься от неприятельских ядер, чем поражать противника своими. Вы должны знать, что спастись от артиллерии можно только двумя способами: надо поставить войска в такое место, куда ядро не долетит, или укрыть их за стеной или валом. Других средств нет, да и первые удадутся только при особой крепости вала и стены. Полководец, решающийся на бой, не может ни укрыть свои войска, ни поставить их в такое место, где ядра их не достанут.

Раз нельзя защититься от пушек, надо найти средство терпеть от них как можно меньше урона. Средство есть только одно — захватить их сейчас же. Для этого надо стремительно кинуться на орудия врассыпную, а не наступать медленно и густыми рядами. Быстрота удара не позволит неприятелю выстрелить второй раз, а потери при рассыпном строе будут меньшие. Такое движение невозможно для воинской части, построенной по-боевому. Если она бежит, ряды расстраиваются, а когда колонна идет в беспорядке, то неприятелю не приходится тратить силы на то, чтобы ее рассеять, потому что она рассыпается сама.

Я построил свое войско с расчетом достигнуть двойной цели: расположив на крыльях 1000 велитов, я приказал им сейчас же, после того как наша артиллерия выстрелит, броситься вместе с легкой конницей на неприятельские пушки. Я не велел своей артиллерии стрелять вторично именно потому, что не хотел дать неприятелю лишнее время; ведь невозможно самому выигрывать время и вместе с тем не позволить этого другому.

Я не продолжал обстрел по той же причине, по которой колебался стрелять с самого начала, — именно потому, что боялся, как бы неприятель не открыл огонь первым. Ведь если ты хочешь обезвредить артиллерию противника, надо на нее напасть; если он не защищает свои орудия, ты их захватываешь; если он хочет их отстоять, ты должен двинуться вперед, а когда друг и недруг смешаются в общей свалке, то из пушек стрелять нельзя.

Доводы эти, как мне кажется, достаточно убедительны и не нуждаются в примерах; однако древняя история дает нам некоторые образцы, и я хочу их привести. Вентидий перед боем с парфянами, вся сила которых была в стрельбе из луков, подпустил их почти к самому валу лагеря, раньше чем вывести свои войска. Сделал он это только с одной целью — сейчас же вступить в рукопашную схватку, не дав им времени для нового обстрела.

Цезарь рассказывает, что во время одной из битв галльского похода враги бросились на него с таким бешенством, что его воины не успели бросить свои дротики, как это полагается у римлян. Ясно теперь, что спастись в поле от орудия, бьющего издалека, можно только одним путем — захватить его с величайшей быстротой.

Была и другая причина, по которой я шел на врага, не вводя в дело артиллерию. Вы, может быть, сейчас засмеетесь, но я считаю, что пренебрегать ею нельзя. Самая большая опасность для войска, при которой легче всего начинается смятение, — это невозможность видеть неприятеля. Сильнейшие армии часто бывали разбиты потому, что солдат ослепляли пыль или солнце. Между тем ничто не вызывает такого густого мрака, как пороховой дым; я считаю поэтому, что лучше предоставить неприятелю ослеплять самого себя, чем разыскивать его, ничего не видя.

Поэтому я предпочел бы не стрелять из пушек, или во избежание упреков ввиду большой славы артиллерии я расставил бы орудия на флангах, чтобы не ослеплять дымом солдат, так как видеть врага для них — самое важное.

Чтобы показать вам, насколько полезно испортить врагу видимость поля битвы, я сошлюсь на Эпаминонда, который именно с этой целью выслал против наступавшего неприятеля свою легкую конницу, рассчитывая на то, что поднятая ею густая пыль скроет его войска от лакедемонян. Расчет оправдался и доставил ему победу.

Вы говорите далее, что я по-своему распорядился чужой артиллерией, заставив ее стрелять через головы моей пехоты. Должен сказать, что большей частью так и бывает и что огонь тяжелой артиллерии для пехоты почти безвреден. Обратное случается крайне редко. Пехота — очень низкая мишень, а стрелять из тяжелых пушек так трудно, что стоит сделать малейшую ошибку, нацелиться немного выше — и ядро летит через головы, а если цель взята ниже, чем нужно, оно попадает в землю и не доходит вовсе.

Кроме того, пехоту спасает любая неровность почвы, так как самый мелкий кустарник или холмик, отделяющий ее от артиллерии, уже портит меткость пушечного огня. Легче, конечно, попасть в конницу, особенно в тяжелую, которая вообще выше легкой и построена более густыми рядами, но и этого можно избежать, отведя конницу в тыл, пока огонь не прекратится.

Несомненно, что гораздо опаснее ружья небольшие орудия, но лучшее средство против них — это рукопашный бой. Если при первом столкновении многие будут убиты, это ничего не значит — убитые бывают всегда. Хороший полководец и хорошее войско боятся не частных потерь, а общего крушения и должны подражать в этом швейцарцам, которые никогда не уклоняются от боя из страха перед артиллерией и карают смертью того, кто, испугавшись огня орудий, покинет ряды или проявит малейший признак страха.

Итак, я отвел свою артиллерию назад после первого выстрела, для того чтобы очистить место батальонам. В дальнейшем я о ней не упоминал потому, что с началом общего боя она стала ненужной.

Вы сказали еще, что, по мнению многих, оружие и боевой порядок древних сейчас уже бесполезны ввиду разрушительной силы пушек. Можно заключить из ваших слов, что наши современники изобрели для успешной борьбы с артиллерией какое-то новое оружие и боевое построение. Если эта тайна вам известна, я был бы вам очень признателен за ее раскрытие, ибо пока я такого оружия не знаю и не думаю, чтобы его можно было найти. Действительно, мне хотелось бы услышать от этих людей, почему наши пехотинцы носят железные латы и нагрудники, а конные вообще закованы в броню; ведь если отрицать древнее оружие вследствие его бесполезности перед артиллерией, то надо отказаться и от нынешнего.

Хотелось бы также знать, почему швейцарцы, в полном согласии с античным боевым порядком, строят свою бригаду густой колонной в 6000 или 8000 человек пехоты и почему все другие народы им в этом подражают, несмотря на то что артиллерийский огонь при этом построении так же опасен, как и при любом другом, позаимствованном у древних.

Думаю, что ответа не найдется. Если же вы спросите любого знающего военного, он ответит вам так: прежде всего латы надеваются потому, что они защищают если не от ядер, то от самострелов, пик, мечей, камней и всякого другого неприятельского оружия. Далее, он сказал бы вам, что при построении густыми рядами, по швейцарскому примеру, можно легче отбросить пехоту противника, отразить нападение конницы и вместе с тем затруднить врагу прорыв собственной линии.

Из всего этого ясно, что войскам угрожают не только пушки, но и многое другое, от чего их предохраняют латы и предлагаемый мною боевой порядок. Следовательно, чем лучше вооружено войско, чем плотнее и крепче его ряды, тем надежнее оно защищено. Поэтому приходится сказать, что сторонники мнений, о которых вы здесь говорили, люди или малоопытные, или не продумавшие дело до конца. Ведь если самое слабое оружие древних, употребляемое ныне, т.е. пики, и наименее совершенное из их боевых построений, т.е. швейцарская бригада, приносят огромную пользу и обеспечивают войскам такое превосходство, то почему надо считать бесполезными другие виды древнего оружия и те боевые построения, которые сейчас забыты? Наконец, если мы, несмотря на артиллерию, все же сохраняем построение густыми рядами, как это делают швейцарцы, то какой же из боевых порядков древности будет для нас еще более опасен? Ведь всем известно, что артиллерийский огонь всего страшнее для войск, наступающих плотной массой. Наконец, ведь не мешает же артиллерия осаждать крепость, хотя, укрываясь за стенами, она может обстреливать мои войска в полной безопасности и усиливать огонь, как ей угодно, тогда как я захватить ее не могу и вынужден ждать, пока ее не смирит ответный огонь моих собственных пушек; тем более мне нечего бояться артиллерии в поле, где ею можно сейчас же овладеть.

Из всего этого я вывожу, что артиллерия не препятствует восстановлению воинских учреждений древних и доблести их. Я бы развил свою мысль подробнее, если бы уже не беседовал с вами об этом роде оружия; предпочитаю сейчас сослаться на то, что говорилось раньше.

*Луиджи.* Мы вполне поняли ваши мысли об артиллерии, и, в общем, вы, по-моему, показали, что лучшее средство борьбы с нею в поле на глазах у врага — это немедленный захват ее в самом начале боя. Однако у меня все же появляется сомнение: мне кажется, что неприятель может прикрыть артиллерию с флангов и расставить ее так, что она будет поражать ваших солдат, а захватить ее вам не удастся. Вы, помнится, говорили, что при построении в боевой порядок вы оставляете между батальонами свободное пространство в 4 локтя, а между батальонами и запасными пиками оно расширяется у вас до 20 локтей. Если враг построит свое войско по вашему образцу и поместит свою артиллерию в эти интервалы, он сможет, по-моему, расстреливать вас совершенно спокойно, ибо вам уже не удастся ворваться в неприятельские линии, чтобы захватить орудия.

*Фабрицио.* Ваше сомнение более чем основательно, и я постараюсь сейчас его рассеять или найти средство борьбы с подобной опасностью. Я уже говорил вам, что батальоны как в походе, так и в бою находятся в постоянном движении, причем ряды, естественно, все время смыкаются. Если вы оставите между ними узкие интервалы и затем поставите туда свою артиллерию, то ряды скоро настолько сомкнутся, что артиллерия не сможет больше стрелять. Если вы, наоборот, оставите широкие интервалы, то избавляетесь от одной опасности, но навлекаете на себя другую, худшую, потому что неприятель получает полную возможность не только захватить ваши орудия, но и прорвать ваш фронт.

Заметьте, впрочем, что артиллерию, особенно перевозимую на колесах, ставить между рядами нельзя: дело в том, что пушка стреляет не в ту сторону, куда она движется, а в обратную, так что для стрельбы она должна повернуться кругом, а это требует такого пространства, что 50 артиллерийских повозок приведут в расстройство целое войско. Поэтому орудия приходится держать вне рядов, подвергая их опасности захвата, о чем я вам уже говорил.

Допустим, однако, что артиллерия разместится между рядами и что неприятелю удастся избежать обеих крайностей, т.е. и чрезмерного смыкания рядов, мешающего стрельбе, и слишком широких интервалов, открывающих врагу возможность прорыва. Я утверждаю, что и в этом случае легко обезопасить себя, оставив между частями своих войск свободное пространство, куда будут попадать ядра; таким образом, самый яростный обстрел пропадает даром. Трудностей это не представляет никаких, потому что неприятель ради безопасности своей артиллерии должен расположить ее сзади, у крайней линии интервалов, и чтобы не попадать в своих, ей придется всегда стрелять по одному направлению — прямо перед собой; поэтому стоит только очистить ядрам место, и они станут безвредными.

Есть общее правило: оставлять свободный проход силе, которую нельзя сдержать; так поступали древние, когда им приходилось встречаться со слонами и военными колесницами. Я думаю и даже уверен, что вы представляете себе дело так: я разыграл сражение по собственному произволу и потому его выиграл. Однако если все мною сказанное вас еще не убедило, я должен повторить, что войско, вооруженное и построенное по моему способу, непременно при первом же столкновении должно опрокинуть противника, построенного по образцу современной армии, вытянутой большей частью в одну линию, не имеющей щитов и вооруженной так плохо, что она не может защищаться в рукопашной схватке.

Принятый у нас боевой порядок негоден, потому что если батальоны размещаются рядом в одной линии, то нет глубокого строя, если же они стоят друг за другом, то при неумении пропускать одну часть войск через ряды другой они смешиваются и могут легко прийти в полный беспорядок. Правда, мы даем своим войскам разные наименования, разделяя их на авангард, главные силы и арьергард, но разделение это соблюдается только в походе и в лагере; в сражении же все войска бросаются вперед разом, и судьба их решается первым ударом.

*Луиджи.* В вашем описании сражения я обратил внимание также и на то, что ваша конница была опрокинута неприятельской и укрылась под защиту запасных пик; затем она с их помощью возобновила бой и, в свою очередь, опрокинула противника. Я верю, что пикинеры могут остановить кавалерию, если они построены густой глубокой массой, как швейцарцы, в вашем же войске имеются только 5 шеренг пик во фронте и 7 — на фланге, так что я не понимаю, как они могут устоять против конного натиска.

*Фабрицио.* Я вам уже сказал, что в македонской фаланге могли действовать в одно время только 6 передних шеренг, скажу вам также, что в швейцарской бригаде, будь она даже глубиной в 1000 шеренг, сражаться могут только первые четыре или пять: длина пики — 9 локтей, древко на 1 1/2 локтя отведено назад и закрыто рукой, так что пики первой шеренги выдаются вперед на 71/2 локтя. Вторая шеренга теряет эти 1 1/2 локтя и еще столько же на пространство, отделяющее ее от первой. Следовательно, острия ее пик выдаются из-за первой шеренги только на 6 локтей; пики третьей шеренги выдаются из-за первой на 4 1/2 локтя, четвертой — на 3, пятой — на 1 1/2.

Все остальные шеренги в бою не участвуют; они служат только для замены людей, выбывших из первых шеренг, и образуют для них нечто вроде стены с бойницами. Итак, если 5 швейцарских шеренг могут выдержать напор конницы, то почему это невозможно для моих пикинеров, которых точно так же поддерживают сзади другие войска, вооруженные, правда, не пиками, а мечами? Если строй запасных пикинеров, расположенных на флангах, кажется вам недостаточно глубоким, то можно перестроить их в каре и поставить на флангах двух батальонов задней линии; оттуда их можно легко двинуть к фронту или к тылу войска, на помощь нашей кавалерии.

*Луиджи.* Будете ли вы всегда пользоваться только той формой боевого построения, которую вы нам описали?

*Фабрицио.* Конечно, нет! Боевой порядок меняется в зависимости от условий местности, от количества и качества неприятельских войск. Я покажу это потом на примерах. Я привел вам свое построение не потому, что оно сильнее всех других, хотя оно действительно сильнейшее, а для того, чтобы дать вам правила и указания, с помощью которых вы можете познать и другие формы боевого порядка. У каждой науки есть общие положения, на которых она большей частью и основывается. Об одном только вы должны помнить всегда: никогда не стройте войска так, чтобы сражающиеся впереди не могли получить помощи от находящихся сзади; тот, кто сделает эту ошибку, обречет большую часть своего войска на бездействие и никогда не победит, если встретит сильного врага.

*Луиджи.* У меня явился новый вопрос. В вашем построении вы ставите 5 батальонов впереди, 3 — в середине и 2 — в последней линии. Мне казалось бы, что надо поступать наоборот, потому что прорыв, по-моему, труднее, если наступающий по мере проникновения его в наши ряды встречает все более плотную массу войск. При вашем способе дело, по-моему, обстоит так, что чем сильнее нападение, тем слабее становится защита.

*Фабрицио.* Ваши сомнения должны несколько рассеяться, если вы припомните, что триариев, составлявших третью линию римского легиона, было не больше 600 человек и они стояли позади всех. Следуя этому примеру, я поставил в задней линии 2 батальона, т.е. 900 человек пехоты. Таким образом, подражая римскому порядку, я снимаю с передовой линии не слишком мало, а скорее слишком много солдат.

Можно было бы просто сослаться на этот пример, но я хочу вам объяснить, почему я так поступаю. Первая линия войск должна быть крепкой и плотной, так как ей предстоит выдержать неприятельский натиск, а впереди нее нет своих войск, которые отступали бы сквозь ее ряды. Здесь должен быть даже излишек людей, иначе сила линии неминуемо уменьшится вследствие недостаточно глубокого строя или малочисленности солдат.

Наоборот, вторая линия, раньше чем встретит врага, должна быть готова к тому, что в ряды ее вольются свои же отступающие части. Поэтому здесь необходимы большие интервалы, и она должна быть малочисленнее первой линии; если делать ее сильнее первой или равносильной, то пришлось бы или обойтись без интервалов, что вызвало бы беспорядок, или выдвинуть ее с обеих сторон за пределы первой линии войск, что испортило бы боевое построение.

Вы ошибаетесь, если думаете, что чем дальше неприятель проникает в ряды нашей бригады, тем сопротивление становится слабее. Ведь противник вообще не может столкнуться со второй линией, пока она не соединилась с первой, и тогда она будет сильнее, а не слабее, между тем как врагу придется сражаться с двумя линиями сразу.

То же произойдет, если неприятель доберется до третьей линии, так как ему надо будет вступить в бой не с двумя последними свежими батальонами, а со всей бригадой. Эта последняя линия должна вместить еще больше войск. Поэтому свободное пространство между батальонами должно быть еще шире, а состав ее всего меньше.

*Луиджи*. Вы меня вполне убедили, но ответьте мне, пожалуйста, еще на один вопрос. Если 5 первых батальонов отступают сквозь ряды 3 вторых, а затем 8 батальонов второй линии отойдут к 2 батальонам третьей, то как могут эти 8, а затем и 10 батальонов уместиться на пространстве, занятом первоначально первыми пятью?

*Фабрицио*. Прежде всего это не одно и то же пространство, потому что первые 5 батальонов разделены четырьмя интервалами, которые постепенно заполняются по мере отступления их к войскам второй и третьей линии. Остаются затем интервалы между бригадами, а также между батальонами и запасными пиками, образующие, в общем, достаточно большое пространство.

Прибавьте к этому, что батальоны, построенные в боевой порядок и еще не понесшие убыли, занимают не то пространство, как после боя, когда их ряды уже поредели; потери приводят или к смыканию, или, наоборот, к расширению рядов. Ряды расширяются, когда людей охватывает такой страх, что они бросаются бежать; наоборот, они смыкаются, если страх заставляет людей искать спасения не в бегстве, а в самозащите. В этом случае вы всегда увидите, что строй сомкнется, а не рассыплется.

Заметьте далее, что передовые пять шеренг пикинеров, начавшие бой, отступают потом сквозь ряды батальонов за последнюю линию войск и очищают место боя щитоносцам с мечами. При отступлении их в тыл командующий может распорядиться ими по своему усмотрению, тогда как в рукопашной схватке они совершенно бесполезны.

Таким образом, интервалы, установленные заранее, могут вполне вместить остаток солдат. Допустим, что этого пространства не хватит, — остаются фланговые войска; ведь это не стены, а люди, которые могут расступиться и очистить столько места, сколько понадобится.

*Луиджи.* Как поступаете вы с запасными пиками, поставленными на флангах? Должны ли они при отступлении батальонов первой линии оставаться на месте, образуя как бы два выступа, или отступать вместе с батальонами? Если им надо отступать, то как могут они это выполнить, не имея за собой батальонов с широкими интервалами?

*Фабрицио.* Если неприятель, принудивший батальоны к отступлению, на них не нападает, они могут оставаться на месте в боевом порядке и тревожить противника с фланга, когда первые батальоны уже отступят. Если же он, что вероятнее всего, на них нападет, так как он достаточно силен, чтобы потеснить другие войска, то надо отходить. Выполнить это очень легко, хотя интервалов за ними нет: стоит только вздвоить ряды по прямому направлению, влив одну шеренгу в другую, как мы об этом уже говорили, когда речь шла о вздваивании рядов.

Верно, что при отступлении вздваивание производится иначе, чем я вам объяснял; я ведь говорил вам, что вторая шеренга вступает в первую, четвертая — в третью и так далее. Теперь надо идти не вперед, а назад и начать не с передних, а с задних шеренг, так чтобы при вздваивании получилось не прямое, а попятное движение.

Однако, чтобы ответить на все возможные ваши возражения против разыгранного мною сражения, я снова повторяю, что я показал вам это построение и битву с целью объяснить вам две вещи: как строится войско и как оно обучается. Мой боевой порядок для вас как будто вполне ясен; что касается обучения, то сборы батальонов должны устраиваться как можно чаще, чтобы начальники привыкли сами и могли обучить солдат всем действиям, о которых мы говорили. Солдату надо хорошо знать все действия батальона, а начальники должны понимать значение батальона в целом войске, и только тогда они будут верно исполнять распоряжения командующего.

Они должны уметь распоряжаться несколькими батальонами одновременно и быстро занимать назначенное им место; поэтому на знамени каждого батальона должен быть ясно обозначен его номер, причем таким образом удобнее передавать приказания командующего, а начальник и солдат легче узнают по номеру свое знамя. Бригады также должны иметь особые номера на главном знамени. Необходимо, чтобы каждый знал номера бригад, стоящих на левом или правом фланге, номера батальонов первой и второй линии и т.д.

Чины войска должны также различаться по номерам: например, номер первый означает декурионов, второй — начальника 50 действующих велитов, третий — центуриона, четвертый — начальника первого батальона, пятый — второго, шестой — третьего и так далее — до начальника десятого батальона, выше которого стоит уже командир бригады. Получить этот последний чин может только тот, кто раньше пройдет все низшие степени.

Кроме того, есть еще три начальника запасных пикинеров и два начальника запасных велитов, которые, по-моему, должны быть равными по чину начальнику первого батальона. Меня нисколько не смущает, что шесть человек окажутся в одном чине: каждый из них будет от этого еще усерднее и постарается превзойти остальных, чтобы быть произведенным в начальники второго батальона. Зная место своего батальона, каждый начальник займет его в ту минуту, как по трубному звуку взовьется главное знамя и все войско будет построено в боевой порядок. Уметь строиться мгновенно — первое, к чему непременно надо приучить войско. Упражнение это необходимо проделывать ежедневно и даже несколько раз в день.

*Луиджи.* Должны ли быть на знаменах еще какие-нибудь знаки кроме номеров?

*Фабрицио.* На главном знамени должен быть герб князя; на прочих может быть тот же герб в другом поле или иной знак — по усмотрению командующего. Это не важно, лишь бы знамена ясно отличались одно от другого.

Перейдем, однако, к следующему упражнению. Когда войско построено, оно должно научиться двигаться мерным шагом, строго сохраняя при этом равнение.

Третье обучение — боевые приемы; артиллерия должна выстрелить и отъехать назад; запасные велиты выступают вперед и после притворной атаки отходят; батальоны первой линии отступают в интервалы второй, точно они разбиты; обе линии отступают к третьей и возвращаются затем на свои места. Надо так приучить солдат к этим приемам, чтобы они стали естественными и повседневными движениями, а при некотором опыте и навыке это достигается очень легко.

Четвертое упражнение — научить солдат понимать распоряжения командующего по звуку музыки или движению знамени, так как приказания с живого голоса понятны без всякого объяснения. Особенно важны распоряжения, подаваемые музыкой, и потому я скажу вам несколько слов о боевой музыке древних. У лакедемонян, по рассказу Фукидида, господствовала флейта, так как они считали, что под ее звуки войска идут мерно и спокойно, без ненужных порывов. У карфагенян этой же цели служила цитра. Лидийский царь Алиат употреблял на войне цитру и флейту. Александр Великий и римляне ввели у себя рога и трубы, находя, что эти инструменты зажигают сердца и заставляют воинов биться с удвоенной силой.

Мы же последуем и в этом примеру обоих народов так же, как уже сочетали греческий образец с римским, выбирая оружие войска.

При командующем должны быть трубачи, потому что звук трубы не только воспламеняет мужество солдат, но и лучше всякого другого инструмента будет слышен среди самого ужасного шума. При начальниках батальонов и бригад находятся барабанщики и флейтисты; они будут играть не так, как сейчас, а как обычно играют на пирах. Звуком трубы командующий укажет, должны ли войска стоять на месте, идти вперед или отступать, надо ли стрелять артиллерии или выбегать запасным велитам; разнообразие трубного звука ясно покажет солдатам все необходимые движения, а после труб ту же команду повторят барабаны.

Упражнение это очень важно и должно повторяться часто. В кавалерии должны быть трубы, но менее громкие и с иным звуком. Вот все, что я мог вам сказать о боевом порядке и обучении войска.

*Луиджи*. Я все же попрошу вас объяснить мне еще одну вещь: почему ваша легкая конница и велиты бросаются на врага с дикими криками, а остальное войско идет навстречу врагу в полном безмолвии? Я не понимаю этой разницы.

*Фабрицио*. Древние полководцы держались разных мнений насчет того, надо ли бежать на неприятеля с криком или медленно идти молча. В молчании лучше сохраняется порядок и яснее слышны приказания начальника, а крик возбуждает боевой пыл. Я считаю, что и то и другое одинаково важно, и потому приказываю одним частям с криком бросаться на врага, а другим велю идти молча.

Впрочем, я вовсе не считаю, что беспрестанный крик полезен: он заглушает команду, и в этом его большая опасность. Трудно предполагать, что римляне после первого столкновения продолжали кричать. В их истории постоянно говорится о том, как бегущие солдаты останавливались по слову и убеждениям полководца и как они в разгаре сражения перестраивались по его команде; это невозможно, если крики заглушают голос начальника.

## Книга четвертая

*Луиджи.* Под моим командованием одержана столь блистательная победа, что я предпочитаю больше не испытывать судьбу, зная ее изменчивость и непостоянство. Поэтому я слагаю диктатуру и передаю обязанности вопрошателя Заноби, следуя в этом нашему порядку начинать с самого младшего. Знаю, что от этой чести или, лучше сказать, от этого труда он не откажется как по дружбе ко мне, так и по врожденной смелости, которой у него больше, чем у меня. Его не устрашит дело, которое может одинаково принести победу и поражение.

*Заноби.* Я готов повиноваться, хотя предпочел бы участвовать в разговоре как простой слушатель. Ваши вопросы до сих пор удовлетворяли меня больше, чем мои собственные, приходившие мне на ум во время беседы. Однако вы теряете время, синьор Фабрицио, и мы должны просить у вас прощения за то, что утомляем вас этими любезностями.

*Фабрицио.* Наоборот, вы доставляете мне удовольствие, так как смена вопрошателей позволяет мне лучше узнать ваш образ мыслей и ваши склонности. Надо ли мне еще что-нибудь добавить ко всему сказанному?

*Заноби.* Я хочу спросить вас о двух вещах, раньше чем идти дальше: первое — признаете ли вы возможность иного боевого порядка; второе — какие предосторожности должен предпринять полководец до того, как идти в бой, и что он может сделать, если во время битвы произойдут какие-либо неожиданности?

*Фабрицио.* Постараюсь вас удовлетворить и не буду отвечать на ваши вопросы отдельно, потому что ответ на первый вопрос во многом разъяснит вам и второй. Я уже говорил вам, что мною предложена известная форма боевого построения, дабы, исходя из нее, вы могли свободно менять ее в зависимости от условий местности и образа действий неприятеля. Ведь от местности и от противника зависят вообще все ваши действия.

Заметьте только одно: самая страшная опасность — это растягивать линию фронта, если только вы не располагаете войском, совершенно исключительным по силе и величине. Во всяком ином случае глубокий строй густыми рядами всегда лучше растянутого и тонкого. Ведь если твое войско меньше неприятельского, надо стараться как-нибудь уравновесить эту невыгоду, именно обеспечить фланги, прикрыв их рекой или болотом, чтобы не оказаться окруженным, или защищаться рвами, как это сделал Цезарь в Галлии.

Знайте общее правило — что фронт растягивается или сокращается в зависимости от численности ваших и неприятельских войск. Если противник слабее, а твои войска хорошо обучены, надо избирать для действия обширные равнины, потому что ты можешь тогда не только охватить врага, но и свободно развернуть свои силы. В местности обрывистой и трудной, в которой невозможен сомкнутый строй, это преимущество пропадает. Поэтому римляне почти всегда избегали неровных мест и предпочитали сражаться на открытой равнине.

Совершенно по-иному поступают, если войско невелико или плохо обучено: тогда надо постараться возместить малочисленность или неопытность людей выгодами местоположения. Хорошо располагаться на высотах, откуда легче обрушиться на противника. Во всяком случае, остерегайтесь размещать войско на скатах или где-нибудь близко от подножия горы, если в этой местности ожидается неприятель. Высота позиции будет тогда только вредна, потому что противник, занявший вершину, поставит на ней пушки и сможет непрерывно и спокойно тебя громить, не опасаясь отпора; ты же будешь стеснен собственными солдатами и потому не сможешь отвечать на его огонь.

Полководец, выстраивающий войско к бою, должен также позаботиться о том, чтобы ни солнце, ни ветер не были ему в лицо. И то и другое не позволяет разглядеть врага: солнце — своими лучами, а ветер — поднятой пылью. Ветер, кроме того, обессиливает удар метательного оружия, а относительно солнца надо еще иметь в виду следующее: мало позаботиться о том, чтобы оно не светило войскам в лицо при начале боя, это преимущество должно сохраниться и дальше, когда солнце поднимется выше.

Самое лучшее — это располагать войска так, чтобы они стояли к солнцу спиной, потому что тогда пройдет много времени, прежде чем оно окажется прямо над ними. Предосторожности эти соблюдались Ганнибалом при Каннах и Марием в борьбе с кимврами.

Если у тебя мало конницы, располагай войска среди виноградников, кустарников и тому подобных препятствий, как поступили в наше время испанцы под Чериньолой в Неаполитанском королевстве, где они разбили французов. Часто наблюдалось, как те же самые солдаты с переменой боевого порядка местности превращаются из побежденных в победителей. Так было с карфагенянами, неоднократно разбитыми Марком Регулом и победившими затем под начальством лакедемонянина Ксантиппа, который построил войска в долине, где им удалось восторжествовать над римлянами благодаря коннице и слонам.

Вообще, вдумываясь в древние примеры, я вижу, что почти все выдающиеся античные полководцы, уяснив себе сильнейшую сторону неприятельского войска, противопоставляли ей свою слабейшую и наоборот. При начале боя они приказывали самым сильным частям только сдерживать противника, а слабым частям отдавалось распоряжение пробиться и отступить за последнюю линию войска.

Такой способ сражения расстраивает неприятеля двояко: сильнейшая часть его войска оказывается охваченной, а с другой стороны — обманчивая видимость победы слишком часто порождала беспорядок и внезапный разгром. Корнелий Сципион, действуя в Испании против карфагенянина Гасдрубала, ставил обычно свои лучшие легионы в центре; когда же ему сообщили, что Гасдрубал знает этот порядок и собирается сделать то же самое, он перед боем изменил свое построение: расположил свои легионы на флангах, а худшие войска поместил в центре.

Когда бой начался, Сципион лишь очень медленно продвигал войска в центре, а крыльям отдал приказ стремительно напасть на врага; таким образом, сражение шло только на флангах того и другого войска, а части, стоявшие в середине, не могли сойтись, так как были друг от друга слишком далеко. Сильнейшие войска Сципиона бились со слабейшими войсками Гасдрубала и, конечно, одолели их.

Такая хитрость была полезна в те времена, но сейчас она неприменима, так как существует артиллерия, которая открыла бы огонь, пользуясь свободным пространством между центрами обоих войск, а это, как мы уже говорили, страшно опасно. Поэтому следует отказаться от римского образца и вводить в дело все войско, отводя постепенно назад его слабейшее крыло.

Если полководец располагает сильнейшим войском и хочет неожиданно окружить противника, он должен построить войско так, чтобы длина его фронта совпадала с неприятельской. Затем, когда бой разгорится, надо постепенно осадить свой центр, растянуть войска на флангах, и таким образом, неприятель всегда будет охвачен совершенно незаметно.

Когда полководец хочет дать бой почти без всякого риска, он должен строить войско в местности, поблизости от которой можно найти верное убежище в болотах, горах или крепости: неприятель преследовать его не будет, но сам он неприятеля преследовать может. К этому способу прибегал Ганнибал, когда судьба стала ему изменять и он стал остерегаться встречи с Марком Марцеллом. Некоторые начальники в расчете на замешательство противника приказывали своим легковооруженным войскам начать бой и затем сейчас же отступить сквозь ряды, а когда войска сталкивались и по всему фронту кипела битва, легкая пехота, собранная за флангами, снова вводилась в сражение, ошеломляла неприятеля ударом во фланг и довершала успех.

При недостатке конницы можно помимо действий, о которых я уже говорил, скрыть за лошадьми батальон пик и в самый разгар боя приказать конным дать им дорогу — победа будет обеспечена. Многие приучают легкую пехоту сражаться между конными войсками, что давало кавалерии огромнейшее преимущество над противником. Из всех полководцев самыми замечательными по искусству располагать войска были во время войны в Африке Ганнибал и Сципион.

Ганнибал, войско которого состояло из карфагенян и вспомогательных отрядов различных народов, поставил в первой линии 80 слонов, во второй поместил вспомогательные войска, за которыми шли его карфагеняне, а в самом тылу оставил итальянцев, на которых не полагался. Построение это было рассчитано на то, чтобы вспомогательные войска не могли бежать, так как перед ними был неприятель, а сзади им закрывали дорогу карфагеняне; поэтому им волей-неволей приходилось по-настоящему сражаться, и Ганнибал надеялся, что они опрокинут или по крайней мере утомят римлян, а он в это время ударит на них свежими силами и легко добьет уже уставшие римские войска.

В противовес этому Сципион поставил гастатов, принципов и триариев обычным порядком, при котором одни части могут вливаться в ряды других и друг друга поддерживать. В первой линии он оставил множество интервалов. Дабы скрыть это от неприятеля и убедить его, что перед ним сплошная стена, Сципион заполнил интервалы велитами, которым при появлении слонов приказано было немедленно очистить дорогу и отходить сквозь ряды; таким образом, удар слонов пришелся по пустому месту, а в сражении победа осталась за римлянами.

*Заноби.* Вы напомнили мне рассказом об этой битве, где Сципион приказал своим гастатам не отступать в интервалы линии принципов, а разделил их и направил на фланги, очистив дорогу принципам, когда пришло время двинуть их вперед. Не скажете ли вы мне, почему он уклонился от обычного порядка?

*Фабрицио.* Конечно. Дело в том, что Ганнибал сосредоточил сильнейшие войска свои во второй линии. Сципиону пришлось противопоставить ему такую же силу, и он соединил для этого принципов с триариями. Интервалы в линии принципов были заняты триариями, так что для гастатов места уже не было; поэтому Сципион не укрыл их среди принципов, а приказал раздаться в обе стороны и расположиться на флангах.

Заметьте, однако, что раскрывать таким приемом первую линию, чтобы очистить место для второй, можно только при очевидном преимуществе. Движение это происходит тогда в полном порядке, как оно и было выполнено Сципионом. При неудаче такие действия кончаются полным разгромом, и потому необходимо оставить себе возможность оттянуть войска во вторую линию.

Вернемся, однако, к нашему разговору. У азиатских народов среди всяких изобретений, придуманных ими для устрашения врагов, употреблялись колесницы с косами по сторонам; они не только прорывали ряды, но и уничтожали косами противника. Римляне боролись с ними трояко: строили войска глубокими массами, расступались перед колесницами, как перед слонами, очищая им дорогу, или прибегали к другим средствам, как, например, Сулла в войне с Архелаем, у которого этих колесниц с косами было очень много. Римский полководец вбил в землю за первой линией войск ряд кольев и остановил этим налет колесниц.

Заметьте, что Сулла при этом построил свои войска по-новому: он поместил велитов и конницу позади, а всю тяжелую пехоту выдвинул вперед, оставив при этом достаточно широкие интервалы, чтобы в случае необходимости заполнить их своими запасными силами; в самый разгар сражения конница пронеслась через интервалы и решила этим победу.

Если вы хотите во время боя привести неприятельские войска в замешательство, то надо придумать что-нибудь, способное устрашить противника, например распространить весть о прибывших подкреплениях или обмануть его видимостью их, дабы ошеломленный противник легче поддался. Подобными приемами с успехом пользовались римские консулы Минуций Руфф и Ацилий Глабрион. Другой полководец, Гай Сульпиций, во время битвы с галлами посадил на мулов и других животных непригодные для войны нестроевые части и, расположив их порядком, напоминающим тяжелую конницу, велел им выехать на соседний холм; эта хитрость дала ему победу. То же сделал Марий, воюя с тевтонами.

Если во время боя полезны ложные нападения, то неизмеримо действеннее настоящие атаки, особенно когда они в разгар дела неожиданно производятся с тыла или с фланга. Сделать это трудно, если тебе не благоприятствует местность; ведь для таких действий часть войска должна быть скрыта, а на голой равнине это невозможно. Наоборот, воюя в лесах или горах, очень удобных для засад, можно прекрасно спрятать часть своих сил и нанести противнику сокрушительный и внезапный удар, который всегда доставит тебе верную победу.

Очень важно иной раз распустить во время боя слух о гибели неприятельского полководца или о бегстве части его войска; хитрость эта часто приводила к успеху. Неприятельскую кавалерию легко испугать неожиданным звуком или зрелищем. Так поступил Крез, выставивший верблюдов против лошадей, а Пирр одним видом своих слонов расстроил и разогнал всю римскую конницу. В наши дни турки разбили персидского шаха и сирийского султана громом ружейного огня, который так напугал непривычную к такому звуку конницу их, что одолеть ее было уже легко. Испанцы в борьбе с Гамилькаром поставили в первой линии повозки, запряженные быками и набитые соломой, которую в самом начале боя зажгли; испуганные быки бросились на линию войск Гамилькара и прорвали их ряды.

Многие полководцы любят обманывать противника, заманивая его в засады, когда этому способствует местность. На открытых и широких равнинах выкапывают ямы, слегка прикрытые хворостом и землей; между ними оставлены проходы, и, когда завяжется бой, собственные войска отступают, а преследующие их неприятельские солдаты проваливаются в рвы и погибают.

Если во время боя произойдет событие, которое может испугать людей, то очень важно суметь его скрыть и даже извлечь из него пользу, как поступали Тулл Гостилий и Луций [Корнелий] Сулла. Заметив измену части своих солдат, перешедших к неприятелю, и страшное впечатление, произведенное этим на всех остальных, Сулла немедленно распорядился объявить по всему войску, что все происходит по его приказу. Это не только успокоило воинов, но и воодушевило их настолько, что победа осталась за римлянами. Тот же Сулла отдал однажды отряду солдат приказ, при исполнении которого все они погибли. Чтобы не устрашить войско, он велел объявить, что истребленная часть состояла из предателей и он нарочно отдал ее в руки неприятеля. Серторий во время войны в Испании убил своего же воина, сообщившего ему о гибели его легата, и сделал это из боязни, что известие распространится и перепугает все войско.

Самое трудное — это остановить бегущее войско и заставить его возобновить сражение. Необходимо сразу отдать себе отчет, побежало ли все войско или только часть его; если все — то дело пропало, если часть — то можно еще попытаться как-нибудь помочь. Многие римские полководцы бросались бегущим наперерез, заставляли их остановиться и грозно стыдили за трусость, как поступил, например, Луций [Корнелий] Сулла. Увидав, что части его легионов опрокинуты солдатами Митридата, он с мечом в руке бросился к беглецам и крикнул: «Если кто-нибудь спросит вас, где вы покинули своего начальника, отвечайте: мы покинули его в бою на полях беотийских». Консул Аттилий выставил против бегущих стойкие части и приказал объявить, что, если беглецы не повернут обратно, они будут перебиты одновременно и своими, и врагами. Филипп Македонский, знавший, что солдаты его боятся скифов, поставил в задней линии войска отборнейшие конные части и приказал им убивать всякого, кто побежит. Солдаты его предпочли погибать в бою, а не в бегстве, и победили.

Многие римские полководцы вырывали знамя из рук знаменосца, бросали его в самую гущу неприятельских воинов и объявляли награду тому, кто принесет его обратно; делалось это не столько для того, чтобы предупредить бегство, сколько для возбуждения еще большей отваги.

Мне кажется уместным сказать теперь несколько слов о том, что бывает после боя, тем более что замечания об этом будут кратки и, естественно, связаны с предметом нашей беседы. Битва кончается поражением или победой.

Если ты победил, преследуй неприятеля со всей возможной быстротой и подражай в этом Цезарю, а не Ганнибалу, который остановился после победы при Каннах и этим лишился власти над Римом. Цезарь же после победы не задерживался ни на минуту и обрушивался на разбитого противника с еще большей стремительностью и яростью, чем во время боя на грозного врага.

Если же ты разбит, то полководец должен прежде всего сообразить, нельзя ли извлечь из поражения какую-нибудь выгоду, особенно в тех случаях, когда хотя бы часть его войска сохранила боевую силу. Случай может представиться благодаря непредусмотрительности врага, который после победы обычно становится беспечным и дает тебе возможность его побить, как побил карфагенян римский консул

Марций: карфагеняне после гибели обоих Сципионов и разгрома их войск не обращали никакого внимания на остатки легионов, уцелевших у Марция, который напал на них врасплох и совершенно разбил.

Легче всего удается то, что враг считает для тебя невозможным, и удар большей частью обрушивается на людей в ту минуту, когда они всего меньше о нем думают. Если же ничего нельзя сделать, то искусство полководца состоит в том, чтобы по крайней мере смягчить последствия поражения. Для этого надо принять меры, чтобы затруднить противнику преследование или задержать его. Некоторые полководцы, предвидя неудачу, приказывали начальникам отдельных частей быстро отступать в разных направлениях и разными дорогами, заранее назначив место встречи; это озадачивало противника, боявшегося разделить свои силы, и давало возможность благополучно уйти всему войску или большей его части.

Другие, чтобы задержать неприятеля, оставляли ему самое ценное свое имущество, надеясь, что он прельстится добычей и позволит им убежать. Тит Дидий проявил немалое искусство, чтобы скрыть потери, понесенные в бою. После битвы, продолжавшейся до ночи и очень дорого ему обошедшейся, он приказал ночью же зарыть большую часть трупов. Утром неприятель, увидав, что поле сражения завалено телами его солдат, между тем как римских трупов почти не было, решил, что дела его плохи, и обратился в бегство.

Мне кажется, что, в общем, на ваши вопросы я ответил; остается только сказать о возможном построении войск. Некоторые полководцы строили свои войска клином, надеясь таким образом легче прорвать неприятельский фронт. Другие противопоставляли этому вогнутое расположение, в виде клещей, дабы зажать в них клин противника и сдавить его со всех сторон. Я хотел бы указать вам по этому поводу на общее правило: лучшее средство расстроить намерение врага — это сделать добровольно то, что он хочет заставить тебя сделать насильно. Если твои движения добровольны, ты выполняешь их в полном порядке к выгоде для себя и ущербу для неприятеля; если они вынужденны — ты погиб.

В подтверждение этой мысли я снова напомню вам кое-что уже сказанное раньше. Противник строится клином, чтобы прорвать ваши ряды. Разомкните их сами, и тогда вы расстроите его войска, а не он ваши. Ганнибал выставляет впереди слонов, чтобы опрокинуть легионы Сципиона, — Сципион размыкает ряды и этим приемом предопределяет свою победу и крушение врага. Гасдрубал ставит сильнейшие части свои в центре, чтобы опрокинуть солдат Сципиона, — тот приказывает им отступить самим и побеждает.

Словом, разгаданный замысел дает победу тому, против кого он направлен. Остается теперь, если память мне не изменяет, объяснить вам предосторожности, которые полководец обязан принять перед сражением. Прежде всего военачальник никогда не должен вступать в бой, если у него нет явного преимущества или он не вынужден к этому необходимостью. Преимущество определяется свойствами местности, боевым порядком, превосходством в численности и качестве войск.

Необходимость наступает, когда ты видишь, что бездействие тебя погубит, потому ли, что у тебя нет денег или продовольствия и войско твое может в любую минуту разбежаться, или потому, что неприятель ждет больших подкреплений. В таком случае надо всегда давать бой даже с невыгодой для себя, потому что гораздо лучше испытать судьбу, которая может оказаться к тебе благосклонной, чем бояться ее и идти на верную гибель. Уклониться от битвы в этом случае — это такой же тяжкий грех полководца, как упустить возможность победы по неведению или трусости. Преимущество дается тебе или промахом противника, или собственной проницательностью.

Бдительный неприятель не раз разбивал многих полководцев при переправах через реки, выжидая для нападения минуты, когда войско противника разрезано рекой пополам. Цезарь истребил таким образом четвертую часть войска гельветов.

Нельзя упускать также случая напасть свежими и отдохнувшими силами на врага, утомившего своих солдат неосторожным преследованием. Если неприятель старается вовлечь тебя в бой на рассвете, оставайся в лагере как можно дольше и нападай сам, когда противник уже устанет от долгого стояния под оружием и утратит первоначальный боевой пыл. Этого приема держались в Испании Сципион и Метелл, первый — в борьбе против Гасдрубала, а второй — против Сертория.

Если силы неприятеля уменьшились вследствие разделения войск, как это было у Сципионов в Испании, или по иной причине, надо точно так же испытать счастье. Осторожные полководцы ограничиваются большей частью тем, что отражают нападение неприятеля и редко нападают на него сами, ибо стойкие и сильные солдаты легко выдерживают самую яростную атаку, а безуспешная ярость легко переходит в трусость. Так действовал Фабий против самнитов и галлов и вышел победителем, а коллега его, Деций, погиб.

Некоторые военачальники из страха перед силой врага начинали бой в конце дня, дабы в случае поражения можно было спастись под покровом ночной темноты. Другие, зная, что неприятель по суеверию воздерживается от битвы в известные дни, выбирали для боя именно этот день и выходили победителями. Так действовали и Цезарь в Галлии против

Ариовиста, и Веспасиан в Сирии против иудеев. Самая же необходимая предосторожность для всякого военачальника — окружить себя преданными и благоразумными советниками с большим боевым опытом, постоянно обсуждая с ними состояние своих и неприятельских войск. Особенно важно знать, на чьей стороне численное превосходство, кто лучше вооружен и обучен, чья конница сильнее, кто более закален, можно ли вернее положиться на пехоту или на конницу.

Необходимо затем обсудить характер местности и выяснить, благоприятствует ли она больше тебе или неприятелю, кому легче добывать продовольствие, надо ли оттягивать сражение или стремиться к нему, работает ли время на пользу или во вред тебе, ибо затяжка войны часто утомляет солдат, и они бегут от опротивевшей им тягости походной жизни.

Особенно важно знать, каков неприятельский полководец и окружающие его: смел ли он или осторожен, отважен или робок. Надо также знать, можно ли доверять вспомогательным войскам. Однако есть еще правило, которое важнее всех других, — никогда не вести в бой войско, которое боится врага или сколько-нибудь сомневается в успехе, ибо первый залог поражения — это неуверенность в победе. В таком случае надо всячески избегать боя, действуя по примеру Фабия Максима, который укреплялся в неприступных местах и отбивал этим у Ганнибала всякую охоту искать с ним встречи. Если же ты боишься, что сила позиции не спасет тебя от неприятеля, решившегося на битву, то надо прекратить полевую войну и разместить войска в крепостях, дабы утомить противника трудностями осады.

*Заноби.* Нельзя ли избежать боя каким-нибудь другим способом, кроме разделения войск и размещения их по крепостям?

*Фабрицио.* Я, кажется, уже говорил кому-то из вас, что при полевой войне нельзя избежать боя с противником, который во что бы то ни стало хочет сразиться. Здесь есть только один способ — держаться от врага на расстоянии не меньше пятидесяти миль, дабы можно было всегда вовремя отступить. Ведь Фабий Максим не избегал боя с Ганнибалом, но он хотел, чтобы все выгоды были на его стороне. Ганнибал же на этих позициях победить Фабия не надеялся. Если бы карфагенский полководец был уверен в успехе, Фабию оставалось бы только принять сражение или бежать.

Во время войны с Римом Филипп Македонский, отец Персея, тоже хотел уклониться от боя и нарочно расположился для этого на высокой горе, но римляне пошли на приступ и разбили его. Галльский вождь Верцингеторик, избегавший сражения с Цезарем, который неожиданно для него перешел какую-то реку, отошел со своим отрядом на много миль. В наши дни венецианцы, если они не хотели сражаться с королем Франции, должны были бы ему подражать и не дожидаться перехода Адды французами, а отойти. Между тем они медлили и не сумели ни избежать сражения, ни дать его в выгодных условиях во время переправы войска через реку. Французы, бывшие поблизости, бросились на венецианцев во время их отступления и разбили их наголову.

Все дело в том, что боя нельзя избежать, если неприятель во что бы то ни стало его ищет. Пусть не ссылаются при этом на Фабия, потому что в этом случае он уклонялся от боя не больше и не меньше, чем сам Ганнибал. Часто бывает, что солдаты твои рвутся вперед; ты же понимаешь, что по численности войска, по характеру местности, наконец, по ряду других причин победы не будет, и стремишься их остановить. Бывает и обратное: необходимость или обстановка требуют боя, а солдаты не уверены в себе и никакого желания драться не проявляют. В одном случае надо их напугать, а в другом — увлечь.

Когда требуется охладить солдат и убеждения не помогают, то лучше всего отдать небольшую часть на расправу неприятелю, и тогда все остальные, бывшие и не бывшие в бою, сразу тебе поверят. Здесь можно обдуманно применить то, что у Фабия произошло случайно. Войско его, как вы знаете, требовало сражения с Ганнибалом; добивался этого и начальник конницы. Сам Фабий боя не хотел, но ввиду таких разногласий войско разделили. Фабий держал свои части в лагере, а начальник конницы пошел на битву, попал в тиски и был бы совершенно разбит, если бы тот же Фабий его не выручил. Этот пример вполне убедил и начальника конницы, и все войско, что Фабия надо слушаться.

Наоборот, когда нужно увлечь солдат в бой, то лучше всего обозлить их, передав им вражескую ругань, а также убедить их в том, что у вас во вражеском стане есть связи, благодаря которым часть неприятельского войска подкуплена. Надо расположиться близко от неприятеля и завязывать легкие стычки, потому что люди легко теряют страх перед всем, что повторяется ежедневно. Наконец, надо изобразить гнев, вовремя произнести солдатам речь, упрекая их в трусости, и устыдить их тем, что ты пойдешь в бой один, если они не хотят за тобой следовать.

Чтобы ожесточить солдат, лучше всего принять еще такую предосторожность: запретить им до конца войны отсылать добычу домой и куда бы то ни было ее прятать; тогда они поймут, что бегством можно спасти жизнь, но не добро, которое они ценят не меньше, и будут драться за него с таким же упорством, как и за себя.

*Заноби.* Вы сказали, что можно словом увлечь солдат в бой. Надо ли, по-вашему, обращаться ко всему войску или только к начальникам?

*Фабрицио*. Убеждать или разубеждать немногих очень легко, потому что там, где слова не действуют, помогает власть или сила. Труднее расшевелить толпу, заставить ее отказаться от мнения, противного твоему собственному или вредного для общего блага. Здесь можно действовать только словом, и если вы хотите убедить всех, то надо говорить перед всеми. Поэтому выдающиеся полководцы должны быть ораторами, ибо едва ли можно чего-нибудь добиться, если не умеешь говорить перед целым войском. В наше время это искусство совершенно исчезло. Прочтите жизнь Александра Великого, и вы увидите, как часто приходилось ему увещевать людей речами, обращенными ко всему войску; без этого он никогда не мог бы провести по аравийским пустыням в Индию солдат, разбогатевших от военной добычи, среди величайших лишений и опасностей. Ведь война — это бесконечная цепь случайностей, каждая из которых может погубить войско, если полководец не умеет или не привык говорить с солдатами, ибо слово рассеивает страх, зажигает души, укрепляет стойкость, раскрывает обман, обещает награду, разоблачает опасность и указывает пути к спасению, дает надежду, восхваляет или клеймит, вообще вызывает на свет все силы, способные воспламенить или уничтожить человеческую страсть.

Поэтому князь или республика, замышляющие создание нового войска, должны приучить своих солдат выслушивать речь вождя, а самого вождя — научить говорить с солдатами. В древности могучим средством удерживать солдат в повиновении были религия и клятва верности, произносившаяся перед выступлением в поход; за всякий проступок им грозила не только человеческая кара, но и все ужасы, какие может ниспослать разгневанный Бог. Эта сила, наряду с другими религиозными обрядами, часто облегчала полководцам древности их задачу и облегчала бы ее всюду, где сохранился страх Божий и уважение к вере. Серторий уверял свои войска, что победа обещана ему ланью, которая общается с богами; Сулла толковал им о своих беседах со статуей, увезенной из храма Аполлона; а во времена отцов наших французский король Карл VII, воевавший с англичанами, говорил, что ему подает советы девушка, ниспосланная Богом, которую всюду называли Девой Франции и приписывали ей победу.

Полезно также возбудить в своих солдатах пренебрежение к противнику; так поступал спартанец Агесилай, показавший своим солдатам нескольких персов голыми, дабы его воины, увидев эти хилые тела, поняли, что таких врагов бояться нечего. Другие вынуждали своих воинов к бою, заявив, что единственная надежда на спасение — это победа. Последнее средство — самое сильное и лучше всего развивает в солдате стойкость. Стойкость эта еще укрепляется любовью к родине, привязанностью к вождю и доверием к нему. Доверие же создается хорошим оружием и боевым строем, одержанными победами и высоким мнением о полководце. Любовь к родине дана природой, любовь к вождю создана его талантами, которые в этом случае важнее всяких благодеяний. Необходимость многолика, но она безусловна, если на выбор остаются победа или смерть.

## Книга пятая

*Фабрицио.* Я объяснил вам, как строится войско в боевой порядок для битвы с наступающим на него противником, рассказал о том, какими путями достается победа, и прибавил к этому много подробностей о случайностях, возможных во время сражения. Надо показать вам теперь, как располагается войско против врага невидимого, нападения которого можно ждать с минуты на минуту. Это бывает при движении войска в земле неприятельской или затаенно враждебной.

Надо прежде всего сказать вам, что римляне обычно высылали вперед часть конницы для осмотра дороги. За ней следовало правое крыло со всем своим обозом. Позади шли два легиона с обозами, за ними левое крыло с обозом и, наконец, остальная конница. Таков был обычный походный порядок. Если войско в пути подвергалось нападению спереди или с тыла, все обозы сейчас же удалялись в сторону, вправо или влево, в зависимости от характера местности. Остальные войска, освободившись от вещей, немедленно выстраивались в боевой порядок и двигались навстречу врагу.

Если нападение шло с фланга, обозы отводились в противоположную безопасную сторону, а войска отражали неприятеля. Я считаю этот хороший и точно продуманный порядок прекрасным образцом и буду точно так же высылать вперед легкую конницу для разведывания местности; далее пойдут одна за другой мои 4 бригады с обозами. Обозы бывают двоякие: одни служат для перевозки солдатских вещей, другие нагружены имуществом, принадлежащим всему войску. Поэтому я разделяю полковые обозы на четыре части и отдаю каждой бригаде свою; артиллерия и все нестроевые тоже делятся по бригадам, дабы разложить этот груз одинаково на всех. Однако иногда войску приходится идти по стране не просто подозрительной, а настолько враждебной, что ты можешь всегда опасаться нападения. Тогда надо, ради большей безопасности, изменить походный порядок и двигаться таким строем, который вполне обезопасил бы тебя как от местных жителей, так и от всякого внезапного нападения неприятельского войска.

Полководцы древности в этих случаях двигались в каре — строе, называвшемся так не потому, что он вполне воспроизводил форму квадрата, а потому, что он хорошо приспособлен для боя на четыре стороны. Они говорили, что, идя этим порядком, они готовы и к походу, и к битве. Я не намерен отдаляться от этого образца и буду следовать ему при построении 2 бригад, составляющих мое войско.

Итак, я принимаю все меры к безопасному движению по неприятельской стране и вместе с тем хочу быть готовым отразить внезапное нападение, откуда бы оно ни шло; следуя древним, я располагаю войско в каре, внутри которого остается пустое пространство в 212 локтей с каждой стороны. Прежде всего я выстраиваю фланги на расстоянии 212 локтей друг от друга и устанавливаю на каждом из них колонну в 5 батальонов на расстоянии 3 локтей один от другого; каждый батальон занимает в глубину 40 локтей, а все вместе — 212, считая оставленные между ними интервалы.

Между флангами размещаются в голове и в хвосте остальные 10 батальонов, по 5 с каждой стороны, причем 4 пристраиваются к головному батальону правого фланга и столько же к заднему батальону левого фланга с интервалами в 4 локтя; далее пристраиваются по 1 батальону к голове левого и к хвосту правого фланга. Батальоны, построенные таким образом, вширь, а не вглубь, занимают вместе с интервалами пространство в 134 локтя, между тем как пространство, разделяющее фланги, равно 212 локтям. Таким образом, между 4 батальонами, примыкающими к голове правого фланга, и пятым, пристроенным к голове левого, остается интервал в 78 локтей. Такой же промежуток образуется и между батальонами, поставленными

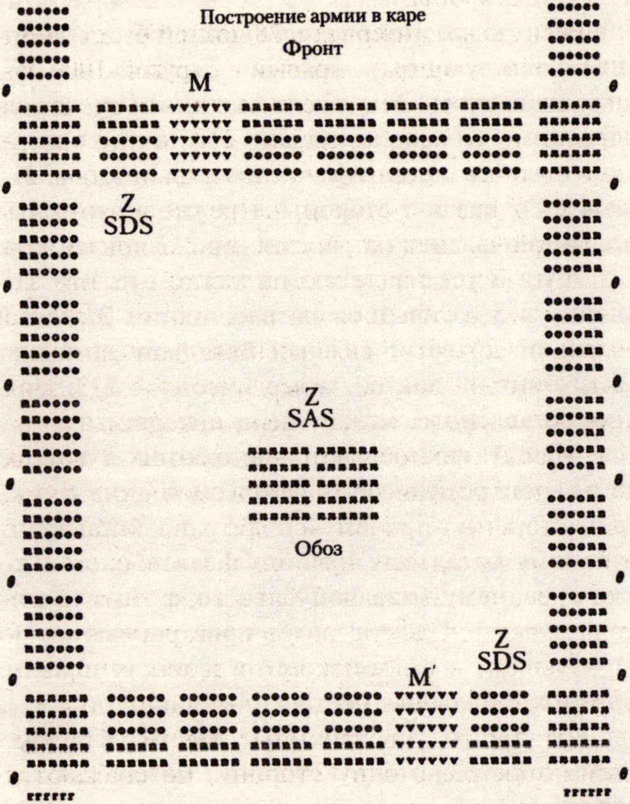


Рис. 5

в хвосте, с той только разницей, что у задних батальонов он будет с правой, а у передних — с левой стороны.

Весь левый интервал в 78 локтей будет занят 1000 действующих, а правый — другой 1000 запасных велитов. Мы уже сказали, что интервал внутри моего каре составляет 212 локтей с каждой стороны; поэтому батальоны, поставленные в голове и в хвосте, не должны занимать ни одной части пространства, приходящегося на фланги. Придется, следовательно, осадить заднюю линию так, чтобы передняя ее шеренга выровнялась с задней шеренгой флангов, а головную продвинуть настолько, чтобы задняя шеренга соприкасалась с передней шеренгой на флангах. Таким образом, на крайних участках всего построения образуются входящие углы, которые могут принять в себя по 1 батальону, т.е., в общем, еще 4 батальона запасных пикинеров; оставшиеся 2 батальона пикинеров станут внутри каре, где будет находиться и командующий всем войском со своим отборным отрядом.

Батальоны, построенные таким образом, двигаются все в одну сторону, но сражаются в разных направлениях; поэтому надо разместить войска так, чтобы прикрыть все части, которым особенно грозит нападение. Головные 5 батальонов защищены со всех сторон, кроме фронта. Следовательно, по нашему боевому порядку пикинеры ставятся у них в первые шеренги; задние 5 батальонов открыты для нападения только с тыла; поэтому пикинеры стоят у них в последних шеренгах, как я вам уже в свое время объяснял. 10 батальонов правого и левого флангов могут ждать нападения только с внешней стороны флангов; поэтому, выстраивая их в боевой порядок, надо разместить пикинеров на угрожаемых сторонах.

Декурионы идут в голове и в хвосте, дабы в случае боя все части по их указаниям были на местах; подробности я уже объяснял, когда мы говорили о построении батальона в боевой порядок. Артиллерию я считаю нужным разделить и расположить ее за флангами с правой и с левой стороны. Легкая конница будет выслана вперед на разведку. Тяжелая конница идет сзади на правом и левом флангах на расстоянии 40 локтей от хвоста последних батальонов.

Заметьте себе как общее правило, что при любом боевом порядке конница всегда ставится позади или на флангах. Если вы располагаете ее впереди, необходимо выдвинуть ее настолько далеко, чтобы она в случае поражения могла отступить, не расстраивая пехоту, или оставить между батальонами широкие интервалы для свободного пропуска всадников. Не пренебрегайте этим правилом: многие полководцы, забывшие о нем, были разбиты по собственной вине. Обозы и нестроевые помещаются внутри каре, оставляя интервалы для прохода от одного фланга к другому или от головы войска к его хвосту. Батальоны без артиллерии и конницы занимают с внешней стороны каждого фланга пространство в 282 локтя. Все каре составлено из двух бригад, так что необходимо точно указать их места. Бригады, как вы знаете, обозначаются по номерам; каждая состоит из 10 батальонов, соединенных под начальством командира бригады. Поэтому батальоны первой бригады занимают линию фронта и левый фланг, а начальник становится в левом углу фронта. Вторая бригада занимает правый фланг и заднюю линию, а начальник становится в правом углу, выполняя обязанности римского tergiductor'a.

Войско, построенное таким образом, выступает в поход и должно строго соблюдать во время движения этот боевой порядок, вполне обеспечивающий его от нападений местных жителей. Командующему не приходится принимать против них никаких особенных мер; достаточно отдать иной раз приказ легкой коннице или отряду велитов отбросить их подальше. Беспорядочная толпа никогда не решится подойти к войску на расстояние меча или пики, ибо разрозненная масса всегда боится правильно устроенной силы; она будет подбегать к войску с устрашающими криками, будет грозить ему, но никогда не сунется слишком близко. Когда Ганнибал, на несчастье римлян, явился в Италию, он прошел всю Галлию, не обращая никакого внимания на полчища туземцев.

Во время марша следует высылать для починки дорог пионеров, защищая их конными отрядами, отправленными на разведку. Войско может проходить в таком порядке 10 миль в день, и у него останется в запасе еще достаточно времени, чтобы разбить лагерь и поужинать, так как при обыкновенном порядке движения покрывается 20 миль.

Представим себе теперь, что против нас выступают правильные неприятельские силы. Это не может произойти неожиданно, так как всякое настоящее войско идет мерным воинским шагом и этим дает себе время построиться в боевой порядок в форме, описанной мною раньше или близкой к ней. Если нападение идет спереди, достаточно выслать вперед артиллерию, расположенную на флангах, и конницу, следующую позади, приказав им занять места, указанные заранее. 1000 велитов, находящихся впереди, разделяются на два отряда по 500 человек и отходят на свои места между конницей и фланговыми частями пехоты. Оставшиеся пустоты заполняются двумя батальонами запасных пикинеров, стоящих внутри каре. 1000 велитов, идущих сзади, рассыпаются по флангам батальонов для их прикрытия. Обоз и нестроевые части отъезжают назад через образовавшийся проход и располагаются в тылу. Когда внутреннее пространство очищено и все стали на свои места, 5 задних батальонов подаются вперед и направляются через интервал, разделяющий фланги, к головным батальонам; первые 3 останавливаются на расстоянии 40 локтей от первой линии, сохраняя между собой равные интервалы, а 2 батальона остаются позади, тоже на 40 локтей.

Такое построение производится быстро и очень похоже на тот боевой порядок, который я вам объяснял первым; фронт его несколько короче, но фланги защищены лучше, и это дает ему не меньшую крепость. У 5 батальонов задних линий пики, как мы уже говорили, стоят в задних шеренгах; теперь надо выдвинуть их вперед на подкрепление передовой линии. Поэтому нужно или сделать побатальонно контрмарш, или немедленно пропустить пикинеров через интервалы, оставленные между щитоносцами, и вывести их вперед. Этот способ короче и проще. Такое продвижение задних батальонов вперед необходимо при всяком нападении, как я вам покажу это далее.

Если неприятель появляется с тыла, то прежде всего поверните все войско налево кругом; задняя линия каре станет передней, а дальше вы будете распоряжаться, как я уже говорил. Если враг нападает на правый фланг, все войско поворачивается направо, и угрожаемый фланг становится фронтом, для защиты которого надо делать все, что я вам только что описал. Само собой понятно, что конница, велиты и артиллерия занимают места соответственно с новой линией фронта. Разница только в том, что при изменении фронта одни части продвигающихся войск должны ускорить, а другие, наоборот, замедлить шаг.

Если фронтом становится правый фланг, то велиты, которым надо пройти в интервалы между крайними батальонами пехоты и конницей, окажутся ближе всех к левому флангу, а место их займут два батальона запасных пикинеров, расположенных внутри каре, пропустив сперва обозы и нестроевые части, отъезжающие за левый фланг, ставший теперь тылом всего войска. Остальные велиты, находившиеся по первоначальному построению в хвосте, останутся на месте, чтобы не было пустот в тылу войска. Все остальное происходит без изменений.

Все, что я говорил о том, как отражать нападение на правый фланг, вполне применимо и к атаке на левый, так как в обоих случаях соблюдается тот же порядок. Если враг превосходными силами нападает на тебя с двух сторон, подкрепи сражающиеся войска батальонами неатакованных фасов каре, удвой число шеренг и расположи в полосах наступления противника артиллерию, велитов и конницу. Если неприятель появляется с трех или с четырех сторон, это значит, что или он, или ты не знаете своего дела. Умный военачальник никогда не допустит, чтобы враг мог напасть на него со всех сторон многочисленными и благоустроенными войсками. Сделать это с уверенностью в успехе противник может только при огромном числен-

ПОСТРОЕНИЕ БОЕВОГО ПОРЯДКА ИЗ КАРЕ

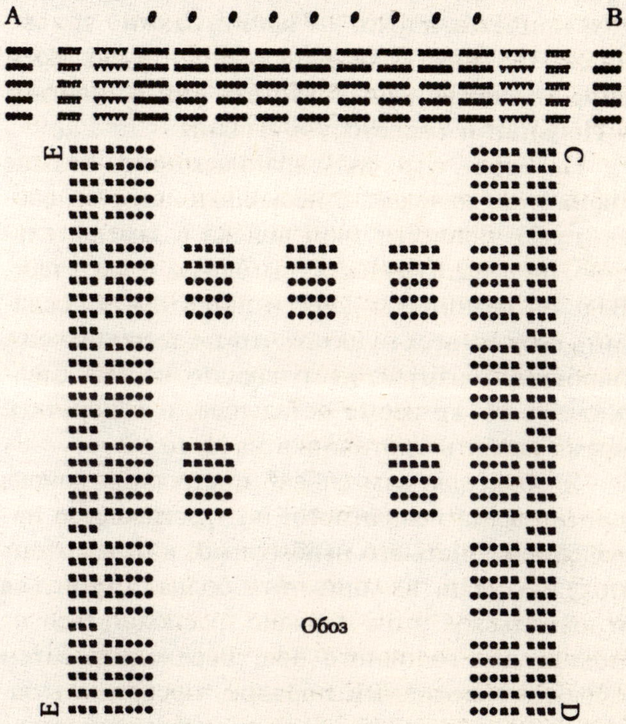


Рис. 6

*Примечание*. AB означает фронт боевого порядка; CD — правый фронт; EE — левый фланг.

ном превосходстве, позволяющем ему наступать с каждой стороны каре силами, равными почти всему твоему войску. Если ты так безрассуден, что углубляешься во вражескую страну при тройном перевесе сил у противника и тебе потом придется плохо, то пенять можно только на самого себя. Если это случится не по твоей вине, ты погибнешь с честью, как Сципионы в Испании и Гасдрубал в Италии.

Наоборот, если силы врага немногим больше твоих и он нападает с нескольких сторон, рассчитывая привести твои войска в замешательство, он делает глупость, выгодную только тебе. Ведь он неминуемо должен при этом так ослабить себя на всех пунктах, что ты легко можешь опрокинуть одну из наступающих частей, сдерживая в то же время остальные, и в короткое время разбить противника начисто.

Я объясняю вам способ построения войска против врага невидимого, но угрожающего нападением. Знать его необходимо, и будет очень полезно, если вы приучите солдат строиться и двигаться в этом порядке, располагаться на походе для головного боя, переходить затем обратно в походный порядок, превращать заднюю линию во фронтовую, перестраиваться для фланговой битвы и возвращаться, наконец, к первоначальному построению.

Все эти упражнения безусловно необходимы, если вы хотите создать благоустроенные войска, годные для войны. Над этим обязаны трудиться полководцы и правители, ибо все военное дело не что иное, как искусство правильного приказания и точного выполнения описанных мною действий. Хорошо обучена только та армия, которая приобрела большой навык во всех этих упражнениях Поэтому не может быть разбит полководец нашего времени, давший своим войскам настоящее военное воспитание. Правда, построение в каре, которое я вам излагал, несколько сложнее других, но сложность здесь важна именно для упражнений, и, когда войско привыкнет к этому строю и научится его сохранять, оно уже совсем легко будет выполнять менее трудные движения.

*Заноби.* Я согласен с вами, что все эти действия безусловно необходимы, и ничего не могу ни прибавить, ни убавить. Однако мне хотелось бы спросить вас о двух вещах: как подается команда, когда армия, на которую напали с тыла или с фланга, поворачивается лицом к врагу, — голосом или боевой музыкой? Второй вопрос: берете ли вы рабочих, высылаемых на починку и прокладывание дорог, из числа своих же нестроевых солдат или набираете на эту черную работу народ со стороны?

*Фабрицио.* Первый вопрос ваш очень важен, так как часто случалось, что из-за ошибки в передаче или понимании приказа в войсках начиналось замешательство. Поэтому команда в опасную минуту должна быть ясной и отчетливой. Если пользуются музыкой, звуки ее должны так точно различаться, чтобы смешение их было немыслимо. Если команда подается словом, необходимо избегать всяких общих выражений, а употреблять слова вполне определенные и выбирать из них только такие, которые исключают всякое недоумение. Слово «назад» много раз приводило к поражению войска, поэтому так говорить нельзя, а команда должна быть — «кругом». Если вы хотите изменить линию фронта, повернув армию вправо или кругом, никогда не говорите: «Повернитесь!», а командуйте: «Направо!», «Налево!», «Кругом!», «Во фронт!». Точно так же всякая другая команда должна быть простой и ясной, например: «Сомкни ряды!», «Смирно!», «Вперед!». Вообще, когда это только возможно, надо командовать словом. Команда, не передаваемая голосом, подается музыкой.

Что касается вашего второго вопроса, т.е. о рабочих, то я бы употреблял для этих работ своих же солдат. Во-первых, потому, что так поступали древние; во-вторых, потому, что это уменьшило бы в моих войсках число нестроевых и избавило бы их от лишнего груза. Я нарядил бы из каждого батальона столько народу, сколько требуется, снабдив его необходимым инструментом, а оружие велел бы передать людям, идущим в голове батальона; эти люди при появлении неприятеля должны были бы только возвратить оружие пионерам и принять их в свои ряды.

*Заноби.* Кто же понесет инструменты?

*Фабрицио.* Они погружаются на особые повозки.

*Заноби.* Боюсь, что вам никогда не удастся поставить ваших солдат на земляные работы.

*Фабрицио.* Я отвечу в свое время. Сейчас я об этом говорить не буду, а скажу вам о другом, именно о продовольствии войск. Мы, кажется, так утомили солдат, что пора освежить их и подкрепить пищей.

Каждый правитель должен стараться обеспечить своим войскам наибольшую подвижность и устранить все, что задерживает их и затрудняет военные действия. Одна из самых больших трудностей — это снабжение войск вином и хлебом. О вине древние не заботились и, когда его не было, пили воду, слегка разбавленную для вкуса уксусом; поэтому для них одним из главных предметов продовольствия войск был уксус, а не вино. Они не выпекали хлеба, как это делается теперь у нас в городах, а запасались мукой, которую каждый месил как хотел, приправляя ее салом и свиным жиром. Это придавало хлебу вкус и хорошо поддерживало силы солдат.

Таким образом, продовольствие войска состояло из муки, уксуса, сала, свиного жира и ячменя для лошадей. За войском следовало обычно несколько стад крупного и мелкого скота, не требовавшего перевозки и не причинявшего поэтому особенных затруднений. При таком порядке войско могло делать многодневные переходы по пустынным и трудным местам, не испытывая лишений, так как все продовольствие было тут же в тылу и могло легко доставляться.

Совершенно по-иному обстоит дело в современных войсках, которые не хотят обходиться без вина и требуют хлеба, выпеченного домашним способом; запасти его надолго невозможно, так что солдаты часто остаются голодными, а если снабжение удается наладить, то лишь ценой невероятных трудов и расходов. Поэтому я изменил бы все снабжение продовольствием своих войск и кормил бы их только тем хлебом, который они выпекали бы сами. Что касается вина, то я не запрещал бы ни пить, ни доставлять его войску, но не прилагал бы ни малейших трудов, чтобы его получить. В отношении других запасов я следовал бы целиком античным образцам. Если вы внимательно обдумаете мою мысль, то увидите, от какого множества затруднений, неудобств и тягот избавляются этим путем полководец и войско и насколько облегчается их задача.

*Заноби*. Мы разбили неприятеля в бою и прошли затем по его земле. Естественно, что при этом захвачена добыча и взяты пленные, а города обложены данью. Мне хотелось бы знать, как поступали в этих случаях древние.

*Фабрицио*. Ответить очень легко. Я, помнится, уже обращал ваше внимание на то, что современные войны разоряют одинаково и победителей, и побежденных, так как одни теряют свои владения, а другие — деньги и имущество. В древности было не так, и победитель от войны только богател. Причины здесь в том, что теперь с добычей поступают не так, как в те времена, а оставляют ее целиком на разграбление солдатам. Это приносит огромный, и притом двойной, вред. Об одном я только что сказал. Вред другого рода в том, что люди становятся все более алчными и все менее думают о своих обязанностях. Как часто уже одержанная победа превращалась в поражение, потому что солдаты бросались грабить!

Римляне, наши учителя в военном искусстве, предотвращали эту двойную опасность прежде всего тем, что вся добыча была по закону собственностью государства, распределявшего ее по своему усмотрению. Далее, при войске находились квесторы, нечто вроде наших казначеев, обязанные собирать всю дань и добычу, из которой консул платил обычное жалованье солдатам, помогал раненым и больным и покрывал все другие расходы по войску. Консул, конечно, мог отдать и часто отдавал добычу солдатам, но эта милость не вызывала никакого беспорядка, так как после победы вся добыча сносилась в одно место и раздавалась каждому, в зависимости от чина.

Этот порядок заставлял солдат драться для победы, а не для грабежа. Римские легионы разбивали неприятеля, а не гнались за ним, так как солдат никогда не смел уйти из рядов. Врага преследовали только конница, легковооруженные и прочие солдаты — не легионеры. Если бы добыча предоставлялась всякому, кто ее захватил, то удержать легионы не было бы ни возможности, ни смысла, и это повлекло бы за собой множество опасностей. Наоборот, римский способ обогащал государство, и каждый консул, возвращавшийся с триумфом, отдавал огромные сокровища казне, составлявшейся целиком из дани и добычи.

Римляне применяли и другой прием, тоже весьма разумный: каждый солдат обязан был отдавать треть жалованья знаменосцу своей когорты и получал его обратно только по окончании войны. Это делалось с двойной целью: во-первых, приучить солдата накапливать из жалованья некоторую сумму, так как большая часть войска состояла из людей молодых и беспечных, которые чем больше получают денег, тем лучше бросают их зря; во-вторых, римляне считали, что солдат будет заботливее охранять знамя и упорнее защищать его, зная, что здесь хранится его имущество. Таким образом, в людях развивались одновременно бережливость и храбрость. Все это — правила, которые надо соблюдать, если вы хотите восстановить настоящие устои всякого войска.

*Заноби*. Мне кажется, что поход не может пройти без каких-нибудь неожиданностей и опасностей, от которых войско может быть спасено только искусством начальника и доблестью солдат; если вы во время беседы вспомните какие-нибудь примеры, я очень просил бы вас о них рассказать.

*Фабрицио.* Очень охотно, тем более что это необходимо для полного понимания военного дела. Во время похода командующий должен больше всего бояться засад, в которые обычно попадают или нечаянно, или неосторожно, поддавшись какой-нибудь ловкой хитрости неприятеля. Чтобы избежать первой возможности, надо выслать двойные отряды на разведку и быть особенно внимательным, если местность удобна для засад, как это бывает в странах лесистых и гористых, где враг всегда прячется в лесу или где-нибудь за холмом.

Засада, которую ты не сумел вовремя рассмотреть, может погубить все войско, но она безвредна, если ты разгадал ее заранее. Часто удавалось обнаружить врага благодаря птицам и пыли. Выступающий неприятель всегда поднимает целую тучу пыли, предупреждающую о его приближении. Наблюдая во время похода стаи голубей и других птиц, кружащихся в воздухе, но никуда не опускающихся, полководцы множество раз догадывались, что здесь скрывается засада, и высылали вперед отряды, которые обнаруживали неприятеля; они спасались этим сами и били врага.

Другая возможность — это попасть в засаду, в которую враг заманивает тебя хитростью. Чтобы избежать ее, надо всегда быть настороже и не верить никаким неправдоподобным вещам. Например, если враг легко позволяет тебе захватить какую-нибудь добычу, знай, что ты можешь попасться на крючок и что здесь скрывается обман. Если многочисленный неприятель убегает от нескольких твоих солдат или, наоборот, кучка врагов бросается на большой отряд твоих войск, если противник неожиданно и безрассудно обращается в бегство — бойся обмана и никогда не думай, что враг не знает, что делает. Избежать хотя бы отчасти этих ловушек и вообще меньше рисковать можно только одним путем — чем слабее и неосторожнее противник, тем ты должен быть осмотрительнее сам. При этом действуй двояко: бойся неприятеля мысленно и принимай все необходимые меры, но на словах и внешне относись к нему пренебрежительно, ибо ты этим ободряешь солдат и усиливаешь в них надежду на победу. Первое же правило научает тебя осторожности и уменьшает риск попасться в расставленные сети. Знай, что движение по вражеской земле таит в себе большие опасности, чем битва.

Поэтому командующий войском обязан быть осторожным вдвойне; прежде всего у него должны быть точное описание и карта местности, по которой приходится проходить, дабы он знал в ней все: число поселений, расстояние, дороги, горы, реки, болота и свойства их.

Для лучшей осведомленности при полководце должны быть местные люди, знатоки края, которых он будет усердно расспрашивать и затем сличать их показания, отмечая все, что в них совпадает. Он должен высылать вперед конные отряды с толковыми начальниками, которым поручается не столько обнаруживать неприятеля, сколько изучать страну, дабы командующий мог убедиться, согласуются ли их сведения с картами и с известиями, полученными из других источников. Кроме того, впереди должны идти под конвоем проводники, знающие, что их ожидает либо награда, либо жестокое наказание за измену.

Само войско не должно знать, в какое дело его ведут; и это самое важное, ибо самое главное на войне — это умение скрывать свои намерения. Дабы солдаты не растерялись от внезапного нападения, надо предупреждать их, что возможен бой и они должны быть наготове; ведь все ожидаемое этим самым уже не так страшно. Многие полководцы во избежание замешательства в походе помещали обоз и нестроевых отдельными частями при знаменах каждого батальона и приказывали им следовать за ними, дабы войскам легче было остановиться на отдых или отступить. Такие распоряжения полезны, и я их вполне одобряю.

Точно так же необходимо принять в походе все меры, чтобы одна войсковая часть не отрывалась от другой и чтобы солдаты шли ровно, так как, если один идет быстро, а другой медленно, колонна разъезжается и начинается беспорядок. Поэтому на флангах должны быть начальники, наблюдающие за равномерностью движения, удерживая слишком рьяных и подгоняя отсталых; вообще шаг лучше всего устанавливается музыкой.

Необходимо также расширять дороги, чтобы по ним можно было проходить по крайней мере фронтом одного батальона. Следует изучить привычки и свойства врага, т.е. знать, предпочитает ли он нападать утром, в полдень или вечером и силен ли он пехотой или конницей. Сообразно с этими сведениями делаются распоряжения и принимаются нужные меры.

Однако приведем какой-нибудь пример. Случается, что ты отступаешь под напором сильнейшего врага, с которым ты по этой причине стараешься избежать боя; отходя, ты оказался у берега реки, переправа через которую тебя задержит и позволит противнику догнать твои войска и напасть на них. Некоторые полководцы, очутившиеся в такой опасности, приказывали окопать войско рвом, набить его паклей и зажечь; переправа совершалась беспрепятственно, так как огонь останавливал неприятеля.

*Заноби.* Мне не верится, чтобы подобный пожар мог остановить противника; я слышал когда-то, что карфагенский полководец Ганнон, окруженный врагами, приказал развести огни именно с той стороны, где он решил прорваться. Неприятель считал ненужным подстерегать его в этих местах, и Ганнон провел свои войска через пламя, приказав солдатам закрыть себе лица щитами, чтобы не обжечься и не задохнуться.

*Фабрицио.* Вы правы, но обратите внимание на разницу между тем, что я сказал, и тем, что сделал Ганнон. Я говорил, что полководцы окапывали войско рвом, набитым горящей паклей, так что преследователям надо было преодолеть и пламя, и ров. Ганнон же не выкапывал никакого рва, но просто велел развести огонь, а так как он хотел пройти, то огонь был, вероятно, не очень сильный, иначе он помешал бы ему даже и без рва. Разве вы не помните, что спартанский царь Набис, осажденный римскими войсками, велел поджечь часть города, чтобы остановить римлян, уже ворвавшихся в ограду? Пожар не только преградил им дорогу, но и заставил их уйти.

Вернемся, однако, к предмету разговора. Римский консул Квинт Лутаций Каттул, преследуемый кимврами, подошел к какой-то реке и, желая выиграть время для переправы, притворился, что хочет дать врагу бой. Он сделал вид, будто располагается лагерем, велел выкопать рвы, разбить несколько палаток и послал небольшие отряды конницы за фуражом в окрестные поля. Кимвры, решив, что он остановился, тоже расположились на отдых и разделили свое войско на несколько частей, чтобы легче добыть продовольствие. Заметив это, Лутаций сейчас же перешел реку на глазах неприятеля, совершенно бессильного ему помешать. Чтобы перейти реку, на которой не было мостов, некоторые полководцы отводили ее течение и выкапывали ей в тылу у себя новое русло; река мелела, и солдаты легко переходили ее вброд.

Если хотят переправить пехоту вброд через очень быструю реку, то тяжелая конница частью въезжает в воду несколько выше места переправы, чтобы ослабить стремительность течения, а частью становится ниже для спасения солдат, унесенных водой. Если река непереходима вброд, то переправа происходит по мостам, на лодках или бурдюках; эти перевозочные средства всегда должны иметься в необходимом количестве.

Случается, что при переправе через реку на другом берегу появляется неприятель и преграждает тебе дорогу. Лучше всего поступить тогда по примеру Цезаря, когда он в Галлии оказался с войском у берегов какой-то реки, на другом берегу которой находился галльский вождь Верцингеторик со своими отрядами. Цезарь несколько дней подряд двигался вдоль берега — и то же самое делал неприятель. Наконец он остановился в густом лесу, где можно было легко спрятать войско, отделив от каждого легиона 3 когорты, приказав им оставаться на месте и сейчас же после его ухода перебросить через реку мост и укрепить его; сам же с остальной частью войска пошел дальше. Верцингеторик опять двинулся за ним, так как видел перед собой то же число легионов и не думал, что какая-нибудь часть их осталась позади. Цезарь же, рассчитав время, когда мост должен был быть готов, повернул обратно и, найдя все в порядке, переправился через реку без всякого затруднения.

*Заноби.* Знаете ли вы какой-нибудь способ находить брод?

*Фабрицио.* Да. Стоячие воды реки всегда отделены от текущих особой полосой; в этом месте река обычно мелка, и можно перейти ее вброд, так как здесь наносится песок, увлеченный течением со дна. Этот способ определять брод множество раз проверялся на опыте и безусловно точен.

*Заноби.* Как поступите вы, если дно окажется вязким и лошадей начнет затягивать?

*Фабрицио.* В этих случаях в воду бросают фашины и переправляются по ним. Однако не будем отклоняться от главного. Бывает иногда, что полководец зайдет со своим войском в ущелье между двумя высокими горами, из которого есть только два выхода и оба заняты неприятелем. Тогда остается лишь пуститься на хитрость, уже испытанную в таких обстоятельствах: надо перекопать ущелье сзади глубоким, труднодоступным рвом и внушить неприятелю, что вы постараетесь задержать его на этом участке и, обеспечив свой тыл, будете всеми силами прорываться через свободный проход.

Неприятель, поддавшийся на эту уловку, укрепляется со стороны свободного выхода из ущелья и перестает обращать внимание на часть ущелья, закрытую рвом. Тогда вы перебрасываете через ров деревянный мост, заготовленный уже раньше, и, беспрепятственно пройдя по нему, ускользаете от противника. Римского консула Луция Минуция, воевавшего в Лигурии, враги загнали в ущелье, отрезав ему все выходы. Решив все же прорваться, консул выслал в направлении, занятом неприятелем, несколько бывших у него в войске нумидийских всадников, плохо вооруженных, ехавших на маленьких тощих лошадках. Враги заметили их и сначала приготовились к защите прохода, но, увидев, что эти люди едут в беспорядке на лошадях, которые, по их понятиям, никуда не годятся, успокоились и перестали за ними следить. Нумидийцы сейчас же воспользовались этой оплошностью, дали шпоры лошадям, ударили по врагу и пробились с такой быстротой, что неприятель ничего с ними сделать не мог; вырвавшись на волю, они грабили и опустошали местность и этим заставили противника отойти, выпустив войска Луция из ловушки.

Некоторые полководцы, защищаясь против сильнейшего противника, стягивали все свои силы на небольшом пространстве и позволяли окружить себя, а потом, заметив слабейшее место неприятельской линии, направляли на него главный удар, пробивали себе дорогу и благополучно уходили.

Марк Антоний, преследуемый парфянами, обратил внимание на то, что они всегда нападали на него в самый момент выступления, на рассвете, и потом всю дорогу не переставали его тревожить; поэтому он отдал приказ не выступать до полудня. Парфяне решили, что он в этот день дальше не двинется, и возвратились в свои палатки, а Антоний весь день шел совершенно спокойно. Тот же полководец придумал для защиты от парфянских стрел такое средство: он приказал солдатам опуститься при появлении неприятеля на одно колено, причем вторая шеренга щитами своими закрывала первую, третья — вторую, четвертая — третью и так далее; все войско оказалось таким образом прикрытым как бы кровлей, защитившей его от вражеских луков.

Вот все, что я мог сказать вам о неожиданностях, возможных во время похода. Если у вас нет вопросов, перейдем теперь к другому предмету беседы.

# Книга шестая

*Заноби.* Мне кажется, я должен сейчас сложить свои обязанности и передать их Баттисте, так как разговор наш переходит на другие предметы. Мы последуем в этом примеру хороших полководцев, которые, по словам синьора Фабрицио, размещают лучших солдат спереди и сзади, дабы передовые линии отважно начали бой, а задние так же отважно его завершили. Козимо разумно повел беседу, и Баттиста столь же разумно ее закончит. Мы с Луиджи поддерживали ее, как могли. Каждый из нас нес свою долю охотно, и Баттиста, думается мне, тоже не откажется.

*Баттиста.* Я подчинялся до сих пор руководству друзей, готов подчиняться ему и дальше. Итак, синьор, благоволите продолжать вашу речь и простите, что мы прерываем вас этими любезностями.

*Фабрицио.* Я уже говорил вам, что это мне только приятно. Прерывая меня, вы не утомляете, а, наоборот, освежаете мою мысль.

Вернемся, однако, к главному предмету беседы — нам надо теперь устроить лагерь для войск. Вы знаете, что все в мире стремится к отдыху и безопасности, ибо, когда нет настоящего спокойствия, отдых не полон. Может быть, вы считали бы более правильным, чтобы я сначала расположил войско в лагере, затем рассказал бы вам о походном порядке и закончил боевым построением, между тем как мы шли обратным путем. Мы были вынуждены так поступить, ибо, описывая вам походный порядок и перестройку его из походного в боевой, мне нужно было сначала показать, как войско строится к бою.

Возвращаясь, однако, к началу беседы, я должен сказать, что лагерь безопасен только тогда, когда он крепок и благоустроен. Благоустройство дается распорядительностью полководца, крепость — природой и искусством. Греки любили защищенные места и никогда не остановились бы лагерем там, где нет ни скал, ни речного обрыва, ни леса, ни другой естественной защиты. Римляне же полагались в этих делах не столько на природу, сколько на искусство и никогда не устроили бы лагеря в местности, где было бы невозможно развернуть все войско по принятым у них правилам. Это давало им возможность всегда придерживаться одной формы лагерного устройства, ибо они не подчинялись природе местности, а, наоборот, подчиняли ее себе.

Греки не могли так поступать, ибо приноравливались к местности, а так как характер ее меняется, то им точно так же приходилось изменять лагерное расположение войск и форму самого лагеря. Римляне же действовали иначе, и, если природа защищала их слишком слабо, они восполняли этот недостаток искусством и знанием.

В течение всей нашей беседы я настаивал на подражании римлянам и сейчас буду следовать им в деле лагерного устройства войск, но возьму не все установления, а лишь то, что, по-моему, применимо к нашему времени.

Я вам уже несколько раз говорил, что консульские войска состояли из 2 легионов римских граждан, т.е. примерно 11 000 пехоты, 600 всадников, помимо этого еще 11 000 вспомогательных союзнических войск. Численного превосходства союзнических сил над своими никогда не допускалось, и только для конницы делалось исключение, так как в этих частях союзников могло быть даже больше, чем римлян; кроме того, римские легионы всегда сражались в центре, а союзники — на флангах. Такое же расположение войск сохранялось и в стане, как вы могли прочесть об этом у древних историков. Поэтому я не собираюсь описывать вам во всех подробностях устройство римского лагеря, а хочу рассказать только о том, как бы я расположил войско в лагере теперь, в наше время.

Вы увидите тогда, в какой мере я следую римским образцам.

Вы знаете, что я, сообразуясь с силами двух римских легионов, составил свое войско из двух бригад пехоты, по 6000 пехоты и 300 человек конницы на бригаду, вы помните также, на какое число батальонов делится бригада, их вооружение и обозначение. Вы знаете, что при описании походного и боевого порядков я не вводил никаких новых войск, а только указал, что при удвоении сил достаточно вздвоить ряды.

Сейчас, когда я намерен показать вам лагерное расположение, я уже не ограничусь двумя бригадами, а возьму настоящее войско, составленное по римскому примеру из двух бригад и такого же числа вспомогательных сил. Делаю я это потому, что форма лагеря, вмещающего целую армию, будет более правильной и законченной. Для предыдущих рассуждений этого не требовалось.

Итак, нам надо расположить лагерем войско полного состава, т.е. 24 000 пехоты и 2000 конницы, разделенное на 4 бригады, из коих 2 вспомогательные. Как только место для лагеря будет выбрано, я прикажу поставить в середине его главное знамя; вокруг него будет очерчен квадрат, стороны которого отстоят от знамени на 50 локтей каждая и обращены к четырем странам света — востоку, западу, югу и северу; в этом пространстве должна находиться ставка командующего. Я считал бы правильным, отчасти подражая в этом римлянам, отделить войска от нестроевых и обозов. Все строевые части или большинство их размещаются в восточной, нестроевые и обоз — в западной части лагеря, причем восточная часть будет фронтом, западная — тылом, южная и северная — флангами.

Теперь нам надо отметить участок лагеря, отведенный строевым войскам. Для этого от главного знамени к востоку проводится черта 680 локтей длиной. По обеим сторонам ее, на расстоянии 15 локтей, проводятся еще две параллельные линии такой же длины, крайняя точка которых обозначит место восточных ворот, а пространство между ними образует улицу, идущую от восточных ворот к ставке командующего. Ширина улицы — 30 локтей, длина — 630, так как пространство в 50 локтей отходит под ставку; улица эта называется Главной. Другая улица проводится от южных ворот к северным; соприкасаясь с концом Главной, она идет мимо ставки командующего к востоку от нее и пересекает весь лагерь; эта улица называется Перекрестной; длина ее — 1250 локтей, ширина — 30 локтей.

Обозначив таким образом место ставки командующего и проложив две основные улицы, я приступаю к расположению 2 бригад собственных войск; одна из них будет размещена справа, другая — слева от Главной улицы. Перейдя Перекрестную улицу, я расположу справа и слева от Главной по 32 ставки, при-

ПЛАН ЛАГЕРЯ

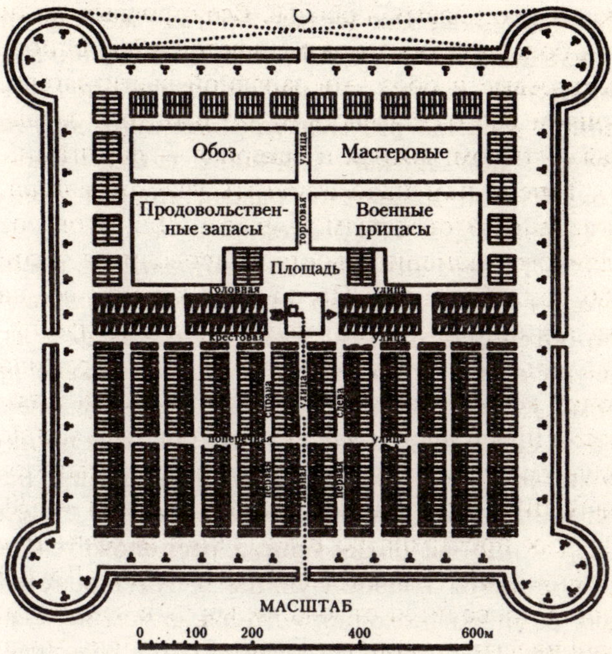


Рис. 7

чем между 16-й и 17-й остается свободное пространство в 30 локтей, образующее новую улицу, так называемую Поперечную, пересекающую все пространство, занятое ставками войск, как это будет видно из их распределения.

Первые две ставки с обеих сторон Перекрестной улицы отводятся начальникам тяжелой конницы; в остальных пятнадцати с каждой стороны ее размещаются жандармы, по 10 человек на ставку, так как на всю бригаду жандармов приходится 150. Ширина ставки начальника — 40 локтей, длина — 10 локтей, причем под шириной я всегда разумею протяжение с юга на север, а под длиной — линию с запада на восток. Ставки жандармов рассчитаны на длину в 15 и ширину в 30 локтей.

За Поперечной улицей начинаются с обеих сторон новые ряды по 15 ставок, одинаковых по объему со ставками тяжелой конницы и занятых легкой кавалерией. В каждой ставке по тому же расчету помещается десять человек; 16-я, свободная ставка отводится начальнику и по размерам своим равна помещению начальника жандармов. Таким образом, ставки всей конницы обеих бригад расположатся по обе стороны Главной улицы и будут основой для разбивки походного лагеря, о чем я скажу дальше. Прошу вас запомнить, что я разместил 300 человек конницы каждой бригады с их начальниками в 32 ставках по Главной улице, начиная от Перекрестной, оставив между 16-й и 17-й ставками пространство в 30 локтей, образующее новую улицу — Поперечную.

Приступим теперь к расположению 20 батальонов, составляющих мои 2 бригады; для этого я отвожу каждым 2 батальонам помещение прямо за конницей. Размеры пехотных ставок — 15 локтей длины и 30 ширины, т.е. одинаковы со ставкой конницы, к которой они непосредственно примыкают. Первое помещение с каждой стороны, начиная от Перекрестной улицы, в одном ряду со ставкой командира жандармов, назначается начальнику батальона; протяжение его — 20 локтей в ширину и 10 в длину. В остальных 15 отделениях с каждой стороны до Поперечной улицы размещается походный батальон в 450 человек, так что в каждой ставке будет по 30 солдат.

Следующие 15 отделений примыкают к ставкам легких конных частей и одинаковы с ними по размерам; здесь расположится другой батальон пехоты. Последняя ставка отводится начальнику пехоты и стоит в одном ряду с помещением командира легкой конницы; длина ее — 10, а ширина — 20 локтей. Таким образом, первые два ряда ставок будут заняты частью кавалерией, частью пехотой. Я считаю, что вся конница должна быть строевой, и не даю ей людей для чистки и присмотра за лошадьми, а возлагаю эту обязанность на пехотных солдат, помещенных в примыкающих ставках и освобожденных, по римскому примеру, от всякой другой лагерной службы.

За первыми двумя рядами ставок остается с каждой стороны Главной улицы свободное пространство в 30 локтей, образующее новые улицы, которые будут называться Первой улицей справа и Первой улицей слева; по их сторонам располагается опять двойной ряд из 32 отделений, примыкающих друг к другу; размеры их одинаковы с первыми, а 16-е и 17-е отделения разделены той же Поперечной улицей.

В этих рядах будут размещены с каждой стороны по 4 батальона пехоты с их начальниками в том порядке, о котором я уже говорил. За ними снова идет с каждой стороны Главной улицы свободное пространство в 30 локтей для новых улиц, которые мы назовем Второй улицей справа и Второй улицей слева. По сторонам их располагается двойной ряд из 32 ставок, в которых разместятся еще по 4 батальона пехоты с их начальниками.

Таким образом, три двойных ряда помещений с каждой стороны улицы будут заполнены конницей и пехотой, составляющими вместе 2 обыкновенные бригады. Другие 2 вспомогательные бригады такого же состава размещаются, как и первые 2 бригады своих войск, т.е. в таких же двойных рядах ставок, причем первые ряды, назначенные для пехоты и конницы, отделяются от последних рядов основных бригад пространством в 30 локтей, образующим Третью улицу справа и Третью улицу слева. Сзади этих рядов расположатся с каждой стороны еще два ряда помещений совершенно такого же устройства, как и ставки основных бригад, образуя другие две улицы, обозначаемые по номеру и по их положению справа или слева от Главной.

Таким образом, для размещения всего войска потребуется 12 двойных рядов ставок и 13 улиц, включая Главную и Перекрестную.

Наконец, между крайними лагерными помещениями и валом остается свободное пространство в 100 локтей, а вся площадь, занятая войсками, составит 680 локтей, считая от середины ставки командующего до восточных ворот.

Теперь у нас есть еще две незанятые площади от ставки командующего до южных и северных ворот, каждая в 625 локтей. Если вычесть отсюда пространство в 50 локтей, занятое ставкой командующего, 45 локтей, оставленных с обеих сторон главной ставки, улицу в 30 локтей, разделяющую каждое из этих пространств надвое, и 100 локтей между крайними ставками и валом, то с каждой стороны главной ставки остается еще место в 400 локтей ширины и в 100 локтей длины для лагерных помещений, считая длину их одинаковой с длиной ставки командующего. Разделив это пространство в длину пополам, я размещу с каждой стороны по 40 ставок в 50 локтей ширины и в 20 локтей длины, т.е. всего у меня получится 80 ставок для командующих бригадами, казначеев, квартирьеров и всех служащих, оставляя некоторые помещения для приезжающих иностранцев и для добровольцев, отправившихся на войну под покровительством командующего.

Сзади главной ставки прокладывается с юга на север улица в 30 локтей шириной, идущая вдоль всех этих 80 помещений и называющаяся Головной, так что ставка командующего и 80 других по обеим сторонам ее окажутся между улицами Головной и Перекрестной. От этой Головной улицы против главной ставки пройдет другая улица к западным воротам в 30 локтей шириной; она будет продолжением Главной и называется Торговой.

Затем я устрою в начале Торговой и напротив ставки командующего площадь для рынка, примыкающую к Головной улице; она должна иметь форму квадрата в 121 локоть по каждой стороне. Справа и слева от Рыночной площади идут два ряда помещений по 8 двойных ставок в каждом; длина их — 20 локтей, ширина — 30 локтей. Таким образом, с каждой стороны этой площади будет по 16 ставок, всего — 32. В них разместится излишек конницы вспомогательных бригад, и, если места не хватит, им будут отведены ставки в одном ряду с главной, прежде всего ближайшие к лагерному валу. Остается устроить запасных пикинеров и велитов, состоящих при каждой бригаде. Ведь вы помните, что по нашему порядку в каждой бригаде помимо 10 батальонов имеется 1000 запасных пик и 500 запасных велитов. Таким образом, в 2 бригадах запасных пикинеров будет 2000, запасных велитов — 1000 при таком же числе их у вспомогательных войск. Приходится, следовательно, подумать о помещениях еще для 6000 пехотинцев; все они разместятся на западной стороне лагеря по валу. Для этого я оставлю вдоль вала свободное пространство в 100 локтей и расположу, начиная от северного конца Головной, двойной ряд из пяти ставок в 75 локтей длины и в 60 — ширины, так что при разделении их поперек длина каждой ставки будет 15, а ширина — 30 локтей. В этих десяти помещениях расположатся 300 пехотинцев по 30 человек в каждом.

На расстоянии 31 локтя от первого ряда будет поставлен другой двойной ряд, также по 5 ставок такого же размера, и так далее до 5 двойных рядов, расположенных по прямой в 100 локтях от вала и вмещающих 1500 человек пехоты. Затем я поворачиваю налево, к западным воротам, и возвожу от угла лагеря по валу еще 5 двойных рядов совершенно таких же ставок, с той только разницей, что промежутки между рядами будут не более 15 локтей. Получается помещение еще для 1500 пехотинцев. Таким образом, я устраиваю между северными и западными воротами вдоль вала 100 помещений, расположенных в десяти рядах по 5 двойных ставок в каждом, и располагаю в них всех запасных пикинеров и велитов моих собственных бригад.

Далее, между западными и южными воротами пойдут также 10 рядов помещений для запасных пикинеров и велитов вспомогательных войск. Начальники их, в частности командующие батальонами, могут выбрать на стороне, обращенной к валу, ставки, которые они сочтут более удобными. Артиллерия будет расположена вдоль всего окопа, а все оставшееся свободное пространство на западной половине лагеря назначается для нестроевых и лагерного обоза.

Вы знаете, что древние называли нестроевыми всех людей, следовавших за войском и необходимых для него, кроме солдат. Сюда, например, относятся плотники, слесари, кузнецы, каменщики, инженеры, бомбардиры (последние могли бы считаться строевыми), пастухи со стадами быков и баранов, необходимых для пропитания войска, наконец, всякого рода мастеровые при обозе с военными припасами и продовольствием. Не буду входить в подробности их размещения и укажу только на места, которых они не должны занимать. Нестроевым отводится все свободное пространство между улицами, разделенное на четыре части; одна часть назначается для пастухов, другая — для мастеровых, третья — для повозок с продовольствием, четвертая — для боевых припасов. Незанятыми остаются Торговая, Головная и еще одна улица, которая будет называться Средней и пройдет с севера на юг, пересекая Торговую и вполне соответствуя Поперечной улице восточной части лагеря. Наконец, сзади, вдоль помещений запасных пикинеров и велитов, пройдут еще особые улицы в 30 локтей ширины. Артиллерия, как я уже сказал, расставляется по внутренней стороне вала.

*Баттиста.* Признаюсь, что я в этих делах плохой знаток, и могу сказать это не стыдясь, так как военное искусство никогда не было моим призванием. Тем не менее все, что вы сказали, удовлетворяет меня вполне, и мне хотелось бы только спросить о двух вещах; во-первых, почему улицы и свободные места вашего лагеря так широки, а во-вторых, и это меня больше затрудняет, как размещаются люди на отведенном для них пространстве?

*Фабрицио.* Я провожу улицы шириной в 30 локтей, чтобы по ним мог свободно проходить пехотный батальон в боевом порядке, занимающий по линии фронта от 25 до 30 локтей. Пространство в 100 локтей между валом и лагерем необходимо для свободного движения войск и артиллерии, провоза добычи и возведения в случае необходимости второго ряда окопов.

Кроме того, лучше устраивать лагерь подальше от вала, чтобы противнику было труднее его обстреливать или иным способом ему вредить.

Что касается второго вопроса, то я вовсе не имею в виду, что каждое место, отведенное под лагерные помещения, будет всегда занято только одной палаткой; оно используется, как это удобно живущим в нем, и они могут ставить там больше или меньше палаток, лишь бы не переходить указанную им границу.

Вообще для разбивки лагеря нужны люди очень опытные и прекрасные строители, которые сейчас же по указанию командующего устанавливают форму лагеря, делят его на участки, проводят улицы, обозначают помещения посредством веревок и кольев и выполняют это с такой быстротой, что все готово мгновенно.

Во избежание замешательства необходимо всегда разбивать лагерь одинаково, чтобы каждый солдат знал, на какой улице и на каком участке он найдет свою палатку. Это должно соблюдаться в любое время и в любом месте, дабы лагерь походил на подвижный город, сохраняющий, куда бы он ни перемещался, те же улицы, те же дома и тот же внешний вид. Этой выгоды лишены полководцы, ищущие для лагеря неприступную позицию, ибо тогда необходимо изменять его форму, в зависимости от характера местности. Римляне же укрепляли самый лагерь рвами, валами и насыпями, обносили его палисадом и выкапывали кругом ров шириной в 6 локтей и глубиной в 3 локтя, увеличивая его размеры, если собирались долго пробыть на одном месте или опасались неприятеля.

Лично я в настоящее время устроил бы палисад только в том случае, если бы мне пришлось стоять на месте всю зиму. Ров и вал были бы у меня не меньше римского, а даже больше, смотря по необходимости. Кроме того, я устроил бы для артиллерии в каждом углу лагеря окоп в виде полукруга и получил бы таким образом возможность обстреливать продольным огнем неприятеля, штурмующего ров.

Необходимо обучить войска этим работам по устройству лагеря, чтобы начальники умели быстро набрасывать его план, а солдаты знали, как найти свою палатку. Упражнение это совсем нетрудное, и я потом скажу об этом подробнее. Сейчас же я буду говорить об охране лагеря, ибо без точного указания обязанностей часовых все наши труды пропадут даром.

*Баттиста.* Прежде чем вы перейдете к часовым, я просил бы вас сказать мне, какие необходимы предосторожности при разбивке лагеря поблизости от неприятеля. Я не представляю себе, чтобы тогда можно было безопасно производить все необходимые работы.

*Фабрицио.* Прежде всего вы должны знать, что полководец располагается поблизости к неприятелю только в том случае, если он хочет дать бой, а противник намерен его принять. Опасность тогда не больше обычной, ибо две трети войска готовы к битве и только последняя трсть занята устройством лагерных помещений. Римляне в таких обстоятельствах употребляли на работы по укреплению лагеря триариев, а гастаты и принципы стояли под оружием.

Так поступали потому, что триарии вступали в бой последними и, следовательно, при появлении врага успевали бросить работы и занять свое место в строю. Следуя этому примеру, мы точно так же должны употреблять для разбивки лагеря те воинские части, которые, подобно триариям, будут стоять в последней боевой линии.

Однако вернемся к часовым. Я, кажется, не встречал у античных писателей указаний на то, что охрана лагеря ночью велась передовыми постами, стоявшими за валом подобно нашим велетам. Древние, вероятно, считали, что войско, таким образом, легко может быть застигнуто врасплох, так как за часовыми трудно наблюдать, а кроме того, они могут быть подкуплены или захвачены неприятелем. Следовательно, нельзя доверяться этому способу охраны ни всецело, ни даже отчасти. Все часовые были сосредоточены внутри лагеря, и сторожевая служба выполнялась с величайшей точностью и строгостью, так как всякому провинившемуся грозила смертная казнь.

Не буду утомлять вас подробностями, с которыми вы можете ознакомиться сами, если до сих пор об этом не читали. Скажу только коротко о том, какие меры я бы принял сейчас. Ночью треть войска должна быть под оружием; четвертая часть этой трети — всегда на ногах; она размещается по всему валу и по всем важным пунктам лагеря. На каждом углу лагеря выставлены двойные сторожевые отряды, причем одни стоят на часах, а другие непрерывно переходят от одного конца лагеря к другому. Если неприятель близко, тот же порядок соблюдается и днем.

Не буду распространяться о паролях, о необходимости менять их каждый вечер и о других мерах обычной предосторожности, так как все это известно. Упомяну только об одной мере, потому что она важнее всех и соблюдение ее приносит большую пользу, а небрежность в этом отношении может кончиться несчастьем. Следите самым тщательным образом за всеми отлучающимися вечером из лагеря и за всеми прибывающими вновь. Наш порядок очень облегчает наблюдение, потому что каждая палатка рассчитана на точно определенное число людей, и можно очень легко убедиться, есть ли в ней лишний народ или, наоборот, кого-нибудь не хватает. Самовольно отлучившиеся наказываются, как беглые, а лишним устраивается допрос о том, кто они, зачем пришли в лагерь, и обо всем прочем, их касающемся.

Такая бдительность затрудняет врагу возможность заводить сношения с кем-либо из начальников твоего войска и узнавать твои намерения. Будь карфагеняне более бдительны, Клавдий Нерон никогда бы не мог почти на глазах у Ганнибала тайно выйти из своего лагеря в Лукании, совершить поход в Пицен и вернуться, не возбуждая ни малейшего подозрения у противника. Однако все эти хорошие меры недостаточны, если они не соблюдаются с величайшей строгостью, ибо нигде не требуется такой точности, как в военном деле. Поэтому все законы воинской дисциплины должны быть суровы и жестоки, а исполнители — беспощадны.

Римляне карали смертью всякого, провинившегося в карауле, покинувшего боевой пост, вынесшего тайком что-нибудь из лагеря, всякого, лживо хваставшегося боевым подвигом, вступившего в бой без приказа начальника или бросившего со страху оружие. Если такой проступок совершался когортой или целым легионом, то во избежание общей казни бросали в мешок записки с именами всех солдат и вынимали десятую часть, обреченную жребием на смерть. Наказание, как видите, исполнялось так, что, постигая не всех, оно устрашало каждого.

Однако там, где сильна кара, должна быть велика и награда, дабы в людях одновременно поддерживались надежда и страх. Поэтому римляне щедро награждали всякий боевой подвиг, например того, кто спасет в бою жизнь согражданину, взойдет первым на стену неприятельского города или первым ворвется в неприятельский лагерь, убьет или ранит в бою врага, сбросит его с лошади. Подвиг ознаменовывался открытым признанием его консулом, наградой и всеобщей похвалой, а воины, получившие подарок за храбрость в бою, помимо славы, приобретаемой этим в войске, имели право по возвращении на родину торжественно выставить свою награду напоказ родным и друзьям.

Не приходится удивляться могуществу народа, который так хорошо знал меру наказания и награды для всякого, заслужившего за хорошее или дурное дело хвалу или осуждение. Все эти установления должны были бы в значительной мере сохраниться и у нас.

У римлян существовало еще одно особое наказание, о котором нельзя не упомянуть; оно состояло в том, что, когда консул или трибун считали подсудимого уличенным, они слегка ударяли его тростью. Виновному после этого позволялось бежать, а солдатам разрешалось его убить; в него летели камни и стрелы, на него со всех сторон сыпались удары, и уйти живым ему удавалось только в самых редких случаях. Вернуться домой виновный тоже не мог, ибо его встречали таким презрением и бесчестьем, что лучше было умереть. Это наказание отчасти перенято швейцарцами, которые приказывают своим солдатам убивать осужденных сотоварищей перед всем войском. Мера эта хороша по замыслу и еще лучше — по выполнению. Если вы хотите, чтобы люди не укрывали преступника, то лучшее средство — заставить их самих его карать; когда человек сам является исполнителем наказания, его интерес к осужденному и стремление к возмездию совершенно иные, чем когда исполнение приговора поручено другому.

Поэтому, чтобы не делать народ пособником проступка, лучше всего сделать его судьей. В подтверждение своих слов сошлюсь на пример Манлия Капитолийского: преданный суду сената, он нашел защиту у народа; но тот же народ приговорил его к смерти, как только стал вершителем его судьбы. Вы видите, что это — действенное средство подавления бунтов и соблюдения правосудия.

Римляне понимали, что страх перед законами у людей слишком слаб и этим нельзя держать в руках вооруженную толпу; поэтому они усиливали закон авторитетом религии, всячески старались укрепить ее в сознании солдат и заставляли их с величайшей торжественностью приносить клятву неуклонного соблюдения воинской дисциплины, дабы нарушителям ее грозили не только законы и люди, но и боги.

*Баттиста.* Допускалось ли у римлян присутствие в войске женщин и позволяли ли они солдатам забавляться игрой, как это принято сейчас?

*Фабрицио.* Они запрещали и то и другое. Запрет этот было легко осуществить, ибо ежедневных военных упражнений, занимавших солдат целыми частями или в отдельности, было так много, что воинам некогда было думать ни о Венере, ни об играх, ни о прочих вещах, способствующих безделью или бунту.

*Баттиста.* Все это прекрасно. Скажите мне теперь, каким образом войска выступали из лагеря?

*Фабрицио.* Для этого трубили три раза. По первому сигналу палатки свертывались и укладывались на повозки, по второму — вьючили животных, по третьему — выступали в том порядке, о котором я вам уже говорил, т.е. обозы шли в хвосте колонны, а легионы — в центре войска. Поэтому и у нас сперва выступает вспомогательная бригада со своим обозом и четвертой частью общевойскового обоза, размещенного на одной из четырех лагерных площадей, которые я вам только что показал. Необходимо к каждому полку прикрепить его обоз, дабы при выступлении войска было точно известно его место в колонне. Таким образом, за полком пойдет в хвосте его собственный обоз и четвертая часть общего обоза в том порядке, в каком двигалось римское войско.

*Баттиста*. Были ли у римлян еще другие правила расположения войск в лагерях, кроме тех, о которых вы нам рассказали?

*Фабрицио*. Повторяю, что римляне всегда стремились сохранять одну и ту же форму лагеря, и это было для них важнее всего. Далее, они главным образом заботились о двух вещах — о здоровой местности для лагеря и об устройстве его там, где неприятель не мог ни обложить их, ни отрезать им воду и подвоз продовольствия. Для предупреждения болезней римляне избегали местностей болотистых или открытых зловредным ветрам. Они судили в этом случае не столько по свойствам почвы, сколько по виду жителей, и если находили их бледными, узкогрудыми или вообще больными, то относили лагерь дальше.

Что касается риска быть обложенным неприятельскими войсками, то надо как следует изучить характер местности, где стоят враги или союзники, и составить себе мнение о том, может ли противник запереть тебя в лагере. Поэтому командующий должен быть опытнейшим знатоком местности и окружить себя людьми, столь же хорошо знающими страну, как и он сам. Избежать болезней и голода можно также путем строгого наблюдения за правильным образом жизни солдат: заставьте их ночевать в палатках, разбивайте лагерь там, где деревья дают тень и дрова для варки пищи, не выступайте в самый зной. Поэтому летом надо сниматься с лагеря на рассвете, а зимой во время метелей и морозов позаботиться о разведении костров на привалах, об одежде солдат, о том, чтобы они не пили мутной воды. Больных надо лечить и всегда помнить, что полководец беззащитен, если он должен одновременно воевать и с болезнями, и с противником.

Однако самое полезное для здоровья войск — это упражнения; недаром они производились у древних ежедневно. Ценность их лучше всего подтверждается тем, что в лагере они сохраняют людям здоровье, а в бою доставляют победу. Наконец, надо позаботиться о том, чтобы войска не голодали. Для этого недостаточно следить за неприятелем, который может отрезать вам пути подвоза; надо обеспечить себе места заготовки продовольствия и наблюдать за тем, чтобы запасы не расточались. Поэтому надо всегда обеспечивать себя на месяц, а затем наложить на ближайших по соседству союзников повинность ежедневной доставки. Устраивайте склады в крепостях, а главное — заботьтесь о бережливом расходовании, давайте солдату ежедневный разумно рассчитанный паек и вообще никоим образом не допускайте в этом деле беспорядка. Все трудности на войне преодолеваются со временем, и только в этом единственном деле время сильнее тебя.

Ни один враг, который может победить тебя голодом, не будет стараться победить тебя мечом, ибо победа будет, правда, не столь почетной, но более спокойной и верной. Не может избежать голода войско, не соблюдающее правил и безрассудно истребляющее все, что попадает ему в руки. Если нет порядка в доставке продовольствия, оно не получается вовсе; если нет порядка в выдаче, наличные запасы проедаются зря. Поэтому древние устанавливали и количество, и время еды, ибо ни один солдат не ел, если не ел полководец. Всякий знает, как соблюдается это правило современными армиями, которые являются не благоустроенным и трезвым войском, подобно древнему, а вполне заслуженно могут быть названы толпой развратников и пьяниц.

*Баттиста.* Описывая устройство лагеря, вы говорили, что расположите в нем не 2, а 4 бригады, чтобы показать, как размещается настоящее войско. Поэтому я хочу спросить вас о двух вещах: как устроите вы лагерь на большее или меньшее количество солдат и какова должна быть численность войска для успешной борьбы против любого неприятеля?

*Фабрицио.* На первый вопрос я отвечу, что если войско будет на 4000 или 6000 солдат больше или меньше, то надо прибавить или убавить число рядов, в которых размещаются палатки, и это можно делать до бесконечности. Однако когда римляне соединяли 2 консульских войска, то разбивали 2 лагеря, примыкавших друг к другу площадями, отведенными для нестроевых.

На второй вопрос я скажу, что в обычном римском войске было примерно 24 000 солдат; когда же приходилось воевать с очень крупными неприятельскими силами, римляне выставляли самое большее 50 000. С таким числом войск они вышли против 200 000 галлов, напавших на них после первой Пунической войны; такое же войско было противопоставлено Ганнибалу.

Заметьте, что римляне и греки воевали малыми силами, крепким боевым строем и искусством. Другие народы, западные и восточные, действовали огромными полчищами, причем на Западе главной силой была врожденная безудержность, а на Востоке — слепое повиновение царю. В Греции и Италии не было ни врожденной лихости, ни слепого повиновения, а потому необходимо было прибегнуть к дисциплине, и она оказалась силой, доставившей малочисленному войску победу над безудержностью и природной стойкостью огромных масс.

Поэтому я и говорю, что, следуя римскому примеру, войско не должно превышать 50 000 солдат. Пусть оно лучше будет меньше, ибо большая численность приводит к замешательству, нарушениям дисциплины и боевого строя. Пирр любил говорить, что с 15 000 солдат он готов идти на весь мир.

Перейдем теперь к другому предмету. Мы одержали победу в бою и показали, какие случайности возможны во время сражения. Мы видели войско в походе и говорили обо всех трудностях, с которыми оно может встретиться. Наконец, мы расположили его лагерем, где надо хоть немного отдохнуть от понесенных трудов и вместе с тем подумать о способах окончания войны. В лагере вообще дела много, особенно если в окрестностях еще есть враги и остались колеблющиеся города. Надо себя от них обезопасить и взять те, которые окажутся враждебными.

Необходимо показать вам, как надлежит поступать во всех этих случаях, дабы преодолеть эти трудности с той же славой, с какой мы победили в бою. Допустим, в частности, что большинство жителей страны или весь народ решается на дело, очень выгодное для тебя и очень вредное для него самого, например на разрушение городских стен или изгнание многих граждан. В этом случае их надо обмануть и внушить всем, что тебе до них никакого дела нет, дабы они не поддерживали друг друга и, таким образом, оказались целиком в твоей власти. Можно также наложить на всех в один и тот же день какую-нибудь тяжелую повинность, дабы каждый был уверен, что она касается только его, и думал об исполнении приказа, а не о самозащите. Таким образом, повеление твое будет исполнено всеми без малейшего шума. Если ты подозреваешь жителей страны во враждебности и хочешь себя обезопасить или внезапно ее захватить, то для сокрытия своего намерения лучше всего сообщить им о каком-нибудь совершенно другом твоем замысле, просить их помощи и притвориться, что ты против них ровно ничего не имеешь. Они и не подумают обороняться, так как вполне уверены, что ты совсем не собираешься на них напасть, — и дело твое удастся легко.

Если ты чувствуешь, что в войске у тебя есть изменник, сообщающий о твоих планах неприятелю, то надо постараться извлечь пользу из его вероломства, сообщив ему о вымышленном замысле и скрывая этим действительный, или сказать о несуществующих опасениях, умолчав о том, чего ты боишься по-настоящему. Неприятель, в уверенности, что он знает твои намерения, сделает ложный шаг, и тебе будет легко его обмануть и разбить.

Если ты хочешь, подобно Клавдию Нерону, выделить незаметно для врага часть своего войска для помощи союзнику, не сокращай размеров лагеря, оставь на месте все знамена и прежние ряды палаток, не уменьшай числа огней и часовых; точно так же, если ты получишь подкрепление и захочешь это скрыть, не расширяй лагерь, ибо самое полезное — это всегда таить свои дела и мысли.

Когда Метелл командовал войсками в Испании, кто-то задал ему вопрос, что он думает делать завтра. «Если бы об этом знала моя рубашка, — ответил Метелл, — я бы тут же ее сжег». Один из воинов Марка Красса спросил его, когда он прикажет войску выступать. «Думаешь ли ты, что один не услышишь трубы?» — был ответ.

Чтобы разгадать тайны неприятеля, некоторые полководцы наряжали к нему послов, отправляя с ними под видом служителей опытнейших воинов, которые высматривали устройство неприятельского войска, узнавали, в чем его сила и слабость, и сообщениями своими облегчали победу. Другие нарочно отдаляли от себя кого-нибудь из приближенных, который притворно передавался неприятелю, а потом открывал своим замыслы противника. Иногда это удавалось сделать через пленных. Марий во время войны с кимврами для испытания верности галлов, живших в нынешней Ломбардии и находившихся в союзе с римским народом, послал им одновременно несколько писем, причем одни были запечатаны, а другие нет. В незапечатанных письмах он предписывал вскрыть остальные только в известное, указанное им время; затем он до срока потребовал письма обратно и, получив их распечатанными, понял, что на галлов рассчитывать нельзя.

Некоторые полководцы, вместо того чтобы идти навстречу наступающему неприятелю, отправлялись грабить его земли и этим вынуждали его уйти обратно, на защиту собственных границ. Этот способ часто удавался, ибо он приучает солдат к успеху, обогащает их добычей и дает им веру в себя, а войска противника, наоборот, падают духом и чувствуют себя уже не победителями, а побежденными. Многие полководцы, прибегавшие к подобным набегам, имели успех. Однако это можно позволить себе только в том случае, когда твоя страна обеспечена и укреплена лучше неприятельской, иначе дело кончится плохо. Полководцу, запертому неприятелем в лагере, иногда удавалось добиться на несколько дней перемирия. Неприятель становился беззаботнее, и это давало осажденному возможность ускользнуть, пользуясь какой-нибудь небрежностью врага.

Сулла таким путем дважды спасался от неприятеля, и та же хитрость помогла Гасдрубалу в Испании уйти от окружившего его со всех сторон Клавдия Нерона.

В такой же обстановке бывает очень полезно озадачить неприятеля каким-нибудь непредвиденным движением. Здесь возможно одно из двух: или бросить в атаку часть своих войск, оттянув на нее неприятельские силы, и этим высвободить остальные, или изобрести что-нибудь совсем неожиданное, дабы удивить врага невиданным зрелищем, напугать его и принудить к бездействию. Вы помните рассказ о Ганнибале, окруженном войсками Фабия Максима, и знаете, что карфагенский полководец велел ночью привязать к рогам волов, следовавших за войском, связки зажженного хвороста. Фабий был настолько встревожен этой небывалой картиной, что не подумал о защите проходов.

Стремление раздробить неприятельские силы является едва ли не самой главной заботой полководца. Он должен употребить на это все свое искусство и либо найти способ внушить противнику недоверие к ближайшим его помощникам, либо заставить его разделить свою армию и этим себя ослабить. Первая цель достигается особой внимательностью к некоторым приближенным неприятельского вождя, которая скажется, например, в том, что во время войны имущество его уцелеет, а сыновья или родственники будут отпущены без выкупа из плена. Вы знаете, что Ганнибал, сжегший все окрестности Рима, не тронул только владений Фабия Максима, а Кориолан, подойдя к Риму с войском, пощадил имущество патрициев, между тем как все принадлежащее плебеям было сожжено и разграблено. Метелл, начальствовавший над войсками в войне с Югуртой, убеждал всех послов, являвшихся к нему от Югурты, выдать царя; он писал им об этом письма и в короткое время добился того, что Югурта уже не верил никому из своих советников и всех их разными способами истребил. Когда Ганнибал нашел убежище у Антиоха, то римские послы вступили с ним в такие доверительные переговоры, что Антиох встревожился и перестал слушаться его советов.

Для другой цели, именно для разделения вражеских войск, лучше всего вторгнуться в неприятельскую землю и этим заставить противника бросить войну и поспешить на защиту своей страны. Так поступил Фабий, воевавший против соединенных сил галлов, этрусков, умбров и самнитов. Тит Дидий, силы которого были значительно меньше неприятельских, ждал из Рима на подкрепление легион, но враги приготовились загородить ему дорогу. Чтобы не допустить этого, консул объявил по всему войску о назначении боя на следующий день; затем он дал возможность убежать некоторым пленным, которые, в свою очередь, рассказали о его приказе у себя в лагере и произвели этим такое впечатление, что враги из опасения себя ослабить отказались от попытки преградить дорогу римскому легиону, благополучно присоединившемуся к войскам Дидия. Полководец достиг своей цели, состоявшей не в разделении неприятельских сил, а в удвоении его собственных.

Некоторые вожди, чтобы заставить противника разделиться, позволяли ему углубляться в свою страну и даже завладеть многими городами, дабы необходимость оставлять в них гарнизоны уменьшила его войско; пользуясь его раздробленностью, они переходили в наступление и побеждали. Другие, подготовляя вторжение в какую-нибудь область, притворялись, что собираются идти в совершенно другую сторону, и вели свое дело так искусно, что появлялись внезапно и захватывали край раньше, чем неприятель мог подоспеть на выручку. Противник, не зная, повернешь ли ты опять к месту, которому угрожал первоначально, вынужден оставлять там войска и в то же время спасать другой пункт, а потому он часто не защищал ни того ни другого.

Далее, полководец должен уметь искусно подавлять волнения и улаживать ссоры, начавшиеся между солдатами. Самое лучшее в таких обстоятельствах — наказать главарей, но необходимо при этом захватить их с такой быстротой, чтобы они даже не успели оглянуться. Если они находятся далеко, вызови к себе не только виновных, но и всю войсковую часть, дабы зачинщики не догадались о готовящейся им участи и не успели убежать, а, наоборот, сами облегчили бы тебе суд и расправу. Если все произошло у тебя на глазах, окружи себя надежными войсками и усмиряй мятеж с их помощью. Если между солдатами начинаются ссоры, лучше всего послать их в бой; опасность сейчас же восстанавливает согласие. Однако надо сказать, что единство поддерживается в войске прежде всего авторитетом главнокомандующего и создается оно единственно его талантом, ибо на войне уважение внушают не род и не власть, а только талант. Начальнику надлежит первым делом карать солдат и платить им жалованье; если нет жалованья, невозможна и кара. Солдата, которому не платят, нельзя наказывать за грабеж, потому что он не может не грабить, если хочет жить. Наоборот, если ты ему платишь, но не наказываешь, солдат наглеет и перестает с тобой считаться; ты уже не можешь заставить себя уважать, а неуважение к начальнику ведет прямо к мятежам и раздорам, т.е. к гибели войска.

У полководцев древности была еще одна забота, от которой современные почти совершенно свободны, — это разъяснение в выгодную для себя сторону дурных предзнаменований; стрела, упавшая в лагерь, затмение Солнца или Луны, землетрясение, падение начальника с лошади — все это толковалось солдатами как дурной знак и вселяло в них такой страх, что, случись в эту минуту бой, поражение было бы неминуемо. Поэтому античные полководцы в таких случаях растолковывали происшедшее солдатам, сводя событие к его естественной причине, или толковали эти случайности в свою пользу. Когда Цезарь упал при высадке на африканский берег, он воскликнул: «Я взял тебя, Африка!» Многие другие объясняли солдатам причину затмений Луны или землетрясения. В наше время все это невозможно как потому, что нынешние солдаты не так суеверны, так и потому, что наша религия вообще исключает подобные страхи.

Если бы нечто в этом роде все же произошло, надо подражать примеру древних. Если на тебя идет противник, ожесточенный до последнего предела голодом, нуждой или слепой яростью, оставайся в лагере и, насколько возможно, избегай сражения. Так поступали лакедемоняне в войне против мессенцев и Цезарь — в войне против Афрания и Петрея. Консул Фульвий, командовавший войсками, действовавшими против кимвров, несколько дней подряд вступал с ними в конные стычки и заметил, что неприятель всегда выходил из лагеря для преследования. Устроив позади неприятельского стана засаду, он опять напал конницей на кимвров, а когда те вышли из окопов на преследование, Фульвий внезапно бросился на вражеский лагерь и разгромил его.

Очень полезной оказывалась и хитрость иного рода. Находясь на виду у противника, командующий раздавал своим войскам знамена, схожие с неприятельскими, и посылал их грабить собственную страну. Враги принимали их за прибывшие к ним подкрепления, присоединялись к грабившим отрядам, теряли боевой порядок и этим давали возможность себя разбить. Этой уловкой с успехом пользовались эпирский царь Александр в войне с иллирийцами и сиракузец Лептен против карфагенян. Многие добивались победы тем, что притворялись устрашенными и бросали лагерь со всеми стадами и вином, предоставляя врагу объесться и перепиться, а затем нападали на обессилевших от обжорства неприятельских солдат и опрокидывали их. Так действовали Тамира против Кира и Тиберий Гракх против испанцев. Другие старались облегчить себе успех тем, что отравляли вино и пищу.

Я уже говорил вам, что не встречал у древних указаний на обычай высылать ночью ведетов за лагерные укреплсния, и объяснял это желанием предупредить возможную опасность. Часто оказывалось, что даже днем причиной поражения были ведеты, высланные для наблюдения за неприятелем; их брали в плен и силой заставляли подать сигнал к вызову своих из лагеря, а войска, выступившие по данному знаку, истреблялись или захватывались.

Для обмана противника полезно иногда менять какую-нибудь установившуюся твою привычку, потому что неприятель, зная ее, сообразует с ней свои действия и этим себя губит. Так поступил однажды один начальник, который всегда давал знать своим о приближении неприятеля ночью огнями, а днем — густым дымом. Он приказал беспрерывно подавать сигналы и светом и дымом, но прекратить все, как только покажется неприятель. Враг, не видя обычных знаков, решил, что идет незамеченным, двинулся без всяких предосторожностей и был разбит.

Желая выманить неприятеля из укрепленной позиции, Мемнон Родосский послал к врагам под видом перебежчика одного из своих воинов, который сообщил, что в войске начались бунты и большая часть его ушла совсем. Для подтверждения этого рассказа Мемнон устроил у себя в лагере притворный мятеж, а противник, решивший, что теперь ему удастся его опрокинуть, пошел на приступ и был разбит. Не следует, однако, доводить врага до отчаяния; это понял Цезарь во время войны с германцами: он заметил, что невозможность отступления заставляет их биться до последней крайности, и открыл им дорогу, предпочитая преследование бегущих победе над защищающимися. Лукулл, увидев, что часть бывшей в его войске македонской конницы переходит к неприятелю, сейчас же велел трубить наступление и приказал всем остальным войскам идти за перебежчиками. Противник решил, что Лукулл начинает бой, и бросился на македонян с такой яростью, что тем пришлось защищаться и невольно из беглецов превратиться в бойцов.

Очень важно после победы или до нее захватить город, которому ты не доверяешь; древность показывает нам немало примеров этого искусства. Помпей, не доверяя жителям Катины, предложил им впустить к себе нескольких заболевших римских солдат и послал под видом больных отборный отряд, который и захватил город. Публий Валерий, подозревавший эпидаврийцев, пригласил их в загородный храм на религиозные торжества, нечто вроде нашего отпущения грехов, и, когда весь народ собрался, он велел запереть городские ворота и принял обратно только тех, кого считал надежными. Александр Великий, собираясь в Азию и желая обезопасить себя со стороны Фракии, взял с собой первых граждан страны, назначив их на разные должности в войске, и заменил их во Фракии людьми самого низкого происхождения. Таким образом, он удовлетворил аристократию деньгами и удержал в повиновении народ, лишив его вождей.

Однако лучшее средство привлекать на свою сторону народы — это целомудрие и справедливость, примеры чего показал в Испании Сципион, возвративший отцу и мужу плененную дочь и жену и завоевавший этим Испанию больше, чем оружием. Цезарь в Галлии велел заплатить за деревья, срубленные на тын для лагеря, и приобрел этим славу справедливости, облегчившую ему покорение страны. Не знаю, могу ли я еще что-нибудь прибавить, так как рассмотрел как будто все, что можно сказать об этом предмете. Остается объяснить вам способы осады и защиты крепостей, и, если вы не возражаете, я вам охотно о них расскажу.

*Баттиста.* Ваша любезность так велика, что вы исполняете все наши желания, и мы даже не боимся оказаться нескромными, так как вы щедро даете нам больше, чем мы решились бы попросить. Скажу вам поэтому только одно — что вы не можете сделать нам большего одолжения, чем продолжив вашу речь. Я прошу вас только, ответьте сначала на один вопрос: следует ли продолжать войну также зимой, как это принято сейчас, или вести ее только летом, а на зиму отправляться на стоянку, как это делали в древности?

*Фабрицио.* Вот что значит мудрый вопрошатель! Ведь я мог бы без него забыть о весьма важном предмете. Повторяю, что древние поступали во всем лучше и осторожнее нас. Если мы часто делаем ошибки в делах гражданских, то в делах военных мы ошибаемся всегда. Нет ничего опаснее и неосторожнее зимней войны, причем для наступающего она еще много опаснее, чем для обороняющегося. Дело вот в чем: вся строгость военной дисциплины нужна только для того, чтобы войска были в полном порядке, когда наступает час сражения. Вот цель, к которой должен стремиться всякий полководец, ибо бой — это выигрыш или проигрыш войны.

Кто сумеет лучше к нему подготовиться и поддержать в своей армии большую дисциплину, тот приобретает безусловное преимущество над противником и может больше рассчитывать на победу. С другой стороны, нет ничего опаснее для движения войск, чем пересеченная местность или холодное и дождливое время. Неровная местность не позволяет развернуть войска по всем правилам военного искусства; ненастье и морозы не дают возможности держать их в совокупности и противопоставить противнику единую массу, а вынуждают располагать их разрозненно и в беспорядке, считаясь с требованиями замков, городов и деревень, которые могут их принять. Таким образом, весь труд, положенный на создание крепко устроенной армии, пропадет даром. Не удивляйтесь, что теперь воюют зимой, ибо плохо обученные войска не понимают вреда разрозненного расположения и вовсе не хотят утруждать себя воинскими занятиями и соблюдением дисциплины, которой у них нет. А ведь им следовало бы подумать о бедствиях, к которым вела зимняя война, и вспомнить, что в 1503 году французов под Гарильяно победила зима, а не испанцы.

Я вам уже говорил, что наступающему приходится особенно плохо, ибо дурная погода больше вредит тому, кто воюет на чужой земле. Чтобы не раздроблять свои силы, он вынужден терпеть ненастье и морозы, а если он захочет избежать этих неудобств, придется разделить армию на части. Обороняющийся может, наоборот, выбрать удобную местность и выжидать со свежими силами, а затем быстро их сосредоточить и напасть на отдельный неприятельский отряд, который перед ним не устоит. Так были разбиты французы и все, кто нападал зимой на осторожного противника. Поэтому каждый полководец, который не хочет, чтобы его войска утратили силу, порядок, дисциплину и доблесть, должен решительно восставать против зимней войны. Римляне хотели извлечь пользу из своих трудов и потому одинаково избегали зимних походов, горной войны, трудных условий местности и вообще всего, что помешало бы им показать во всей силе их искусство и доблесть. Этого довольно для ответа на ваш вопрос. А теперь перейдем к обороне крепостей, осаде городов и искусству возводить укрепления.

## Книга седьмая

*Фабрицио.* Прежде всего вы должны знать, что сила города и крепости дается им или природой, или искусством. Они сильны от природы, если окружены водами или болотами, подобно Мантуе и Ферраре, или построены на скале или крупной горе, как Монако и Сан-Лео. Наоборот, крепости, расположенные на высотах более или менее доступных, очень слабы, особенно при современных пушках и подкопах. Поэтому их строят большей частью на ровных местах и укрепляют с помощью искусства.

Первое требование — это возводить стену в виде ломаной линии, по возможности умножая число исходящих и доходящих углов. Противник не может тогда близко подойти, так как подвергает себя опасности нападения не только с фронта, но и с фланга. Если стена высока, она слишком открыта для пушечного огня; если она низка, на нее легко взобраться. Если вырыть перед стеной рвы, чтобы затруднить приступ, то многочисленный неприятель легко их засыплет и стена будет захвачена.

Поэтому я считаю (я, конечно, могу ошибаться), что во избежание этой двойной опасности надо строить высокие стены и устраивать рвы за ними, а не снаружи. Это лучший способ строить укрепления, ибо он защищает тебя одинаково от артиллерии и от приступа, не давая вместе с тем врагу возможности засыпать рвы. Итак, высота стены должна быть, во всяком случае, достаточной, а ширина — не менее 3 локтей, чтобы труднее было ее разрушить.

По крепостной стене стоят башни на расстоянии 200 локтей друг от друга; внутренний ров должен быть шириной не меньше 30 и глубиной в 12 локтей. Вынутая земля вся выбрасывается в сторону города и подпирается стеной, начинающейся от подошвы рва и возвышающейся над насыпью на человеческий рост, благодаря чему увеличится глубина рва. На дне его через каждые 200 локтей будут устроены казематы, вооруженные пушками, которые уничтожат всякого, кто попытается спуститься в ров. Крупные орудия, защищающие город, ставятся за стеной, замыкающей ров, ибо для защиты наружной стены удобны вследствие ее высоты только небольшие или средние орудия.

Если враг решается на приступ, его сразу же задержит высокая внешняя стена. Если он подойдет с артиллерией, то должен будет сначала эту внешнюю стену разрушить, но при этом пострадает сам, так как стена всегда обваливается в сторону обстрела, и образуются огромные груды обломков, которым осыпаться некуда, так что они только еще увеличивают глубину рва. Таким образом, продвинуться нельзя, ибо этому помешают развалины стены, ров и расположенная сзади него артиллерия, которая бьет осаждающего наверняка. Остается последнее средство — засыпать ров, но это дело очень и очень трудное: ров широк и глубок, а приблизиться к нему нелегко, так как стена идет ломаной линией со множеством входящих и исходящих углов, и двигаться между ними по причинам уже указанным можно только с большим трудом. Наконец, неприятель должен перетащить все необходимое ему через развалины стены, и это создает ему жесточайшие затруднения. Таким образом, я считаю, что крепость, устроенная по моему предложению, будет совершенно неприступной.

*Баттиста.* Не станет ли наша крепость еще сильнее, если кроме внутреннего рва выкопать еще ров снаружи?

*Фабрицио.* Несомненно, но если выкапывается только один ров, лучше делать это с внутренней стороны.

*Баттиста.* Какие рвы вы предпочитаете — наполненные водой или сухие?

*Фабрицио.* На этот счет есть разные мнения, так как водяные рвы предохраняют от подкопов, а сухие труднее засыпать. Однако, взвесив все соображения, я предпочел бы сухие рвы, потому что они безопаснее. Случалось, что водяные рвы зимой замерзали и облегчали этим взятие города, как это и было при осаде Мирандолы папой Юлием II. Для защиты от неприятельского подкопа я выкапывал бы рвы такой глубины, что всякий, кто вздумал бы рыть дальше, непременно наткнулся бы на воду. Стены и рвы крепостей должны устраиваться точно так же, дабы оказать осаждающему столь же сильное сопротивление.

Защитнику города я настойчиво советую помнить одно: не устраивайте отдельных бастионов вне главной стены. Строителю крепости я советую другое: не устраивайте в ней никаких укреплений, куда гарнизон мог бы укрыться после потери передней стены. Когда я даю первый совет, то думаю о следующем: надо избегать всего, что может сразу и бесповоротно подорвать прежнее высокое мнение о тебе людей; они перестают тогда считаться с твоими распоряжениями, а прежние твои сторонники боятся за тебя заступиться. Между тем это непременно случится, если ты возведешь бастионы отдельно от главной городской стены: они всегда будут взяты, ибо в наши дни немыслимо удержать мелкие укрепления, попавшие под уничтожающий огонь пушек, а потеря бастионов будет началом и причиной твоего собственного падения. Когда генуэзцы восстали против Людовика, короля Франции, они возвели некоторые бастионы на холмах, окружающих город, но бастионы эти были сейчас же снесены, и потеря их повлекла за собой взятие самого города.

Скажу теперь о смысле второго совета. Я утверждаю, что самая большая опасность для защиты крепости — это существование в ней укреплений, куда можно отступить после потери переднего вала. Если солдаты надеются на спасение, отдав неприятелю обороняемые места, они не станут защищаться, а потеря важного пункта приведет к падению всей крепости. За примером ходить недалеко: вспомните взятие крепости Форли, которую графиня Катерина защищала против сына папы Александра VI — Цезаря Борджиа, осаждавшего ее во главе французских войск. В крепости было множество укреплений, куда можно было последовательно отступать. Во-первых, там находилась цитадель, отделенная от крепости рвом, через который был перекинут подъемный мост; крепость делилась на три части, отделенные водяными рвами и соединявшиеся мостами. Огонь герцогских орудий сосредоточился на одной из частей, и в стене образовался пролом, а комендант, мессер Джованни да Казале, и не подумал защищать брешь, а отступил и отвел войска к другим укреплениям. Солдаты герцога, проникшие без сопротивления в эту часть, овладели мостами, связывавшими ее с другими частями, и мгновенно оказались хозяевами всей крепости.

Так пала твердыня, считавшаяся неприступной, и произошло это по двум причинам: во-первых, в ней было слишком много бесполезных внутренних укреплений; во-вторых, отдельные части крепости не имели возможности самостоятельно и вовремя поднимать мосты. Скверно построенная крепость и бездарность коменданта погубили мужественную графиню, решившую сопротивляться войску, на борьбу с которым не отваживались ни король Неаполя, ни герцог Милана. Усилия ее, правда, не имели успеха, но борьба принесла ей великую честь, вполне заслуженную ее доблестью. Свидетельством этому является множество стихотворений, сложенных тогда в ее похвалу.

Если бы мне пришлось строить крепость, я бы обнес ее крепкими стенами и рвами по способу, о котором мы уже говорили; внутри я оставил бы только жилые постройки и нарочно делал бы их непрочными и низкими, дабы они не мешали коменданту, находящемуся в центре, обозревать все пространство крепостных стен и видеть, куда надо спешить на помощь. Каждому солдату я бы твердо внушил, что с потерей стен и рва крепость погибнет. Наконец, если бы я и решился устроить внутреннюю оборону, то расположил бы мосты таким образом, что каждая часть крепости могла бы поднимать их самостоятельно; для этого мосты должны опускаться с краев рва на столбы, поставленные в середине его.

*Баттиста.* Вы сказали, что в наше время невозможно оборонять мелкие укрепления. Помнится, я слышал обратное мнение — что чем укрепление меньше, тем легче его защищать.

*Фабрицио.* Вы неправильно меня поняли; я хотел сказать, что сейчас крепостью можно назвать только такое укрепленное место, которое достаточно обширно, чтобы гарнизон в случае необходимости мог отступить за новые стены и рвы. Разрушающий огонь артиллерии так силен, что основывать защиту на силе сопротивления только одной стены или одного вала было бы большой ошибкой. Обыкновенный бастион не имеет двойного вала и потому падает немедленно (говорю «обыкновенный», потому что при больших размерах это будет уже крепость или замок).

Поэтому самое основное — это отказаться от таких бастионов и укреплять вход в крепость, прикрывая ворота равелинами, дабы нельзя было ни войти, ни выйти из них по прямой линии. Равелин отделяется от ворот рвом с подъемным мостом, а ворота, помимо того, защищаются еще опускными решетками, чтобы при неудачной вылазке можно было укрыть за ними солдат и не дать неприятелю ворваться на их плечах в крепость. Решетки эти, называвшиеся в древности катарактами, были изобретены для того, чтобы при их опускании задержать неприятеля и спасти своих. Дело в том, что в этих случаях нельзя надеяться ни на подъемные мосты, ни на ворота, так как и те и другие забиты бегущей толпой.

*Баттиста.* Я видел такие опускные двери. В Германии их делают из отдельных брусьев в форме железной решетки, между тем как наши двери — это толстые доски, связанные наглухо. Мне хотелось бы знать, откуда эта разница и какие решетки лучше?

*Фабрицио.* Повторяю вам снова, что воинские установления древних и военное искусство их заброшены во всем мире, но в Италии они забыты совершенно, так что все более или менее хорошее перенимается нами у северных народов. Вы, может быть, слышали, а некоторые, вероятно, еще помнят о том, как слабы были наши крепости вплоть до похода Карла VIII в Италию в 1494 году. Зубцы стен были толщиной не больше полулоктя, бойницы и амбразуры делались узкими снаружи и очень широкими внутри, да и вообще было много всяких других недостатков, о которых не стоит распространяться. Ничего не стоило сбить тонкие зубцы и разбить ядрами амбразуры, устроенные этим способом.

Теперь мы научились у французов делать толстые и прочные зубцы. Наши амбразуры, широкие внутри, сужаются у середины стены и затем снова расширяются в обе стороны; благодаря этому неприятельским орудиям трудно сбивать наши пушки. У французов в военном деле есть много хорошего, чего мы не заметили и потому не оценили. Таковы, между прочим, их опускные решетки из отдельных брусьев, которые, конечно, гораздо лучше наших сплошных. Когда наша решетка спущена, вы можете только стоять за ней и не в состоянии вредить неприятелю, который легко уничтожит ее топором и огнем. Наоборот, если опускная дверь сделана в виде решетки, вы можете защищаться через отверстия пиками, самострелами и любым другим оружием.

*Баттиста.* Я наблюдал в Италии еще один иностранный обычай, именно такое устройство лафетов, при котором спицы колес наклонены к ступице. Мне хотелось бы знать, зачем это делается, ибо, по-моему, лафетные колеса прочнее, если их спицы вставлены отвесно, как у наших обыкновенных колес.

*Фабрицио.* Не думайте, что все отклоняющееся от обычного образца появляется случайно или что французы это делают для красоты. Где нужна прочность, о красоте не заботятся. Все дело в том, что французские лафетные колеса прочнее и крепче наших. Сейчас я вам это объясню. Когда лафет двигается на передке, он либо идет ровно, либо наклоняется в какую-нибудь сторону. Если он идет ровно, то тяжесть его распределена между колесами одинаково, и особенной перегрузки их поэтому нет; когда лафет наклоняется, вся тяжесть его падает на одно колесо. Если спицы вставлены отвесно к ступице, они легко могут сломаться, так как наклоняются вместе с колесом и тяжесть падает на них не по прямой.

Таким образом, обыкновенные колеса всего прочнее, если лафет идет прямо и груз разделен между ними поровну; если лафет наклонен и тяжесть падает на одно колесо, они гораздо слабее. Совершенно иное представляют собой французские лафеты с их наклонными спицами, ибо, когда весь груз лежит на одном колесе, они вследствие своего обычного наклонного положения выпрямляются и легко выдерживают всю тяжесть. Если же лафет идет ровно, спицы наклонены к ступице, но выдерживают зато лишь половину тяжести.

Возвратимся, однако, к городам и крепостям. Для лучшей защиты ворот, а также для облегчения вылазок и обратного вступления войск в крепость французы пользуются еще одним способом, который в Италии, по-моему, еще никогда не применялся: у конца подъемного моста ставятся два столба; посередине каждого из них укреплена подвижная балка, половина которой висит над мостом, а другая половина остается за ним; наружные части подвижных балок соединены мелкими брусьями, образующими решетку, а с внутренней их стороны прикрепляются цепи. Чтобы закрыть мост снаружи, спускают цепь и сбрасывают решетку, которая при падении загораживает вход; наоборот, когда надо открыть мост, цепи подтягивают, поднимают решетку, насколько нужно, чтобы пропустить пехотинца или всадника, а затем сейчас же закрывают ее снова, ибо решетка поднимается и опускается подобно заслонам бойницы.

Это приспособление лучше обыкновенной опускной двери, которая падает прямо, так что ее всегда можно подпереть, между тем как французская решетка спускается не по прямой, и неприятель не может остановить ее движение. Строители крепостей должны соблюдать все эти предписания. Кроме того, на расстоянии одной мили от крепостных стен не должно быть ни пашен, ни построек, дабы кругом была открытая равнина, без единого кустарника, насыпи, дерева или дома, — вообще ничего, что загораживало бы вид и могло бы укрыть подступающего неприятеля. Заметьте, что наружные рвы с насыпями выше уровня местности только ослабляют крепость. Насыпи, с одной стороны, прикрывают подступы осаждающего к укреплениям, а с другой — не останавливают действия осадных орудий, так как легко разрушаются.

Перейдем теперь к описанию внутреннего распорядка крепостей. Не буду много говорить о необходимости иметь в них достаточный запас продовольствия и боевого снаряжения, так как это вещи каждому понятные и без них все прочие меры не нужны. Вообще надо постараться снабдить себя в изобилии и вместе с тем помешать противнику пользоваться средствами страны. Поэтому надо уничтожить все продовольствие, а также весь корм и скот, который нельзя ввезти к себе в крепость. Комендант крепости должен строго следить за сохранением в ней полного порядка и принять все меры к тому, чтобы каждый всегда и во всех случаях знал свои обязанности. Женщины, старики, дети и больные должны сидеть по домам, чтобы не мешать юношам и мужчинам. Гарнизон разделяется на части, расставляемые у стен, ворот и важнейших мест крепости, дабы прекратить всякий начавшийся беспорядок. Некоторые отряды не занимают никаких заранее указанных постов, а держатся наготове, чтобы выступить всюду, куда потребуется.

При таком устройстве беспорядки едва ли возможны вообще. Заметьте себе еще одно важное обстоятельство: при осаде и обороне города неприятель больше всего надеется на успех, если знает, что жители вообще никогда еще не воевали. Как часто бывает, что города сдаются просто со страху, даже не испробовав свои силы. Поэтому осаждающий должен всеми силами стараться как можно больше устрашить население. Осажденный со своей стороны должен поставить на всех угрожаемых пунктах крепких людей, которые могут уступить только оружию, а не молве. Неудача первого приступа укрепит мужество осажденных, и врагу надо тогда надеяться только на свою силу, а не на славу непобедимости.

Для обороны крепостей у древних служили различные орудия — баллисты, онагры, скорпионы, аркобаллисты, пращи. Для осады употреблялись тараны, башни, подвижные щиты, защитные плетни, деревянные подступы, косы, черепахи. Вместо всех этих орудий сейчас действуют пушки, служащие одинаково для осады и для обороны, так что о них можно не говорить.

Рассмотрим теперь подробнее средства овладения крепостью. Осажденному грозят, собственно, две опасности: голод и неприятельский приступ. Я уже говорил о том, что для предупреждения голода надо как следует снабдить себя провиантом еще до осады. При истощении запасов защитники часто ухитрялись получить продовольствие от союзников каким-нибудь необычным способом. Это не так трудно, особенно если осажденный город разделен пополам рекой. Во время осады Ганнибалом римской крепости Казилинума римляне, не имея возможности доставить по реке другую пищу, бросали в воду громадное количество орехов, которые беспрепятственно плыли по течению и очень помогли гарнизону. Другие осажденные действовали иначе: желая показать неприятелю, что запасы у них есть, и этим отнять у него надежду взять их измором, они выбрасывали хлеб за городской вал или обкармливали им вола и выпускали его на волю, рассчитывая на то, что неприятель его зарежет и по набитому хлебом желудку животного убедится, что город снабжен в изобилии.

С другой стороны, большие полководцы, осаждавшие города, измышляли самые разнообразные хитрости для истощения неприятеля. Фабий нарочно позволил жителям Кампаньи засеять поля, чтобы лишить их части зерна. Дионисий при осаде Реджо притворился, что готов пойти на соглашение с осажденными, и уговорил их снабдить его продовольствием во время переговоров, а затем, когда город остался без хлеба, он обложил его еще теснее и выморил голодом. Александр Великий, готовясь к осаде Левкадии, захватил все окрестные крепости, так что гарнизонам их осталось только уйти в ту же Левкадию, которая оказалась переполненной народом и была вынуждена из-за голода к сдаче.

О приступах мы уже говорили, и я тогда же доказывал вам, что самое важное — это первый штурм. Римляне много раз брали города первой атакой, нападая сразу со всех сторон. Способ этот назывался у них aggredi urbem corona. Так действовал Сципион под Новым Карфагеном в Испании. Однако если первый приступ отбит, то рассчитывать на взятие города уже трудно. Если неприятелю даже удастся овладеть стеной и ворваться, то для защитников далеко не все потеряно, лишь бы они не растерялись. Сколько раз бывало, что неприятельские войска, уже проникшие в город, должны были отступить или вовсе погибали. Осажденным надо в этих случаях занять господствующие места и поражать противника с высоты домов и башен. Со своей стороны нападающие, уже вошедшие в город, действовали обычно двумя способами: они либо открывали ворота и давали гарнизону возможность бежать, либо объявляли через вестника, что пощадят всякого, кто бросит оружие, и уничтожат только вооруженных. Это очень часто облегчало победу.

Наконец, город легко взять внезапным штурмом. Для этого надо расположить войска в некотором отдалении, дабы жители поверили, что ты или не собираешься на них нападать, или не можешь сделать это незаметно вследствие дальности расстояния. Если ты потом подойдешь неожиданно и сразу двинешь войска на приступ, то успех почти несомненен. Я неохотно говорю о делах современных, ибо говорить о себе и своих походах мне было бы трудно, а рассуждая о других, я часто не знал бы, что сказать. Тем не менее не могу не сослаться на пример Цезаря Борджиа, герцога Валентино. Находясь с войсками у Нуцерии, он притворился, что собирается идти на Камерино, а затем неожиданно повернул к Урбино и без всякого труда захватил город в один день, между тем как другой полководец потратил бы на это массу времени и денег.

Осажденные должны быть также настороже против всякого рода ловушек и военных хитростей неприятеля. Если они видят, что враг изо дня в день производит одно и то же действие, пусть не успокаиваются и знают, что здесь скрывается обман и готовится на погибель им нечто совсем новое. Домиций Кальвин, осаждавший какой-то город, взял себе в привычку ежедневно обходить вокруг стен с большим отрядом войск. Жители решили, что он производит учение, и несколько успокоились. Как только Домиций заметил, что противник стал менее осторожным, он сейчас же пошел на приступ, и город был взят.

Некоторые полководцы, узнав, что к осажденным идут подкрепления, одевали своих солдат по неприятельскому образцу, вводили их благодаря этому переодеванию в крепость и захватывали ее. Кимон Афинский поджег однажды храм, стоявший за городской стеной; жители бросились тушить пожар, а город тем временем достался неприятелю. Некоторые полководцы захватывали неприятельских фуражиров и в их платье переодевали своих солдат; эти солдаты проникали в крепость и открывали ворота неприятелю.

Древние полководцы пользовались вообще самыми различными средствами, чтобы ослабить защиту осажденных городов. Сципион во время войны в Африке, желая захватить некоторые карфагенские крепости, не раз делал все приготовления к приступу и затем отступал как бы из опасения неудачи. Ганнибал поверил, что это действительно так, и стянул к себе все их гарнизоны, чтобы получить численный перевес и легче добиться победы. Как только Сципион об этом узнал, он двинул войска своего союзного полководца Масиниссы к этим крепостям, и они были взяты.

Пирр, осаждавший столицу Иллирии, защищенную сильным гарнизоном, притворился, что отчаивается в успехе, и направился к другим крепостям, а иллирийцы попались в западню — послали войска на выручку крепостям и настолько ослабили защиту столицы, что ее уже нетрудно было взять. Многие для овладения городом отравляли воду или отводили течение рек, хотя это средство ненадежное. Иногда осажденных принуждали к сдаче, пугая их ложными известиями о поражении их войск или о прибытии новых подкреплений к осаждающим. Древние полководцы старались также захватить город изменой, подкупая жителей, причем действовали разными способами. Одни посылали кого-нибудь из своих, он притворялся перебежчиком, входил в доверие к неприятелю, становился влиятельным человеком и пользовался этим в интересах того, кто его послал. Другие этим путем узнавали расположение караулов и благодаря полученным сведениям проникали в город. Третьи под каким-нибудь предлогом загромождали ворота повозкой или бревнами, так что их нельзя было вовремя запереть, и осаждающий легко врывался.

Ганнибал, обложив одну римскую крепость, убедил одного из жителей предать ее. Для этого предатель отправлялся на охоту ночью, притворяясь, что днем боится неприятеля. Через некоторое время, возвращаясь в город, он привел с собой отряд солдат, которые перебили часовых и открыли ворота карфагенянам. Иногда осажденных можно обмануть, выманивая их из города на вылазку и притворно обращаясь в бегство, чтобы завлечь их возможно дальше. Многие полководцы, между прочими и Ганнибал, даже отдавали неприятелю свои лагеря, чтобы отрезать ему отступление и взять город.

Полезно также притворное снятие осады. Так поступил, например, афинянин Формион, который сначала разорил землю халкидян, а затем принял их послов, надавал им всяких хороших обещаний и, воспользовавшись их неосмотрительностью, овладел городом. Осажденные должны тщательно следить за всеми подозрительными людьми из городских жителей. Впрочем, иногда их можно привлечь на свою сторону не только страхом, но и благодеяниями. Марцелл знал гражданина Нолы Луция Банция как сторонника Ганнибала, но обходился с ним настолько великодушно, что превратил его из врага в самого преданного друга.

Когда неприятель отходит от города, осажденным надо быть осторожнее, чем во время осады. Необходимо особенно охранять именно те места, которые кажутся наиболее безопасными, ибо многие крепости были взяты нечаянным нападением с той стороны, откуда никто его не ждал. Ошибка осажденных объясняется двояко: они или преувеличивают мощь крепости, считая ее неприступной, или попадаются на обман неприятеля, который производит ложное и шумное нападение с одной стороны, а настоящий приступ готовит совсем в другом месте и в полной тишине. Поэтому осажденные должны смотреть в оба всегда, и особенно ночью, строжайшим образом охранять крепостные стены и пользоваться для этого не только людьми, но и злыми, чуткими собаками, обнаруживающими врага своим лаем. Да и не только собаки спасали иной раз города, а и гуси, как известно по рассказу об осаде галлами Капитолия.

Алкивиад во время осады Афин спартанцами захотел убедиться в бдительности стражи и под страхом жестокого наказания приказал, чтобы в ту минуту, когда он ночью зажжет огонь, все часовые отвечали ему тем же. Афинянин Ификрат убил спавшего часового и сказал затем, что оставил его в том же состоянии, в каком он его застал.

С союзниками осажденные сносятся различно: чтобы не посылать устных сообщений, пишут условленными цифрами и переправляют письма самыми разнообразными способами — их прячут в ножнах меча, запекают в хлебном тесте, скрывают в самых потаенных частях тела, заделывают в ошейник собаки, провожающей гонца. Некоторые писали самое обычное письмо, а между строк вписывали все нужное другим составом, позволяющим обнаружить буквы при смачивании или нагревании бумаги. Способ этот особенно развился в наше время и применяется очень хитро. Если кто-нибудь хотел тайно написать друзьям, находящимся в крепости, и не желал никому доверять письмо, он прибивал к церковной двери объявление об отлучении в обычной форме, содержавшее между строк сообщение, написанное, как я вам уже говорил, а те, к кому письмо направлялось, узнавали бумагу по условленному знаку, снимали объявление и на досуге его читали. Это очень тонкий и безопасный способ, так как посланный с таким письмом может вовсе и не подозревать о его содержании.

Можно изобрести для сообщений еще бесконечное множество самых разнообразных средств. Все же надо иметь в виду, что легче писать осажденным извне, чем доставлять сведения из обложенной крепости, ибо такие письма могут переносить только мнимые перебежчики, а это — способ ненадежный и опасный, если только неприятель сколько-нибудь осторожен. Наоборот, тот, кто хочет сообщить что-нибудь в крепость, может под разными предлогами послать во вражеский лагерь гонца, который уже всегда найдет возможность туда пробраться.

Обратимся, однако, к другому предмету, именно к современной осаде и обороне. Допустим, что вы осаждены в крепости, не обнесенной рвами внутри, как я уже вам объяснял. Если вы хотите помешать противнику ворваться в пролом, пробитый пушечным обстрелом (самый пролом заделать невозможно), вы должны еще под огнем выкопать за стеной ров шириной по меньшей мере в 30 локтей и выбрасывать всю вынутую землю в сторону города, чтобы образовать таким образом вал и увеличить глубину рва. Работы эти необходимо вести как можно быстрее, чтобы к тому времени, когда стена начнет рушиться, глубина рва достигала по меньшей мере 5 или 6 локтей. Ров должен с обоих концов замыкаться казематом. Если же стена продержится так долго, что ты успеешь выкопать ров и устроить казематы, то обстреливаемая часть крепости будет сильнее всех остальных, ибо насыпанный вал заменит внутренние рвы, о которых мы уже говорили. Если же стена слаба и у тебя не хватит времени на эти работы, то надо проявить все свое мужество и отразить приступ всеми силами и средствами.

Этот способ сооружения вала был применен пизанцами при осаде их вашими войсками, и он удался благодаря крепости стен, задержавших приступ, и глинистой почве, необычайно удобной для устройства валов и преград. Если бы не эти преимущества, пизанцы, несомненно, потерпели бы поражение. Поэтому всегда лучше произвести все эти работы заранее и выкопать внутренний ров по всей окружности города, ибо, когда вал сооружен, можно ожидать врага с полным спокойствием. Древние часто брали города подкопами, причем действовали двояко: они либо вели подземный ход и проникали через него в город, как это было при взятии города Вейи, либо подрывали стены, чтобы в нужную минуту их обрушить. Второй способ очень употребителен в наше время, и благодаря ему выяснилось, что крепости, построенные на высотах, слабее других: их легче подрыть, а если положить в подкоп порох, воспламеняющийся мгновенно, то не только стены взлетят на воздух, но и раскроются горы и все укрепления рассыплются на части.

Против этого можно бороться устройством крепости на равнине и сооружением настолько глубокого окружного рва, чтобы неприятель при всякой попытке прорыть его дальше наталкивался на подземные воды, которые одни только и опасны для этих подкопов. Если все же приходится оборонять крепость, расположенную на высоте, то единственное средство — это вырыть в городе множество глубоких колодцев, которые явятся как бы выходами из неприятельского подкопа. Другой способ борьбы — это встречный подкоп, если только ты знаешь, как его направить; этим путем очень легко остановить работы противника, но вся трудность в том, чтобы их открыть, особенно когда имеешь дело с опытным врагом.

Самое страшное для осажденного — это нападение врасплох во время отдыха войск, например после отбитого приступа, перед сменой часовых, т.е. на рассвете или в сумерки, и особенно во время еды.

Множество крепостей было взято именно такими атаками, и, наоборот, осаждающие не раз бывали разбиты этими внезапными вылазками гарнизона. Поэтому здесь требуется с обеих сторон неусыпная бдительность, причем часть войск всегда должна быть при оружии. Надо вообще сказать, что оборона крепости или лагеря очень затруднена необходимостью раздроблять войска. Ведь неприятель может по своему желанию нападать единой массой с любой стороны. Поэтому ты должен защищать свои линии на всем их протяжении, и, в то время как враг бросает на тебя все свои силы, ты можешь противопоставить ему только часть их.

Осажденный может быть совершенно уничтожен, а для осаждающего самое худшее — это только отбитый приступ. Такое положение заставляло многих полководцев, осажденных в лагере или в крепости, делать отчаянную вылазку и вступать в решительный бой, который давал им победу, несмотря на численный перевес неприятеля. Так поступили Марцелл в Ноле и Цезарь в Галлии. Обложенный в лагере громадными полчищами галлов, он понял, что, оставаясь в укреплениях, он погибнет, так как должен будет разделить свои силы и не сможет, укрываясь за палисадом, обрушиться на врага. Поэтому он открыл один из выходов лагеря, собрал в этом месте все войска и устремился на галлов с такой яростью и силой, что одержал полную победу.

Твердость духа осажденных много раз устрашала их противника и заставляла его отчаиваться в успехе. Во время войны между Помпеем и Цезарем, когда войско Цезаря сильно страдало от голода, Помпею был доставлен кусок хлеба, которым питались Цезаревы солдаты. Хлеб этот состоял из травы, и Помпей запретил показывать его войску, дабы оно не смутилось, увидав, с каким противником ему приходится сражаться. Величайшая честь римлян в войне с Ганнибалом — это их удивительная твердость, ибо в самую трудную пору, когда счастье как будто окончательно им изменило, они ни разу не просили мира и не проявили ни малейшей слабости. Наоборот, когда Ганнибал стоял почти у ворот Рима, поля, на которых был разбит его лагерь, продавались по более высокой цене, чем в мирное время. Римляне вообще преследовали свою цель с такой непреклонностью, что ради защиты Рима даже не захотели снять осаду Капуи, обложенной ими в то самое время, когда неприятель угрожал их столице.

Многое из того, что я вам сказал, вы могли бы, конечно, узнать сами. Однако я сделал это намеренно, чтобы лучше обнаружить все превосходство предлагаемых мною воинских установлений и принести некоторую пользу тем (если такие найдутся), кто не мог, подобно вам, участвовать в нашей беседе. Все сказанное мною можно выразить в некоторых общих правилах, которые надо твердо себе усвоить.

Вот эти правила.

Все, что полезно неприятелю, вредно тебе, и все, что полезно тебе, вредно неприятелю. Тот, кто на войне бдительнее следит за неприятелем и тщательнее обучает и упражняет свои войска, подвергается меньшей опасности и может больше надеяться на победу.

Никогда не веди войска в бой, пока ты не внушил им уверенности в себе и не убедился, что они вполне снаряжены и не боятся врага. Никогда не начинай сражения, если ты не знаешь, что войска верят в победу.

Лучше сокрушить неприятеля голодом, чем железом, ибо победа гораздо больше дается счастьем, чем мужеством.

Лучший замысел — это тот, который скрыт от неприятеля, пока ты его не выполнил.

Умей на войне распознавать удобный случай и вовремя за него ухватиться. Это искусство полезнее всякого другого.

Природа редко рождает храбрецов. Они во множестве создаются трудом и обучением.

Дисциплина на войне важнее стремительности. Если часть неприятельских солдат перейдет к тебе и будет верно служить, это всегда для тебя крупный успех. Беглые больше ослабляют неприятеля, чем убитые, хотя имя перебежчика подозрительно новым друзьям и ненавистно старым.

Выстраивая войска в боевой порядок, лучше оставить за первой линией сильный резерв, чем разбрасывать солдат и растягивать фронт.

Трудно победить того, кто хорошо знает свои силы и силы неприятеля. Храбрость солдат важнее их численности, но выгодная позиция бывает иногда полезнее храбрости. Всякая неожиданность устрашает войско, ко всему привычному и постепенному оно равнодушно; поэтому приучай свое войско к новому врагу и ознакомь его с ним мелкими стычками, раньше чем вести солдат в решительную битву.

Кто в беспорядке преследует разбитого врага, стремится только к тому, чтобы из победителя превратиться в побежденного.

Кто не заботится о продовольствии для войск, будет побежден, не обнажая меча.

Тщательно выбирай место боя, в зависимости от того, полагаешься ли ты на свою конницу больше, чем на пехоту, или наоборот.

Если ты хочешь узнать, не забрался ли днем в лагерь шпион, прикажи всем разойтись по палаткам.

Умей менять решение, если ты замечаешь, что оно разгадано противником.

Советуйся со многими о том, что надо предпринять; сообщай только избранным о том, что уже решено.

Сдерживай солдат во время мира страхом и наказанием; отправляясь на войну, воодушеви их надеждой и наградой.

Хороший полководец никогда не решится на бой, если его не вынуждает необходимость или заманчивый случай.

Позаботься о том, чтобы враг не знал, в каком порядке твои войска будут выстроены в бою; каковы бы ни были твои распоряжения, первая линия должна иметь возможность отступить сквозь вторую и третью.

Не изменяй во время боя первоначального назначения боевых частей, если не хочешь расстроить войска.

С неожиданным бороться трудно, со всем предвиденным заранее — легко.

Люди, оружие, деньги и хлеб — вот жизненная сила войны. Из этих четырех условий всего важнее первые два, ибо с людьми и оружием всегда можно достать деньги и хлеб, но с одним хлебом и деньгами ты не достанешь ни людей, ни оружия. Обезоруженный богач — награда бедного солдата.

Приучай своих воинов презирать изнеженную жизнь и богатую одежду.

Таковы основы войны, с которыми я хотел вас познакомить. Знаю, что можно было бы сказать еще многое, хотя бы об устройстве античных войск, их одежде и обучении, и прибавить еще целый ряд подробностей, но я не считал нужным о них говорить, потому что вы можете узнать все это сами, а главное — потому, что моей целью был вовсе не рассказ об устройстве войска в Древнем мире, а объяснение того, как оно может и должно быть устроено в наше время, дабы приобрести ту силу, которой у него сейчас нет. Поэтому я и говорил об учреждениях древности лишь в той мере, в какой они, по-моему, необходимо должны быть восстановлены теперь.

Знаю также, что следовало бы больше сказать о коннице и рассмотреть морскую войну, ибо военная мощь охватывает одинаково морскую и сухопутную силу, пехоту и кавалерию. О морском деле я говорить не решаюсь, потому что совершенно его не знаю, — слово здесь принадлежит генуэзцам и венецианцам, тщательно его изучившим и творившим в прошлом великие дела. Относительно конницы я ограничусь уже сказанным, ибо эти войска, как я вам говорил, не так испорчены, как все остальные. При хорошей пехоте — жизненной основе всякого войска — неизбежно будет хороша и конница. Могу дать устроителю ее только два полезных совета, которые помогут увеличить в стране число лошадей: надо воспитывать в своем округе хорошие породы и приучить подданных торговать жеребятами, подобно тому как вы торгуете у себя телятами и мулами. Дабы обеспечить продавцу покупателя, я позволил бы держать мула только тем, у кого есть лошадь; таким образом, всякий желающий ездить верхом поневоле должен будет ее купить. Наконец, я разрешил бы одеваться в шелк только владельцам лошадей. Я слышал, что один из ныне живущих князей установил у себя такой порядок и в самое короткое время создал в своих владениях образцовую конницу. В остальном сошлюсь на сегодняшнюю беседу и на все, что у нас делается.

Вы, может быть, хотите знать, какими качествами должен обладать великий полководец? Отвечу на этот вопрос очень кратко, ибо мыслю себе великого полководца только как такого человека, который сумел бы осуществить все, о чем мы сегодня говорили. Однако этого, конечно, мало, если он в своем деле не творец, ибо без дара изобретательности ни в одной области еще не было великих людей. Изобретательность, конечно, почетна во всех делах, но в военном она приносит великую славу.

Мы ведь знаем, что даже не очень хитрые выдумки восхваляются историками. Они, например, превозносят Александра Великого за то, как он сумел скрыть выступление войска из лагеря. Известно, что он приказал вместо трубного сигнала поднять шлем на копье. Восхваляют его и за то, что он при начале боя велел солдатам стать на левое колено, дабы лучше выдержать натиск неприятеля. Это не только дало

Александру победу, но и принесло ему такую славу, что все памятники, воздвигнутые в его честь, изображают его в этом положении. Однако пора вернуться к тому, с чего начал, дабы не подвергнуться каре, положенной у вас всем, кто безвозвратно покидает страну.

Вы, Козимо, помнится, говорили мне, что не понимаете, как это я, восторженный почитатель древности и порицатель тех, кто не следует ей в важнейших делах, вместе с тем никогда не подражал ей в военном искусстве, которому посвящена моя жизнь. Я ответил, что всякий замысливший какое-нибудь дело должен сначала к нему подготовиться, чтобы он мог осуществить его, когда представится случай. Теперь вы долго меня слушали и можете судить сами, нашел ли я в себе силу создать войско на древних началах или нет. Вы теперь знаете, сколько времени я продумывал эти мысли, и можете, конечно, себе представить, как велико мое желание их осуществить.

Нетрудно ответить и на другой вопрос: мог ли я здесь что-нибудь сделать и представлялся ли для этого подходящий случай? Однако, чтобы убедить вас окончательно и вполне перед вами оправдаться, я перечислю вам все имеющиеся возможности и, кстати, отмечу, как и обещал, все трудности подобного преобразования в настоящее время. Из всех человеческих учреждений легче всего восстановить на античных началах установления военные, но это по силам только таким князьям, владения которых достаточно обширны, чтобы выставить собственное войско в 15000–20000 новобранцев. С другой стороны, для государя, не имеющего таких преимуществ, это самое трудное из всех возможных преобразований.

Чтобы пояснить свою мысль, должен напомнить, что полководцы приобретают славу двумя различными путями. Одни, располагая издавна хорошо обученными и снаряженными войсками, совершали с их помощью великие дела. Таковы были главным образом римские полководцы и другие, начальствовавшие над такими войсками, в которых надо было только поддерживать порядок и разумно ими распоряжаться. Другим путем шли те, кому предстояло не только одолеть врага, но и еще задолго до встречи с ним создать и устроить свои силы заново. Они, несомненно, заслуживают большей похвалы, чем те, кто совершал блестящие подвиги, командуя старыми и опытными войсками. Таковы были Пелопид и Эпаминонд, Тулл Гостилий, Филипп Македонский, отец Александра, Кир, царь персов, римлянин Семпроний Гракх.

Все они должны были сначала образовать свое войско и только после этого могли начинать войну. Предприятие их удалось отчасти по мудрости их, отчасти потому, что они располагали достаточным количеством людей, которых можно было призвать под знамена. Никто из этих мужей, каким бы выдающимся человеком он ни был, не мог бы сделать ничего, если бы ему пришлось действовать в чужой стране, среди развращенных людей, не имеющих понятия о том, что значит честно повиноваться. В Италии недостаточно быть хорошим руководителем готового войска, надо сначала уметь его создать, а потом научиться им повелевать. Это возможно только для князей с большими владениями и многочисленным населением. Я к их числу не принадлежу, ибо всегда командовал и могу командовать только чужими войсками и людьми, зависящими от других, а не от меня.

Предоставляю вам решить, возможны ли в этой среде какие-нибудь задуманные мною улучшения. Могу ли я заставить нынешних солдат носить другое, более тяжелое оружие, кроме трехдневного запаса продовольствия и кирки? Как заставлю я их рыть окопы или каждый день обучаться по нескольку часов в полном вооружении, чтобы сделать из них настоящих воинов, годных для большой войны? Как могу я отучить их от игры, разврата, богохульства и ежедневных безобразий? Можно ли подчинить этих людей такой дисциплине и воспитать в них такое чувство повиновения и уважения, чтобы они, как те древние солдаты, о которых мы постоянно читаем у историков, не смели тронуть яблони, растущей в середине лагеря? Могу ли я обещать им нечто такое, что внушит им ко мне уважение, любовь или страх, если по окончании войны мы все разойдемся в разные стороны?

Какими средствами могу я пристыдить людей, родившихся и выросших без понятия о чести? Почему они должны меня уважать, когда они меня не знают? Какими богами и святыми заставлю я их клясться — теми, которых они чтут, или теми, над которыми кощунствуют? Не знаю, кого они чтут, но кощунствуют они над всеми. Можно ли вообще верить клятвам, данным перед существом, над которым они издеваются? Как могут они, глумясь над Богом, уважать людей? Мыслимо ли вообще отлить в какую-нибудь форму подобный материал? Не возражайте мне ссылками на швейцарцев или на испанцев. Я согласен, что они не в пример лучше итальянцев. Но если вы вспомните все, что я вам сказал, и сопоставите мои слова с военными порядками той и другой армии, то вы увидите, как им еще далеко до вершин античного мира. Швейцарцы по причинам, о которых я говорил, хорошие солдаты от природы; испанцев создала необходимость — они воюют в чужой стране, где им остается только победить или умереть, потому что отступать некуда, и неудивительно, что они стали храбрецами. Однако при всех качествах этим войскам очень многого не хватает, и превосходство их сказывается больше всего в том, что они привыкли подпускать неприятеля на расстояние меча или пики.

Обучить их тому, чего им недостает, не может никто, тем более если он не знает языка.

Вернемся, однако, к итальянцам, которые по неразумию своих князей не получили настоящего военного устройства и не создали его сами, так как их не вынуждала к этому необходимость, тяготевшая над испанцами; поэтому они и являются посмешищем мира. Виноваты в этом, конечно, не народы, а властители, заслуженно наказанные за свое невежество унизительной и позорной потерей владений. Хотите убедиться в истине моих слов? Посмотрите, сколько войн разразилось над Италией со времени вторжения Карла VIII до наших дней. Войны обычно воспитывают в людях боевой дух и приносят им признание других, но в Италии чем более крупной и жестокой была война, тем больше бесславила она и вождей, и солдат. Это может объясняться только тем, что принятые военные установления никуда не годятся, а новых никто не сумел ввести.

Поверьте, что восстановить славу итальянского оружия можно только на пути, мной указанном, и доступно это лишь крупнейшим властителям, так как предлагаемый мной порядок осуществим только среди людей простых и грубых, притом коренных жителей страны, а не среди развращенных и распущенных чужеземцев. Ни один хороший скульптор не станет высекать прекрасную статую из куска мрамора, испорченного другим, а потребует себе никем не тронутую глыбу. Пока наши итальянские князья еще не испытали на себе ударов войны, нагрянувшей с севера, они считали, что правителю достаточно уметь написать ловко составленное послание или хитрый ответ, блистать остроумием в словах и речах, тонко подготовить обман, украшать себя драгоценностями и золотом, есть и спать в особенной роскоши, распутничать, обирать и угнетать подданных, изнывать в праздности, раздавать военные звания по своему произволу, пренебрегать всяким дельным советом и требовать, чтобы всякое слово князя встречалось как изречение оракула. Эти жалкие люди даже не замечали, что они уже готовы стать добычей первого, кто вздумает на них напасть.

Вот откуда пошло то, что мы видели в 1494 году, — весь этот безумный страх, внезапное бегство и непостижимые поражения; ведь три могущественнейших государства Италии были несколько раз опустошены и разграблены. Но самое страшное даже не в этом, а в том, что уцелевшие властители пребывают в прежнем заблуждении и живут в таком же разброде. Они никогда не подумают о примерах людей Древнего мира, которые в своем стремлении к власти делали сами и заставляли других делать все, о чем мы сегодня говорили, закаляли свое тело и приучали свою душу ничего не бояться.

Цезарь, Александр и все великие люди и полководцы античности сражались всегда в первых рядах, шли пешком в полном вооружении и если лишались власти, то только вместе с жизнью. Поэтому они жили и умирали со славой. Их можно отчасти упрекнуть в чрезмерном властолюбии, но в них не было никогда и тени дряблости, изнеженности или робости. Если бы наши князья когда-нибудь прочли их жизнеописание и прониклись их примером, они не могли бы не изменить свой образ жизни, а с этим, конечно, изменились бы и судьбы их стран.

В начале нашего разговора вы жаловались на свою милицию, а я утверждаю, что жалобы эти были бы верны только в том случае, если бы вы ее сначала устроили по моим указаниям и убедились на деле, что опыт не удался. Теперь же, когда она не благоустроена и не обучена по моим правилам, не вам жаловаться на нее, а ей на вас за то, что вы родили недоноска, а не полноценное существо. Венецианцы и оба феррарских герцога приступили к преобразованию войска, но не сумели его довершить; виноваты в этом они, а не их войска.

Я утверждаю, что тот итальянский князь, который первым вступит на мой путь, будет властелином всей страны. Государство его получит значение Македонии под правлением Филиппа, который научился у фиванца Эпаминонда искусству создавать войско, воспринял его военные порядки и правила обучения солдат и стал так силен, что, пока Греция пребывала в праздности и увлекалась комедиями, он в несколько лет покорил ее всю и заложил основы такого могущества, что сын его мог уже стать повелителем мира.

Кто пренебрегает этими мыслями, равнодушен к своей власти, если он князь, и к отечеству, если он гражданин республики. Я считаю себя вправе роптать на судьбу, потому что она должна была либо отказать мне в возможности познания таких истин, либо дать мне средства осуществить их в жизни.

Теперь, когда я стар, случая к этому, конечно, больше не представится. Я потому-то и откровенен с вами, что вы молоды, занимаете высокое положение и, если согласитесь со мной, можете в нужный момент воспользоваться благосклонностью к вам князей и быть их советниками в преобразовании военного дела.

Не бойтесь и не сомневайтесь, ибо наша страна как бы рождена для воскрешения всего, что исчезло, и мы видели это на примере поэзии, живописи и скульптуры.

Возраст мой уже не позволяет питать подобные надежды, но если бы судьба в прошлом дала мне необходимую власть, я в самое короткое время показал бы всему миру непреходящую ценность античных воинских установлений. Верю, что мог бы вознести свою родину на высоты могущества или по крайней мере погибнуть без позора.

## Содержание

Научно-популярное издание

**Макиавелли Никколо**

**ГОСУДАРЬ**
**О ВОЕННОМ ИСКУССТВЕ**

Ответственный редактор *Н. Никитенко*
Художественный редактор *Е. Фрей*
Технический редактор *Н. Духанина*
Компьютерная верстка *З. Полосухиной*
Корректор *И. Марчевская*

Общероссийский классификатор продукции
ОК-034-2014 (КПЕС 2008); 58.11.1 — книги, брошюры печатные

Произведено в Российской Федерации. Изготовлено в 2021 г.

**Изготовитель: ООО «Издательство АСТ»**

ООО «Издательство АСТ»
129085, г. Москва, Звёздный бульвар, дом 21, строение 1, комната 705, пом. I, 7 этаж.
Наш электронный адрес: **www.ast.ru**
E-mail: neoclassic@ast.ru
ВКонтакте: vk.com/ast_neoclassic
Инстаграм: instagram.com/ast_neoclassic

«Баспа Аста» деген ООО
129085, Мәскеу қ., Звёздный бульвары, 21-үй, 1-құрылыс, 705-бөлме, I жай, 7-қабат.
Біздің электрондық мекенжайымыз: www.ast.ru
E-mail: neoclassic@ast.ru

**Интернет-магазин:** www.book24.kz
**Интернет-дүкен:** www.book24.kz
Импортёр в Республику Казахстан ТОО «РДЦ-Алматы».
Қазақстан Республикасындағы импорттаушы «РДЦ-Алматы» ЖШС.
Дистрибьютор и представитель по приему претензий на продукцию в Республике Казахстан:
ТОО «РДЦ-Алматы»

Қазақстан Республикасында дистрибьютор
және өнім бойынша арыз-талаптарды қабылдаушының
өкілі «РДЦ-Алматы» ЖШС, Алматы қ., Домбровский көш., 3«а», литер Б, офис 1.
Тел.: 8(727) 2 51 59 89,90,91,92, факс: 8 (727) 251 58 12 вн. 107;
E-mail: RDC-Almaty@eksmo.kz
Өнімнің жарамдылық мерзімі шектелмеген.

Өндірген мемлекет: Ресей
Сертификация қарастырылмаған

Подписано в печать 11.05.2021. Формат 76x100 $^{1}/_{32}$. Печать офсетная.
Усл. печ. л. 18,3. Доп. тираж 7 000 экз. Заказ 1939.

Отпечатано с электронных носителей издательства.
ОАО "Тверской полиграфический комбинат". 170024, Россия, г. Тверь, пр-т Ленина, 5.
Телефон: (4822) 44-52-03, 44-50-34, Телефон/факс: (4822)44-42-15
Home page - www.tverpk.ru Электронная почта (E-mail) - sales@tverpk.ru

ISBN 978-5-17-094113-1

9 785170 941131 >



16+